本书为 2018 年福建省社科规划基础研究后期资助项目
（FJ2018JHQZ004）成果

现代中国文学寻根思潮研究

田文兵 著

人民出版社

目　录

序：现代中国作家的"寻根"意识

在人类精神文化的历史长河中，"寻根意识"和"寻根冲动"等诸种凝聚于人的心灵深处的"情结"，作为人类的一种天性，一种心理、一种情绪，一种情感的寄托和归宿，一种精神的还乡，一种心灵的补救，一种文化的表征，总是在文学艺术的历史上反复地出现和衍变，丰润和滋养着人类自身渴盼的心田。毋庸置疑，不管人们为何寻根，如何寻根，抑或赞美"家园"，看重"家园"，依恋家园，尊崇故土，都能引发共鸣，因为，人总是"地之子"，人都需要精神的栖息地。自人类诞生以来，家园便成了满负着人类历史文化的载体，联系着人类生存的最悠长的历史和最重复不已的经验。人类文明进程的每一步履，都粘连和凝结着家园的哀欢，更何况它在文学中又是远远胜于"爱情主题"的最重要的"母题"。

人类历史在经历了无数次的劫难和痛苦之后，将土地分割成大大小小的区域，人们有了自己得以栖身的具体的生存空间，有了对某一个地域，一种人生环境相对稳定的确认，于是，家园意识、乡土意识、爱国意识、民族意识油然而生（既是自然的，又是情感的、心理的、情绪的）；然而，对于整个人类文明的历史进程来说，这一切并不意味着满足，因为这一切对于人类的前景意义来讲仅仅是其漫长的历史过渡中的一个阶段，它困扰着、折磨着、养育着同时也丰富着人的生存的诸种"甜蜜的痛楚"。这诸种"甜蜜的痛楚"始终成为人属于大地、生命属于故园的有力表征。

人类学家在论证"寻根情结"时将其追溯到人类的远古阶段①，认为原

---

① 所谓"寻根情结"，是指在人类历史长河中人们所特有的对自身生存空间的那种内心深处的眷念、固守以及偏爱等诸种情感因素。

始初民有关人与特定地域之间有一种神秘的感知。"每个图腾都与一个明确规定的地区或空间的一部分神秘地联系着，在这个地区中永远栖满了图腾祖先的精灵，这被叫做'地方亲属关系'……"①"每个社会集体（例如澳大利亚中部各部族）都感到它已与它所占据的或者将要迁去的那个地域的一部分神秘地联系着……土地和社会集体之间存在着互渗关系，等于是一种神秘的所有权，这种所有权是不能让与、窃取、强夺的。"② 这应是"寻根情结"的萌发之始。这种神秘的空间体验也与人类祖先的其他文化经验一样，经由精神遗传，影响着此后人们对其生存空间的知觉形态。

哲学家则把"寻根情结"上升到人类思维和探求世界的本原，认为"哲学就是怀着一种乡愁的冲动到处去寻找家园"（[德] 诺瓦利斯）。哲学家的这个定义之所以能撼动人们的心灵，是因为它把哲学同文化的创造、文学艺术的创作紧密地联系起来，把科学语言说不清、道不明的宽广朦胧的心理、情绪领域统统网罗进了哲学活动的范围。比如，作为一种哲学，宗教的探求就充满了一种朦胧的情绪。音乐、绘画和诗歌的美妙也在于表现这种朦胧的情绪，这些情绪皆可归结到绵绵不绝的乡愁和寻找自己的精神家园的冲动。从这一意义上讲，我们也可以把"寻根情结"视为人类在生命进程中为自己寻找归属的愿望在心理上的一种显现，在精神上的一种诉求。因此，寻找精神上的家园，是人类的一种天性，是人类的生命本能。而寻找摆脱的办法，也就是寻找精神的乐土，寻找失去的家园，寻找遭受惩罚的原因同时也寻找超脱。

在人类漫长的历史进程中，"寻根情结"总是和"土地""乡土""故乡""家园"联结在一起。"寻根"不但作为一种个体生命的心理意识而存在，而且它也成为一种社会文化的内容，成为一个民族群体的历史潜意识的积淀。也就是说，它已经归结成为某种观念、某种情感或情绪的原型，在人类文化史、文学史上反复地显现。明白了这一点，我们就不难理解鲁迅在谈到"乡

---

① ［法］列维-布留尔：《原始思维》，丁由译，商务印书馆 1995 年版，第 84 页。

② ［法］列维-布留尔：《原始思维》，丁由译，商务印书馆 1995 年版，第 114 页。

土文学"时，为什么要特别指出它与勃兰兑斯所说的"侨民文学"的区别。因为 19 世纪法国的"侨民文学"，大都描写侨居国的风光习俗，多异域情调，而没有"乡土文学"的"乡土灵魂"，二者的主题类型是不同的。无疑，鲁迅所说的"乡土灵魂"是特指那种生存于具体地域空间的人们对本乡本土内在的家园精神的领悟、思考与开掘。

随着自然科学的发展，神话的地位沦落了；随着人文科学的进步，上帝失色了；随着历史学的深化，"大同说"也失去了魅力。然而，现代文明的发展也给人类带来了空前的精神危机，人们的心灵在科学的冲击下倾斜了。文明的进步与人类精神的慌恐间的巨大反差，使人类自身深深感觉到生命的痛楚和人性的压抑，人是多么渴望拥有一片使精神安宁使灵魂得到抚慰的乐土啊！憧憬了这一点，我们就不难理解西方自卢梭并历经叶芝、乔治·桑、劳伦斯、哈代、弗罗斯特、T.S. 艾略特、福克纳等而形成的一股对人类旧有文化的那种挽歌式的"回归"潮流；更不难理解中国现当代文学中一大批作家"寻根情结"中所表征的深沉的文化底蕴和对民族心理结构的思考与重构。

"寻根情结"并不全是由现代文明引来的人类的逆向文化心态所致，在其现当代意义上，它无疑是与人类文明同野蛮的交战、消长相适应的。而在近百年的世界文化竞争、融汇的格局中，必然会敦促人们格外重视民族的历史、民族的文化，使人们从历史的深井中去寻找和发掘民族的荣光，以加快人类文明的进程。而寻找"精神家园"也就成为对民族历史文化的一种富有深刻意蕴的心理情绪的反映，这种反映既是历史的，也是现世的，其文化心理意向是指向未来的。这也是对"寻根情结"的当代性的一种理解和诠释。

实际上，从某种角度看，人类的现代进程是以"都市"的形成与发展这样一种社会构体为标志的。那么，与此相应的便是城市化程度越高的国家，其家园意识与寻根情感也就越淡；而城市化程度越低的国家，其与土地家园的距离也就更近，寻根的情感也就更浓。基于这样一种认识，我们就能够理解"寻根情结"为什么总是在西欧和美国等国家的作家作品中不是那么显眼（尽管美国在 20 世纪六七十年代也曾出现过一股因种族歧视而引发的"寻根"思潮，其代表作是亚历克斯·哈利的《根》），而在一些比较落后的国家则异常突出，比如黎巴嫩这样的小国，却能产生出像纪伯伦这样执着于寻找家园的乡土文学大师。而在拉丁美洲诸国，更产生出像加西亚·马尔克斯、胡安·鲁尔弗、巴尔加斯·略萨、米·安·阿斯图里亚斯、克拉林、加尔多斯、阿索林、博尔赫斯、洛尔卡、塞拉、卡蒙斯、聂鲁达、亚马多等一大批享有世界声誉的作家，并在 16 世纪至 20 世纪的拉美文坛上接连不断地掀起以拉美本土为题材的美洲主义、印第安主义、地域主义、风俗主义、加乌乔文学、查罗文学①、高乔文学②、土著文学③、大地小说④ 以及浪漫主义、感伤主义、自然主义、现代主义、克里约奥主义⑤、现实主义、新现实主义、表现主义、魔幻现实主义、创造主义、极端主义、结构现实主义等多种文学流派和思潮。拉美文学的"爆炸"效应不仅令世界为之震惊，而且使我们看到了这样的事实："寻根情结"在某些民族的身上表现得相对淡弱，而在另一些民族身上（特别是那些与"乡土"更贴近的民族）则表现得更强烈、更富有文化穿透力。

中华民族诞生在原始农耕社会的摇篮里，从远古时期开始，生命的繁衍和发展便牢牢地维系在土地上，因此，"乡土意识"在我们的民族心理中得到了充分的强化，从而形成我国民族心理结构的一个重要特点。著名哲学家冯友兰先生认为，"农业性"特征是中国哲学的"总背景"，也是中国文化的根基和前提："由于中国是大陆国家，中华民族只有以农业为生。在农业国，

---

① 墨西哥的文学作品中常以"查罗"为主人公。"查罗"，是墨西哥高原农民的统称。

② 阿根廷作家在作品中着力刻画具有鲜明民族特点的阿根廷草原上的拉普拉塔河畔的牧民——高乔人，从而形成了拉丁美洲文学史上独具特色的文学流派。

③ 安第斯国家和中美洲一些国家中土著居民聚居，这些国家有不少优秀的土著文学作品问世，代表作家有危地马拉作家、诺贝尔文学奖获得者米盖尔·安赫尔·阿斯图里亚斯等。

④ 20 世纪初，拉美作家以农村生活为题材，兴起"大地小说"。作品运用现实主义的手法，或揭露大庄园主的野蛮行径，歌颂印第安农民的反抗精神；或描写人与大自然的英勇搏斗。重要作品有：《青铜的种族》《漩涡》《堂娜芭芭拉》《广漠的世界》等。

⑤ 18 世纪末，克里约奥（即土生白人）要求摆脱宗主国束缚，争取民族独立的思潮风起云涌，被称为"克里约奥主义"，在文学上则表现为描写美洲本土题材的美洲主义。

土地是财富的根本基础。所以贯串在中国历史中，社会、经济的思想和政策的中心总是围绕着土地的利用和分配"。在冯友兰看来，传统中国社会主要有四个阶级，即士、农、工、商，商是其中最后最下的一个。士通常就是地主，农就是实际耕种土地的农民。在中国，这是两种光荣的职业。一个家庭若能"耕读传家"，那是值得自豪的。"士"虽然本身并不实际耕种土地，可是由于他们通常是地主，他们的命运也系于农业。收成的好坏意味着他们命运的好坏，所以他们对宇宙的反应，对生活的看法，在本质上就是"农"的反应和看法。加上他们所受的教育，他们就有表达能力，把实际耕种的"农"所感受而自己不会表达的东西表达出来。这种表达采取了中国的哲学、文学、艺术的形式。①

正是这种本质上的"农"的特性决定了中华民族与土地的密切联系，从而使我们的一切文化都来自"土地"。以农业为主的民族本身由于生产、居住条件的稳定，性格不像游牧民那样剽悍，感情不像游牧民那样奔放，人们把一切希望都系念于土地，格外看重家园，依恋家园。而在民族文化、民族心理方面，其农业特征也是显而易见的，是以农业生产为其潜在的而又强大的历史背景的。即便是到了"现代"，中国的城市文明还远远没有发达，它的宗法气息和农业根性实在比现代文明的冲击来得更深，周朴园（曹禺《雷雨》）、吴荪甫（茅盾《子夜》）哪个是真正意义上的"现代资产者"？纵观世界历史，没有任何一个国家像我们这样一个农业国具有悠久的历史和强大的生命力，这样把农业国度的全部潜能和特性展现得淋漓尽致，这样对历史、现实乃至未来产生不可替代的影响。

因此，不了解中国的"农业性"特征，就难以理解民族的历史和文化，难以理解中国现当代作家"乡土情结"的内在精神意蕴，更难以理解蔓延于现代中国作家精神上普遍具有的"寻根"意识和寻根冲动。

中国现当代作家的乡土文化根性极深，在他们中间，绝大部分来自乡野，有着相当深厚的难以摆脱的土地之恋："我是生自土中，来自田间的，

---

① 参见冯友兰：《中国哲学简史》，北京大学出版社1985年版，第22—24页。

这大地，我的母亲，我对她有着作为人子的深情。"①"为什么我的眼里常含泪水／因为我对这土地爱得深沉"②。"我爱土地，就像爱我沉默寡言的父亲／我爱土地，就像爱我温柔多情的母亲／我的诗行是沙沙作响的相思树林／日夜向土地倾诉着，永不变质的爱情。"③这种恋土之情如同土地本身一样蕴含丰厚、令人回味！正是这样一种与乡村、与农民、与土地的牢固的精神血缘联系，铸成了现代中国知识分子特有的精神品格、气质，包括那种农民式的固执的尊严感。而这还不仅是一种尊严感——农民式的尊严感，由此可以深刻地领悟到现代中国知识分子特有的价值观念。"中国现代作家乐于承认、告白他们与农民、与下层人民间的联系，几乎没有司汤达那个著名的小说人物那种关于自己寒微出身的自卑感，却又大不同于中国古代文人的'布衣'的骄傲。"④何止情感、尊严感，只要我们再稍加留心，便不难发现在他们中间，有多少人以"乡下人"自命！他们把自己本来就当作农民中的一员。沈从文一向自称"乡下人"，并以此为傲，而且是那样的执拗。蹇先艾也称自己是"乡下人"⑤。芦焚说过："我是乡下来的人，说来可怜，除却一点泥土气息，带到身边的真亦可谓空空如也。……"⑥李广田则说自己："我是一个乡下人"，"虽然在这大城市里住过几年了，我几乎还像一个乡下人一样地生活着，思想着……"⑦更不要说"恂恂如农村老夫子"⑧的赵树理，差不多就是一个地地道道的农民。而路遥也称自己"像个农民"，"生活习惯像个

---

① 李广田：《地之子》，载《汉园集 行云集》，上海书店出版社1993年版，第82页。

② 艾青：《我爱这土地》，载《艾青诗选》，人民文学出版社2012年版，第71页。

③ 舒婷：《土地情诗》，载《舒婷诗文自选》，漓江出版社1997年版，第76—78页。

④ 赵园：《关于中国知识分子随想》，载《艰难的选择》，上海文艺出版社1986年版，第352页。

⑤ 蹇先艾：《乡间的悲剧·自序》，载《蹇先艾文集》第3卷，贵州人民出版社2004年版，第373页。

⑥ 芦焚：《黄花苔·序》，载《师陀全集》第3卷（上），河南大学出版社2004年版，第3页。

⑦ 李广田：《画廊集·题记》，载《李广田文集》第1卷，山东文艺出版社1983年版，第108页。

⑧ 孙犁：《谈赵树理》，载《晚华集》，山东画报出版社1999年版，第160页。

农民"①……这种固守"乡下人"或"农民"身份的执着认同，映现着多重的文化内涵，也反映着他们的文化个性。

与农民、乡村、家园、土地的联系，也的确影响到了现代中国作家的思维方式，以至影响到他们探求真理的独特道路。冯雪峰从艾青的诗中发现了"农村青年式的爱和理想"。在他看来，作为诗人的艾青，"他的诗的外表自然是极知识分子式的，但他的本质和力量却建筑在农村青年式的真挚、深沉，和爱的固执上，艾青的根是深深地植在土地上"②。这不仅对于艾青来说是这样的，而之于现代中国的绝大多数作家，也是很恰当的。

通过对上述现代中国作家的文化寻根及其精神背景的宏观探视，来看本书，便可体察到作者选题的眼光及其对于现代中国作家精神心理结构的深刻认识，他是把文化寻根作为认识现代中国作家在中国文学走向现代之路过程中的一种独有的文化现象和精神之旅来进行分析和判断的，这种分析和判断首先是对于现代文化（或现代知识主体）生成的认识，即如他所说"现代文化产生的特征是知识分子文化主体地位的形成，因此现代文化是以知识分子为主体的文化，或者说是知识分子形态的文化"。"而在现代知识分子的自由创造中，最能展示自我意识的无疑是哲学和艺术两个领域"。对现代知识生成的这一判断，实际上是把握现代作家何以"寻根"的精神前提，甚至可以说这种精神现象并不限于作家艺术家，它也是现代人的某种精神特征。果真如德国浪漫诗人诺瓦里斯声称的"哲学原就是怀着一种乡愁的冲动到处去寻找家园"的话，那么，作为美学形态显现的文学艺术又何尝不是如此呢。也正是在这样一种美学思考的层面上，作者展开了他对现代中国文学"寻根"思潮的整体研究。

在本书中，现代中国文学的"寻根"思潮并不是一种单向性的文学思潮，它与现代中国各种繁复的文化文学现象纠结融汇在一起，因此，这一命题的

---

① 路遥：《早晨从中午开始》，载《路遥文集》第2卷，陕西人民出版社1993年版，第76页。
② 冯雪峰：《论两个诗人及诗的精神和形式》，载《冯雪峰论文集》上，人民文学出版社1981年版，第165页。

设立，也是一个"探讨现代中国文学中的文化主体因素的形成与制约关系的命题"。作者有见地指出："文学是文化中精神层面的重要体现部分，现代知识分子作为中华民族文明走向的探寻者，把对过去历史的反思和精神家园的寻找倾注到文学创作中，显示出积极参与民族文化建构的主动姿态。然后以现代中国文学上的'寻根'作为文学母题来分析其作为原型存在的文化学意义"，就会使得现代中国文学的某种更为内在的精神意蕴及其文化特质、文化的丰富性及作家的精神魅力显现出来。

在具体的论述中，作者是将现代中国文学的"寻根"思潮置于世界现代文化潮流中进行判断的，体现着作者对于中国在世界现代化潮流中的处境及变革的时代诉求的把捉。作者同时也看到"现代知识分子作为中华民族文明走向的探寻者，把对过去历史的反思和精神家园的寻找倾注到文学创作中，显示出积极参与民族文化建构的主动姿态"，这样的分析就使得现代中国作家的"寻根"有了与世界文学对话的可能。作者还细致梳理和评估相关书写"经验"，其目的仍然立足于当代中国文化建设。

吸引读者注意力的，或许在于作者对于现代中国文学"寻根"思潮"发生"背景的深入探察，田文兵是在反思西方现代性浪潮和国内革新与保守流派论争的宏阔理论视阈中，考察了"寻根"思潮的发生契机以及各文学流派的观点分歧，揭示出"文化寻根是现代知识分子出于文化认同的焦虑，开始反思西方现代文明，提出了与激进的新文化运动不同的、带有文化守成倾向的社会思潮。现代中国文学中的'寻根'倾向虽然自觉游离于主流政治文化之外，但并非完全与社会现实隔绝，作家们主张的人性书写和'启蒙与救亡'的主潮并行不悖，是以另一种文化重构理念复归'五四'精神"。这样的观照视角，显然是从现代中国文化发生的基点出发，将中国作家的"寻根"意识作为考察现代文学生成及发展中的自觉意识和行为以及所形成的强劲思潮来考察的，而这股思潮一直穿行于百年中国文学的历史进程之中，成为评估近现代以来中国文学成就的重要方面。

本书的特点还在于，作者在对现代中国文学"寻根"思潮的整体把握中，选取几个极富鲜明时代节点及其"寻根"热浪的作家群体进行深度发掘，来研究现代中国文学历史的阶段性特征以及与现代中国文化整体进程不可分离的文学现象，认为现代中国文学之所以"具有特征鲜明的文化寻根倾向，其创作理念和审美追求直接或间接影响了中国文学的发展"。而以文化寻根思潮为切入点，是为了在将现代中国文学进行整体性、历史性的考察中，"主要探讨京派文学、解放区文学以及1980年代以来的'寻根文学'在传统文化认同和民族文化重构方面的努力"。显然，20世纪30年代的"京派"文学，80年代的"寻根"文学在现代中国文学的"寻根"思潮中是绕不过去的，而发生在相距半个世纪的这两个时间节点上的"寻根热"的文化"意味"，现在看来，似乎还没有引起人们的深度思考和关注。应该看到的是，当具有强烈反叛行动的五四文化革命的高潮之后，作为现代中国知识分子所思考的文化救赎方案是多向度的，"京派"即是其中承担了以"文化救赎""重造民族精神"的重要角色。其与左翼革命文学的激进救赎方案不同，这表现在文学上，无论如何都是值得重视的，它不仅丰富和滋润了现代中国文学的文化土壤，而且至今仍然有着令人深思的价值和意义，而其产生的影响也是不可估量的。同样，发生在20世纪80年代中期的"文学寻根"热，也是在激进的革命结束之后的一次声势浩大的思想启蒙性质的"文化救赎"思潮，"寻根"文学的作家们也有开掘广泛深厚的民族文化的愿望以及"重铸民族灵魂"的迫切的精神指向，他们用文学作品承载民族文化建构的重任，期望使之能与世界文学、世界文化对话，寻找民族的文化出路，这在80年代中国文化复苏、重建的时代浪潮中所显示的价值和意义同样不可低估。

可贵的是，作者不仅给自己的命题设置了宏大的思想的、文化的背景，而且用大量的笔墨发掘现代中国"寻根"文学的审美的、艺术的成就，其比较的视野及方法的渗入深化了本书的阐释力度。对于"京派"，作者是从其"原乡"情结、乡土叙事模式、艺术审美追求的独特性等方面探讨其文学成就。"'京派'作家大多是根据个人的生活经历和对故乡特殊的情感体验而进行创作的，其乡土小说呈现出一种独特的叙述风格和叙事模式：常常采用童年视角观照乡土世界，表达对民族童年时代的眷恋；用回忆和怀旧的方式来弥补现实焦虑和情感失衡的缺憾；散文化的笔调使小说叙事节奏舒缓平和，也表达了一种与众不同的审美追求。这种渗入作品中的抑郁感伤情调以及所营造的唯美氛围，是'京派'知识分子忧国忧民意识的必然。他们将文化重建的重任承载在文学的审美表述上，以性灵书写、道德感化和美学力量的方式来探求民族自救的历程，始终在用文学创作实践着自己所选择民族文化重构的蓝图"。而对于"寻根"文学，作者富有新意地发现，"对古老民族文化处境产生深刻'焦虑'，是在寻找民族文化传统的同时继承了传统审美经验，促进了当代小说的美学观点的转变。寻根作家致力于寻找的既是一代人身份认同的焦虑，也是民族'大我'重铸的担当，这两方面在寻根作家的创作中得到了较为完美的统一。'寻根文学'就是在寻找民族文化传统的同时继承了传统审美经验，把对民族文化的思考用传统审美方式表达出来，促进了当代文学的美学观点的转变，并带动了新时期文学在思维模式、叙述语言、形象塑造等方面的全面转型。'寻根文学'与'京派'文学相比，二者在乡土体验和文化重构方面有着惊人的一致，然而又因创作主体的文化心态与审美价值取向的差异，二者呈现出不同的创作风格"。这样对"京派"文学和"寻根"文学的审美判断是令人信服的。

借用作者的话来讲，如果说"在路上"也是"寻根"思潮最根本的特征的话，那么，对于"寻根"文学的研究也就不会止步，也会永远"在路上"。而永远"在路上"的特质又与人类长期思考的哲学问题"我们将到哪里去？"有着本质上的惊人的相同。在探索"寻根"的文化人类学和哲学方面的联系时，本书把现代中国文学中的"寻根"思潮与西方的"恋母"情结、中国的"原乡"情结比照，不仅对现代中国文学中的"寻根"思潮的起源提出了新的看法，而且认为"寻根"是人类特有的，也是普遍存在的一种精神现象。因此，文学家的"寻根"与哲学家对人类精神归属的探寻一样都将长期存在。从这个意义上讲，田文兵博士的《现代中国文学"寻根"思潮研究》的著作对其命题的研究仅是迈开了一大步，期望有更可喜的收获，开拓一个新的境地。

赵学勇

2020 年 1 月 5 日

绪　论

一、现代中国文学的文化主体意识

正所谓文情染乎时变。晚清以降，在西方列强的"船坚炮利"威胁下，中华民族遭逢数千年未有的西方现代文明的冲击。素来以民族国家命运为己任的中国知识分子，背负中华文明沦陷之忧，探索拯救中华民族与传统文明的方式。与社会变革相应的是，中国文学亦随之开始了由传统走向现代的转型。因此，在谈到中国文学的现代化进程时，有一个观点很具有代表性，即文学的"现代化"无非就是古代文学的现代变革，民族文学走向世界。如果将中国文学纳入世界文学体系，那么我们熟知的"中国新文学""中国现代文学"，以及近些年比较热门的"20世纪中国文学"等范畴，均不能涵盖和有效阐释。"中国新文学"往往以五四作为开端，强调的是文学的革新，确立了"新文学"之于"旧文学"的历史性地位。而"中国现代文学"是以新民主主义理论为依据，将近代以来的中国文学断代为近代文学、现代文学和当代文学，于是"中国现代文学"又被称为"新民主主义时期"的文学。即便是在"重写文学史"的背景下提出的"20世纪中国文学"的概念，虽然以启蒙思想取代新民主主义的革命论述，打通了近代文学、现代文学和当代文学的学科界限，但随着21世纪的到来不得不旋即降下帷幕。相对来说，"现代中国文学"从时间和空间对当下的现代文学研究进行了拓展。从时间上来说，它不仅批判吸收了前人研究中的晚清文学现代性的观点，也避免了将研究范围局限在20世纪。从空间上来说，它规避了中国现代文学的排他性研究思路，其研究视角不是仅局限于新旧二元对立中的新的一面，而是注重了现代中国的多元文学事实。更为重要的是，以往的中国现代文学研究，往往习惯于从中西维度研究中国文学如何在西方文学的影响下的现代转型。不可否认，现代中国文学从传统到现代，从民族走向世界有外来因素的影响，但也不能忽视传统文化，尤其是中国古代文学审美传统的潜在影响。

在中国文学走向世界的过程中，不可避免要面对异质文化之间的碰撞和交流，"在这样的文化大撞击中对民族文化重新检讨重新铸造，使传统文学产生一种'蜕变'，这样的进程一直延续到现在，贯穿整个20世纪的中国文学"①。于是，很多研究者不约而同地把现代中国文学与文化自觉地联系在一起进行探讨。除了因为文化是人类的物质生活和精神生活方式的总和外，更因为从文化层面进行思考和研究，往往会触及人类共有的生活方式，可以超越时间和地域的限制达到人类的相通之所。现代中国文学与文化互相依存，不可分割，尤其是探讨文学创作中的文化主体因素的形成与制约，是研究现代中国文学不可忽视的命题。这是因为自近代以来，中华民族多次受到以西方文化为表征的现代文明的冲击，那些深受传统文化浸染的知识分子不得不经历着与传统思想决裂，以及更新旧观念的心路历程。由此可见，中华民族传统文化之精魂经历新旧交替和重获新生的过程，也是现代中国文学中的文化主体意识逐渐形成的历史阶段。

如果说人类主体意识的形成是人类超出自身之外，把自身当作一个对象来看待时开始的，那么民族文化主体意识的形成，就是从一个民族对本民族文化进行审视时开始的。19世纪以来的中国现代史使国人首次意识到，中华民族只不过是世界多元体系之一，而且还是国力比较落后的民族。从盲目自大到认识自己，这种价值观念的转变伴随着诸多屈辱和血腥的记忆。中国知识分子在一次又一次屈辱和失败中，看到了自己所安身立命的华夏文明竟是如此的不堪一击，尤其是当一个西方文化参照系以强势姿态出现时，民族

---

① 钱理群、黄子平、陈平原：《二十世纪中国文学三人谈·漫说文化》，北京大学出版社2004年版，第36页。

存亡的威胁促使中国近代知识分子对本土文化进行深刻反思。我们知道，对西方文化的俯身仰视、全盘接受或不屑一顾、断然拒斥的态度都是不明智的。而是应该深入理解西方现代文明中最内在的文化心理结构，并以之为参照来建构本民族文化的清醒自我意识，也就是说，我们不仅仅只停留在用自己的眼光看待西方文化，也应用西方的视角重新观照本民族文化。当科学与民主的口号成为时代的号角时，中华民族也迎来了文化选择和重构的良机。

　　文学是文化中精神层面的重要体现部分，担负着民族国家想象和民族文化传承的重任。现代中国文学不仅经历着由古典向现代转型的艰难嬗变过程，还面临着不可避免地走向并汇入世界文学大潮的总体格局之中。中华民族有着数千年的世界文化中心情结，这种强烈的文化优越感使知识分子安守传统，文学作品中普遍洋溢着文明、富足和乐观的情绪。然而，空幻的文化自大感是一种极其脆弱的民族主义情感，一旦遭遇挫折就会陷入茫然之中而不知所措，人们曾经无比依恋的传统文化的精神家园随着近现代国运之不济而彻底坍塌。对传统文化价值观念的幻灭所导致的无家可归的阵痛，也正是促使人们进行重新选择和超越的原动力。萨特强调"生活始于绝望的另一面"①，就是因为认识到存在的虚无与荒诞；雅斯贝尔斯认为只有在边缘处境的震颤中，才能达到超越的本质。正所谓对苦难的清醒认识也是一种有所作为的觉悟，文化与人的阵痛正是文化与人得以新生的前提。近现代中国知识分子在承认异质文化存在权力时，身份认同危机会让一直接受传统文化熏陶的知识分子产生一种焦虑，他们在感受这种无所依托的精神痛苦时，力图从建构民族文化中寻求新的精神支撑，以求达到对精神痛苦的解脱与超越。只有在实存的自我满足欲望中遭到失败的挫折，人们才会在痛定思痛中力求对现实的超越。

　　在某种意义上说，近代以来的文学既是"感时忧国"的知识分子个人情感的依托，也是复兴民族国家和文化想象的寄寓。可以说，自晚清以来，知

---

① ［美］W. 考夫曼编著：《存在主义：从陀斯妥也夫斯基到沙特》，陈鼓应等译，商务印书馆 1987 年版，第 41 页。

识分子都在致力于建构新的现代中国形象，在东西方文化碰撞与冲击中作文化与实践的艰难选择，而这一活动贯穿着现代中国文学的始终。早在19世纪末和20世纪初，在"师夷之长技以制夷"和"别求新声于异邦"的文化策略下，知识分子开始了建构理想中的现代中国形象。为了实现理想中的"少年中国"，康有为、梁启超等知识分子发起了复兴中华民族之梦的变革策略，揭开了知识分子用文学自救并试图拯救中华民族命运的序幕。以鲁迅为代表的五四启蒙文学、20世纪20年代开始的左翼革命文学、解放区文学等，尽管因为时代主题的不同，题材内容也存在较大差别，但其解决民族生存危机的责任和重建强大现代国家的终极目标是完全一致的。

国家民族危亡和个人生活困境，使现代知识分子踏上远走他乡去谋求生存之旅，就像鲁迅当年决定"走异路，逃异地，去寻求别样的人们"[①]一样，背井离乡的知识分子尽管离开了长期生活的故土，但他们用文学构建理想社会并以之作为个人追求的精神家园。只是这种家园已不再体现为物质意义上的乡土，而是体现为社会、文化意义的家园，是知识分子以失去乡土为代价来寻找文化意义上的理想家园。显然，这里所谓的"家园"只是一个象喻性的名词，而非实存的家园，它代表着人类一切精神活动的原动力，是人们追求自我完善的内在精神驱动，驱使着人类向着终极理想目标前进。中国现代知识分子作为中华民族文明走向的探寻者，把对过去历史的反思和精神家园的寻找倾注到文学创作中，显示出积极参与民族文化建设的主动姿态。知识分子传统价值观念的转化和现代民族意识的兴起，是作为人的主体意识的集中体现，而这些正是文化精神层面的核心构成，是文化主体意识的形成体现。

二、乡土中国与文学寻根思潮

文化现代性的主要特征之一是知识分子文化主体地位的形成，现代文化

---

① 鲁迅：《〈呐喊〉自序》，载《鲁迅全集》第一卷，人民文学出版社1973年版，第270页。

是以知识分子为主体的文化，或者说是知识分子形态的文化。启蒙主义时代的知识分子在自身文化觉悟后，以文化运动推动社会变革，达到文化的转型和文明的重造。在现代知识分子的自由创造中，最能展示自我意识的无疑是哲学和艺术这两个领域。德国浪漫诗人诺瓦里斯声称，哲学原就是怀着一种乡愁的冲动到处去寻找家园。可见，对家园遗失后的寻找，是人类普遍具有的精神现象。尽管西方没有像乡土中国有着非常强烈的家族观念，但在宗教和神话中也有着一种对乡土和乐土寻找的无意识行为。我们从弥尔顿的《失乐园》《复乐园》，或者更早的希腊神话故事中的"俄狄浦斯情结"，都可以发现其中对寻找精神家园的执着。古希腊荷马史诗《奥德赛》中的主人公奥德修斯，历经了十年的海上漂泊的苦难命运，就是为了能返回故乡，从而最早确立了文学史上的从离家到还乡的叙述模式。可以说，寻找精神家园，回到永恒乡土一直伴随着人类历史的发展。"追求一种永恒的东西乃是引人研究哲学的最根深蒂固的本能之一。他无疑是出自热爱家乡与躲避危险的愿望；因而我们便发现生命面临着灾难的人，这种追求也就来得最强烈。"[①] 尤其是 18 世纪以来，对理性和科技的推崇，把人们与传统断裂开来，导致人们普遍产生一种焦虑和惶恐。人类不能缺少的是精神支撑，哲学、艺术、宗教等无不在努力为人类找回精神家园。西方的一些哲人、学者已经敏锐地觉察到了现代人所遭遇的精神困境，通过不同方式表达了对人类遭遇的忧虑。在哲学与文论方面，如维柯的"诗性智慧"对原始历史的沉思，荣格、弗莱的神话原型批评，席勒与黑格尔对古希腊精神及艺术的向往，等等；在文学创作方面，一些现代文学大师，如艾略特、劳伦斯、乔伊斯、福克纳等，包括拉美的魔幻现实主义，以及苏联艾特玛托夫的作品，他们在创作中都不约而同地表现出向原始神话的复归或者向古代文化和民风民俗的认同。尤其是亚历克斯·哈利的长篇小说《根》，这部 20 世纪 70 年代美国的畅销书，其成功之处就在于小说追溯到了延续美国黑人传统的民族之根，文化归属意识是美国黑人从受歧视到获得平等和解放的根源。

---

① 　[英] 罗素：《西方哲学史》上，何兆武、李约瑟译，商务印书馆 1976 年版，第 74 页。

中国是一个有着悠久农耕文明的古老国度，每一个中国人对土地、对家园怀有尤为深厚的依恋之情。对中国人来说，故土有其不可或缺的意义，它不仅仅是生养成长的所在，更是寻求心灵慰藉的家园。现代文明给生活带来便利，人们不再将活动范围局限于故土。出于种种原因，人们离开家乡来到都市生活，然而都市是接触现代文明的前沿，异质文明对本土文化的冲击首先反映在都市的方方面面。社会制度的变革、文化形态的碰撞以及价值观念的冲突等等，这些西方文明带来的变化，并没有给安土重迁的中国人带来一种认同感和归属意识，反倒使人们的生活变得动荡不安，甚至漂泊流离。在这种物质和精神的"无家"状态下，人们只能靠重组记忆回归家园故土以寻求精神的慰藉，在对传统文化的"寻根"中找到一种身份的归属感。显然，家园书写不是单纯地出于对故土的眷顾，而是人们在现实中心理失衡后的精神补救。所以，只要有文明的冲突，就会出现复归故土现象，往往艺术家们通过对乡村中的自然景物的描绘，对原始文化的发掘来寻找精神家园。

20 世纪 80 年代中期，中国文坛出现了一股文化"寻根"热潮。韩少功、李杭育、阿城等作家发起了寻找民族文化之根的创作宣言，以及在此前后围绕"寻根"进行一系列的文学创作，这一现象被同样追求创新的评论界认定为是一个全新的文学流派，并命名为"寻根"文学。但是当我们把"寻根"作为一个文学思潮，置入现代中国文学进行整体观照时，我们就会发现这种寻找民族文化之根的现象并不是一个孤立的文学现象，不同时期的作家和文学流派均有较明显的体现，如"京派"作家沈从文，左翼作家萧红，自由主义作家老舍等。即便是在新时期"寻根"文学热潮退却之后，也有一直在坚持"寻根"创作的作家，如韩少功、贾平凹、莫言等。尤其是世纪之交，越来越多的作家，如阿来、何立伟、陈忠实、张炜、张承志等大量的创作也表现出与"寻根"文学相似的文化价值追求。

"寻根"文学的显著特点是书写乡土。自现代以来，中国也出现了一批取材于乡土的文学创作，这就是由鲁迅命名并首创的乡土小说。鲁迅及其追随者，如王鲁彦、彭家煌、台静农、许钦文、蹇先艾等乡土小说家，以农村和农民为主要叙述对象，以"改造国民性"为创作旨归，建构了现代乡土小说的创作规范。正因为乡土书写对象的一致，于是有研究者就把 20 世纪 30 年代的"京派"文学与 80 年代的"寻根"文学一并纳入乡土叙事的范畴进行研究，认为它们是五四乡土文学创作的延续。这种研究思路有一定的道理，但也忽视了始于五四的乡土文学系列，与那些致力于寻找传统民族文学之根的作家们在审美价值取向上的根本区别。对于现代中国文学中具有寻根意识的作家作品，研究者因为其中的乡土书写题材就归入乡土文学框架，而没有考虑到二者之间存在显而易见的差别。其实，只要我们阅读了废名、沈从文等这些被称为"京派"作家的作品，就可以明显地感觉到他们的创作全然不同于以鲁迅为代表的乡土作家。五四乡土作家是在启蒙主义思想的指导下，用现实主义创作手法描写乡土的落后，对乡土社会持一种批判与拒绝的态度；而"京派"作家们尽管也怀有对故乡种种落后的失望情绪，但更多的则是对乡土诗意的展现，温情脉脉地追怀遥远的乡村生活，其中夹杂着温柔的情绪与感伤的怀旧。同样，新时期"寻根"文学作家更是把传统文化的弘扬作为自己创作的终极目标，与五四乡土文学创作宗旨迥然，倒是与"京派"有着诸多相同之处。由此可见，乡土文学与"寻根"文学虽然在叙事场域有重合之处，但二者并不是一个可以互相涵盖的文学实体，它们有着各自不同的价值取向和叙事策略。当五四以来的乡土文学以启蒙主义姿态对中国现实社会的底层悲叹的时候，寻根作家正以一种关怀意识，忧虑着民族文化的未来和人类远景，而这种终极关怀的可能性与启蒙主义的现实性相比显得更为根本。

可见，"寻根"并非一个独立的文学思潮，也不是偶尔才出现的文学现象，而是"在各类文学作品中反复出现的人类行为、精神现象以及关于周围世界的概念"[①]，所以把"寻根"作为文学母题来研究也是符合客观实际的。从"母题"的角度研究文学创作，是 19 世纪以来文化心理学和文化人类学发展的一项重要成果。关于母题的界定虽然不尽相同，但一般认为它是最基本的意义单元，是人类共有的精神现象，它的主要特征就是不断地出现，不

---

① 　乐黛云主编：《中西比较文学教程》，高等教育出版社 1988 年版，第 189 页。

断地重复。如歌德声称母题是一种"人类过去不断重复，今后还会继续重复的精神现象"①。也就是说母题作为文学创作中的永恒主题，不仅在同一时期的不同作家的作品中普遍出现，而且在不同时代的作品中也会反复出现，它是人类历史中共有的精神资源。"理解文学史上某种母题现象必须沉潜于该母题的各种变体中去寻找这一母题系统赖以存在与更生的内在机制。"② 那么，怎样才能寻找到这个所谓的"内在机制"呢？既然母题为人类所共有，以原型为主要内容的人类集体无意识与之有着相通之处。荣格曾对"集体无意识"下过这样的定义："它与个性心理相反，具备了所有地方和所有个人皆有的大体相似的内容和行为方式。换言之，由于它在所有人身上都是相同的，因此它组成了一种超个性的心理基础，并且普遍地存在于我们每一个人身上。"③ 不可否认，"集体无意识"正为我们提供寻找母题中各种变体精神实质的途径。既然如此，那么我们就不应该只是把"寻根"作为一种文学现象来做简单的比较归纳，或者作简要的文学史描述，而是要把它作为一个文学母题来研究，从而揭示"寻根"作为原型存在的文化学意义。

曾有研究者这样描述中国文学的现代转变："由19世纪末20世纪初开始的、至今仍在继续的一个文学进程，一个由古代中国文学走向现代中国文学转变、过渡并最终完成的进程，一个中国文学走向并汇入'世界文学'总体格局的进程，一个在东西方文化的大撞击、大交流中从文学方面（与政治、道德等诸多方面一道）形成现代民族意识（包括审美意识）的进程，一个通过语言的艺术来折射并表现古老的中华民族及其灵魂在新旧嬗替的大时代中获得新生并崛起的进程。"④ 尽管对"20世纪中国文学"的描述和定性尚有商榷之处，但不可否认的是，由古代中国文学向现代中国文学发展、演变的过

---

① [美]乌尔利希·韦斯坦因：《比较文学与文学理论》，刘象愚译，辽宁人民出版社1987年版，第138页。

② 谭桂林：《长篇小说与文化母题》，湖南师范大学出版社2002年版，第3页。

③ [瑞士]荣格：《荣格文集：让我们重返精神家园》，冯川、苏克译，改革出版社1997年版，第40页。

④ 钱理群、黄子平、陈平原：《二十世纪中国文学三人谈·漫说文化》，北京大学出版社2004年版，第11页。

程中确实存在着知识分子对古老民族文化的发掘与重构的愿景。在中西文化激烈碰撞时代氛围下，追求主体自由意识的作家们把个人生活体验与民族文化前途自觉联系，把自己漂泊的精神归属寄托在对安身立命的家园描绘之中，同时在乡土书写中寻找民族文化之根来应对异质文明的冲击，其中不乏对本民族性等问题的思考以及对人类普遍存在的精神家园的迷失与寻找的探讨。现代中国出现的文化寻根思潮在哲学、文学、艺术等很多方面都有着鲜明的体现，尤其在文学创作方面，作家们用小说、散文、诗歌、戏剧等不同的文体表达着对寻根母体的思考，而其中小说是寻根作家们最常用的文体，也是寻根文学中成果最为丰富的文体，不管是在创作题材和思想内涵方面也最能代表寻根思潮的整体趋势和艺术特质，因此，本书讨论"寻根"文学以小说创作为主。

三、文学寻根思潮研究现状

寻根思潮相关的研究主要在文化人类学领域。寻根思潮研究的起源可以追溯到阿瑟·洛夫乔伊和乔治·博厄斯在合著的《古代的原始主义及相关思想》中提出的"原始主义"。随着西方工业文明弊端的暴露，早在18世纪就有不少思想家开始用寻根来反思西方现代文明的负面影响，在卢梭率先提出"返回自然"后，画家高更、作家毛姆等以及荷尔德林、海德格尔等哲学家以不同方式倡导回归原始、捍卫本土文明来批判现代工业文明带来的负面影响。国内较有代表性的研究成果，如叶舒宪的《现代性危机与文化寻根》，该著把寻根视为20世纪西方思想回应资本主义的现代性危机的重要变革，开启了反现代性的新启蒙运动之出发点。该著大多数成果虽属文化人类学领域，但也涉及了文学创作，认为文化寻根在中国有很长的历史，从屈原的《离骚》到当代的《白鹿原》《狼图腾》等都体现了作者对自己文化根脉的眷恋。将文化人类学的"寻根"概念引入到文学领域确有一定的合理性，但在概念的辨析和界定等方面应更加严谨。不少研究者也充分注意到了中国文学的寻根思潮与西方现代主义、魔幻现实主义的关系，但在追溯中西方寻根思潮的渊源时将二者混为一谈，不同文化背景下寻根内涵的差异应引起重视；而且中国现当代文学中的"寻根"有着特殊的文化氛围和审美观照，与美国作家阿历克斯·哈利的家族小说《根》以及拉美的"魔幻现实主义"有着明显的区别。

文学寻根思潮研究的兴起源于新时期"寻根"文学的出现，相关研究主要在"寻根"文学的理论主张、产生原因、比较研究、代表作家及重要作品等方面。20世纪80年代中期，韩少功、郑义、李杭育、郑万隆等作家发表了一系列关于文学寻根理论文章，以及在此前后出现的"以文学'寻根'为形式的精神探索与'文学重建'的活动"[①]，引起了文学界和评论界极大的兴趣，被认为是一个新的流派并命名为"寻根"文学。"寻根"文学甫一出场就成为当时的研究者讨论焦点，而且此后的中国当代文学史均单列章节对此现象进行描述以示其重要性，尤其是"重写文学史"和"重返八十年代"的重评浪潮中，"寻根"文学也理所当然地成为热点话题。

从历时角度来说，对"寻根"文学的研究也大致经过了20世纪80年代中后期的众语喧哗时期、90年代的纵深发展以及21世纪的重评反思三个阶段，不同时期评论界热点关注的角度也各有侧重。

20世纪80年代"寻根"现象的出现引起了评论界高度重视，主要围绕着"寻根"文学的理论主张、产生原因、比较研究以及代表作家的重要作品分析等问题展开。之所以把这一时期的"寻根"文学研究称为"众语喧哗"，是因为评论家对"寻根"文学众说纷纭、观点不一，甚至出现截然相反的观点。如对"寻根"理论主张的提出，评论界有着很大的分歧。对其持肯定态度的有陈平原、李庆西、季红真等，他们都从"寻根"文学的突破性意义角度进行肯定。如陈平原认为寻根文学中的文化寻根意识不但在人生态度上突破了传统，而且在文学创作的思维形态上也带来了重大突破。[②] 当然，质疑

---

① 洪子诚：《作家的姿态与自我意识》，陕西人民教育出版社1991年版，第55页。
② 参见陈平原：《文化·寻根·语码》，《读书》1986年第1期。

者也不乏其人,许多批评家并不认同回到民族传统文化去"寻根",他们认为传统文化的"根"本来就存在,根本不需要去"寻"。如唐弢就认为,"根"是民族、国土的本身,"根"就存在于人们的脚下。① 持批评观点的评论者普遍认为,文学的"根"就存在于现实生活之中,"寻根"思潮与现代社会、现代生活逆向而行。

对"寻根"文学的发生学探讨。学界一般认为 1984 年 12 月的"杭州会议"是"寻根"文学的起源,但也有不同观点:陈思和认为最初起于 1982—1983 年间王蒙发表的一组《在伊犁》系列小说,而季红真则认为"寻根"文学的起点是汪曾祺《受戒》《大淖纪事》等文化风情小说的发表。任何事物的发生都有其内在动因和外在影响,学界对"寻根"文学发生机制的讨论也较为充分,其中陈思和的观点颇具代表性,他认为"寻根"文学的崛起,既与国运与文化发展趋势相应,也间接受到苏联一些少数民族作家关于异族民风创作以及拉美魔幻现实主义作家关于印第安文化的阐扬的影响。②

"寻根"文学研究之所以出现"众语喧哗"的状况,存在着一个共同的前提,即研究者把"寻根"文学视为新时期横空出世的文学流派,把"寻根"现象视为一种全新的文学思潮。正因为如此,才有论者认为"寻根"文学具有"突破"意义,把它与五四新文化运动的成就并列;也因为未能厘清"寻根"思潮的源流,才容易引起研究者对"寻根"内涵的误读,以致进行简单评价。对 20 世纪 80 年代中期,作家们不约而同地集体倡导"寻根"这一现象,学界并没有对"寻根"的缘起作过多追问,将关注点仅局限在 80 年代初以及王蒙、汪曾祺等少数作家的创作上。评论界为快速反映文坛新现象,未经全面考量就下结论当然也情有可原。既然在"寻根"口号正式提出前,思想文化界就已经存在文化"寻根"的迹象,而且一批作家也已经开始了"寻根"创作,其实就说明这种文化心理并不局限于后来所谓的"寻根"作家这一群体,也不仅限于 20 世纪 80 年代中期,否则,为什么"寻根"一经提出就受

---

① 参见唐弢:《"一思而行"——关于"寻根"》,《人民日报》1986 年 4 月 30 日。
② 参见陈思和:《当代文学中的文化寻根意识》,《文学评论》1986 年第 6 期。

到了许多作家和评论家的认同，并直到现在，不论创作还是研究，依然热度不减。其实，只要把对"寻根"文学的追问回溯到近代以来中国文学的发展变革历程之中，就可以发现文化"寻根"现象并非一种全新的社会思潮，"寻根"文学也不是仅在20世纪80年代才出现的一个新文学流派。总的来说，本时期评论家发表了一些颇有见地的观点，但因缺乏对"寻根"文学的远距离、全局性的观照，对"寻根"思潮的研究留下了不少缺憾，但也为后来的研究继续展开奠定了基础。

相对来说，20世纪90年代的"寻根"文学研究不仅有理论深度，而且更为全面冷静。这种理性研究突出表现在对"寻根"文学的现实意义定位以及内在缺陷分析这两方面，所得出的结论也不再是一味叫好或全盘否定，而是能辩证地看待其意义并客观地分析其衰落的原因。如孟繁华认为"寻根"文学是一场文化启蒙；① 丁帆等则认为，"超越社会政治层面突入历史深处而对中国的民间生存和民族性格进行文化学和人类学的思考在1985年前后形成潮涌的'寻根小说'那里得以实现"②。在对"寻根"文学文学史意义进行较为客观评价的同时，也有不少研究者注意到其内在缺陷，认为"寻根"文学之所以出现危机主要原因是理论与实践之间的矛盾与错位。贺仲明把"寻根"文学与知青作家的"归去来"情感联系起来，认为"寻根"失败的内伤原就寓含在它的起始之中，"寻根"的自伤并导致最终的溃败，其根本原因正是知青作家们的文化困境。③

对"寻根"文学的价值评价不再局限于社会文化层面，而是逐渐过渡到从艺术美学角度，从文学本体角度研究"寻根"文学，能比较客观地探讨其作为文学流派在文学史上存在的价值。如南帆认为争论"寻根"文学是否找到真正的"根"意义不大，但是不可否认的是"寻根"的口号把文学的一种

① 参见孟繁华：《启蒙角色再定位——重读"寻根"文学》，《天津社会科学》1996年第1期。
② 丁帆、何言宏：《论二十年来小说潮流的演进》，《文学评论》1998年第5期。
③ 参见贺仲明：《"归去来"的困惑与彷徨——论八十年代知青作家的情感与文化困境》，《文学评论》1999年第6期。

新的想象力激励起来了，传统文化很大程度上被赋予美学性质，并充实了当代文学，使之绚烂多姿。① 从"寻根"文学的艺术原则和美学价值方面入手，细致梳理了"寻根"文学的创作实践后，研究者能从文学本身出发对其进行较客观的评价。这一时期的研究不再是先前的感性评论，而是运用多种理论话语进行较为新颖的解读。如王一川尝试从神话形象角度去读解"寻根"文学中的"传统性"与"现代性"内涵，重心将落在本文与特定文化语境的互赖关系的"修辞论"阐释上。② 也有研究者对"乡土"与"寻根"、"寻根"文学与魔幻现实主义进行比较研究，而且比较的视野也在逐步扩大，如吴奕锜把台湾"乡土文学"与大陆"寻根"文学进行比较。研究者充分注意了"寻根"文学与西方现代主义、魔幻现实主义的关系，但对其对传统美学的吸收未能引起重视；"寻根"文学与世界"寻根热"潮流的渊源也受到关注，但对其所追求的民族文学价值观的评价还显得很不够，这种研究状况与"寻根"文学创作初衷以及实际创作明显移位，而且"寻根"文学中民族传统资源之"根"也没能充分发掘。

尽管 20 世纪 90 年代的"寻根"文学研究在理论深度和视野拓展方面都有着突破性发展，而且着眼点也逐渐从社会文化转变到文体美学研究，更贴近了"寻根"文学本身，但在这种大的学术环境的影响下，还是存在着一些不尽如人意的地方。首先是研究热度的回落。究其原因可能与评论界普遍具有逐新倾向有关。随着"寻根"文学逐渐落潮，评论界也渐渐不再关注，而在市场经济的冲击下，那些能引起轰动效应的文坛热点，如大众文学、身体写作、美女作家等，比传统文化的"寻根"更能吸引大众眼球。21 世纪以来的"寻根"文学研究，主要是重评的学术姿态回到新时期的文化语境中对其进行再思考。重评主要是宏观论述其文学史意义，再思考也主要是在新的历史时代对"寻根"文学本质重新观照，评论家站在全球化的角度来重新审视"寻根"文学对民族文学建构的意义以及"寻根"作家们为民族文化振兴

① 参见南帆：《札记：关于"寻根文学"》，《小说评论》1991 年第 3 期。
② 王一川：《传统性与现代性的危机——"寻根文学"中的中国神话形象阐释》，《文学评论》1995 年第 4 期。

所承担的社会责任，此类重评不乏创见。代表性文章是程光炜在《文艺研究》2005 年第 6 期主持的《重评"寻根文学"》栏目中的一组文章，包括吴俊的《关于"寻根"文学的再思考》和旷新年的《"寻根"文学的指向》。这两篇文章"从不同角度对'寻根文学'所产生的历史语境、它与当时'文化热'和'新启蒙主义'的复杂关联、'寻根文学'对'全球化'的矛盾性反应、它与中国现代文学'历史—文化'叙述策略的相互缠绕，以及它对'出走'与'回家'这一历史循环叙事的反思等等，都作了较为深入的探讨"①。此外，不少研究者以全新的研究视域观照"寻根"文学，如文化人类学、生态文艺学、后殖民理论、文化历史学等，其研究成果可谓别开生面。

21 世纪以来，"寻根"思潮以及作家作品研究，无论在质还是量上，都有新的突破。值得重视的是，新近一些较热门的理论，均被研究者用来拓展"寻根"文学的研究空间。新的理论的确赋予了学术研究新的视域，但如果唯理论是从，仅从宏观考察"寻根"文学的价值意义，而忽视文本分析就有舍本逐末之嫌。更有甚者，有些评论者盲目援引西方理论，或者从欧美等著作中找出与"寻根"相似之处，就断然下结论认为"寻根"文学与国外文学有着某种渊源，或者受到了哪位作家、哪种风格的影响，而无视"寻根"作家对此否定的言论。比方韩少功多次否认他的"寻根"意识和创作受到了"魔幻现实主义"和加西亚·马尔克斯的影响，但令人困惑的是仍有很多评论者将二者与韩少功的创作扯上关系。我们要清楚的是，"寻根"是在中西文化激烈碰撞时代氛围下，追求主体自由意识的并有着乡村生活经历的作家们，把个人生活体验与民族文化前途自觉联系起来，把原始乡村的描绘作为精神抚慰和情感依托，通过对民间文化的写意性重构来应对异质文明的冲击。如果不能正视中西文学中"寻根"意识的差异，就很难走出"寻根"研究的误区。

由上述对"寻根"思潮相关研究的学术史梳理和研究动态的综述可知，学界对"寻根"文学已作了较透彻的研究和发掘，但该论题也仍然存在继续开掘空间。其中有些问题至今还未能研究透彻，理应引起学界的重视。如学

---

① 程光炜：《重评"寻根文学"》，《文艺研究》2005 年第 6 期。

界对"寻根"文学流派的宏观评价较多，但对具体文本解读力度不够；关注"寻根"思潮外部研究，但对创作美学特征、艺术技巧重视不够；"寻根"文学横向比较研究深入全面，但忽视了与传统文学的纵向研究；等等。尤其是在众多的研究中，研究者们并没有把"寻根"当作贯穿现代中国文学思潮来进行研究，也很少把"寻根"作为人类普遍存在的精神现象，并把它上升到文学母题的高度来研究。而且，普遍认为"寻根"现象仅存在 20 世纪 80 年代"寻根"文学出现前后几年，却很少把它置入现代中国文学整体语境来拓展研究，同时也忽视其与新世纪文学的联系。这种断裂论或者把某个文学现象孤立看待的思维方式，显然很难对研究对象进行历史性、全局性的把握。

针对上述研究现状，本书提出现代中国文学体系中存在着文化"寻根"思潮的论题，并把 20 世纪 80 年代的"寻根"文学纳入现代以来中国文学"寻根"思潮的整体语境中进行研究，这一"寻根"思潮序列中，有代表性的文学形态主要有"京派"文学，以民族化、大众化为创作旨归的解放区文学，新时期的"寻根"文学，以及"寻根"思潮退潮后仍然以文化寻根为创作主题的作品。在重点研究以往不被学界关注的"京派"文学、解放区文学的民族化探索等问题的同时，以"点"带"面"，"点""面"结合。以现代中国文学不同历史阶段的文学实践的"点"，来勾勒"寻根"思潮的源流及发展脉络，并试图揭示文学"寻根"现象的精神实质，以及"寻根"不同历史时期的丰富性和独特性。本书力图超越过去对寻根思潮仅限于 20 世纪 80 年代的简单理解，也不会简单认同把中国文学的现代化主要归结于受外国文化与文学思潮影响的观点，将现代作家对传统价值体系的思考以及对民族文化精神的探寻，与现代中国文学的发展进行关联，重新理解和构想现代中国文学的别样图景，丰富和扩大文化"寻根"的内涵，为中国现当代文学史整合研究提供新的思路。

对努力寻找自己合适位置的中国文学来说，研究"寻根"创作的得失对当下中国文学的发展有着一定的现实意义。现代中国作家们在创作中普遍表现出对传统价值体系的认同和民族精神力量的张扬，他们把追溯传统作为参照来反思民族文化现代化进程中的得失，显示出文化转型期的作家们立足传统、对话世界、与时俱进的眼界。因此，本书对增强中华优秀传统文化的自信提供了文学依据和理论参照，对寻求与世界文学对话的中国文学也同样有着借鉴价值。

文化是民族的血脉，是民众的精神家园。实现中华民族的伟大复兴，必须弘扬和传承民族优秀文化。文化寻根思潮是在全球化语境下，面对中西方文化的相互碰撞与交流，现代以来的作家们出于对本民族文化身份认同的焦虑，从而自觉思考民族文化未来走向，以寻找和复兴本民族文化为旨归的文化与文学思潮。本书就是从现代中国独特的历史经验出发，提供从自身历史总结出来的思想和文化演变规律，不仅比任何西方理论更能切合中国实际情况，而且有利于发挥本民族文化的优势，为应对异质文明的冲击、弘扬民族精神提供思想资源。

第 一 章
诗性精神与现代反思：文化寻根思潮的发生

一、诗意栖居与现代文明的反思

德国哲学家海德格尔在阐释著名抒情诗人荷尔德林的诗时，引用了诗中的名句"充满劳绩，然而人诗意地栖居在这片大地上"，并对诗意栖居的本真进行具体的阐释。在被遗忘了近一个世纪之后，荷尔德林及其作品的价值得以重新被认识，除了海德格尔的阐释功不可没外，更主要的原因应该是人们已深切地感受到了荷尔德林诗中"充满劳绩"与"诗意地栖居"之间的张力，这显然是科技理性与人文关怀之间日益尖锐的对立关系形象化表达。当"欧洲的技术——工业的统治区域已经覆盖整个地球"之后，"诗歌的大地和天空已经消失了"，"大地和天空、人和神的无限关系似乎被摧毁了"，荷尔德林认为西方已经具有傍晚之国的特性，而希腊这个早晨之国则是可能正在到来的伟大开端。[①]按照海德格尔的理解，荷尔德林对"诗意地栖居"之渴望，对希腊文明的眷恋，实质上是在呼吁人们在被日常世俗所束缚、在被科技理性所奴役的时候，不要忘记返回生命的本源，栖居大地，回归到大自然怀抱之中。

其实，对西方近现代文明负面影响的反思，自 18 世纪法国的卢梭就开始了。卢梭认为"科学和艺术的发展败坏了风俗"，尽管观点有偏激之处，

---

① 参见〔德〕海德格尔：《荷尔德林诗的阐释》，孙周兴译，商务印书馆 2000 年版，第218 页。

但现代西方文明所崇尚的科技拜物教下出现的种种问题，诸如人性扭曲、精神空虚、美德沦丧等，确实成为社会文明前进的障碍。在卢梭率先提出"返回自然"的口号后，许多思想家、艺术家和作家们以不同的方式进行回应。卢梭的同胞高更，是一位充满传奇色彩的画家，他厌倦了资本主义社会的都市文明，向往着原始粗朴的自然世界，于是他放弃收入可观的职业，离开生活便利的巴黎，来到南太平洋的一个小岛与原住民一同生活，在原始毛利人部落中追寻自己心中理想的艺术王国。英国小说家毛姆以高更的传奇为原型，创作了令生活在都市文明中的人们无限向往的著名小说《月亮与六便士》，其中"月亮"与"六便士"实际上就象征着艺术人文精神与世俗物质文明。再如法国现实主义作家梅里美，其创作题材钟情于原始的风土民俗，他热情地赞扬那些未被现代物质文明侵蚀的粗犷淳朴的性格和勇敢尚义的民风，以此传达他对鄙俗污浊社会现实的批判。在19世纪西方文学史上影响较大的被称为"湖畔诗人"的华兹华斯、柯勒律治和骚塞等英国诗人，有感于人与人之间冷漠的物质金钱关系，远离喧嚣的城市，隐居静谧的湖畔，在诗中抒写原始古朴的自然景色，赞美中世纪式的乡村生活，表达他们对物欲横流的现实的憎恶。

在近现代西方文学中，持此类倾向的作品可谓屡见不鲜，正如福山在《历史的终结》中所说的，从19世纪初的浪漫派思潮开始，有意排拒科技和理性者大有人在，他们主张"人类只有回到原初的前工业状态，才会过得比较幸福"①。福山所指出的这种反文明、反现代倾向，是浪漫派对文艺复兴以来的启蒙运动所倡导的理性主义的反拨。浪漫主义思想家致力于对人类心灵深处非理性一面的探索，肯定了人们的主观情感和幻想的重要性，他们反对现代文明社会中的机器大生产对人的控制，以及导致人类行为的摧残和精神的压抑，要求回到此前尚未开化的田园社会。由此可见，这种推崇原始自然的反现代倾向，其实是对物质文明进步与道德退化相伴而生现象忧虑的一种

---

① [美]弗兰西斯·福山：《历史的终结》，本书翻译组译，远方出版社1998年版，第103页。

反思，对反思现代科技所带来的负面影响有着深远的意义，不仅在原生内发性现代化国家，在世界范围内也引起了广泛回应。

在英法现代工业文明的影响下，19世纪的德国社会发生了较大的变化，哲学家费希特就特别反感这种源于经济现代化引发的社会变迁，对与之相对的农业文明和礼俗社会进行高度赞扬。当现代化进入到相对比较落后的俄国时，一种较为系统的反现代化思潮"斯拉夫主义"也随即出现了。随着现代工业文明的高度发展，西方国家在全球率先进入现代化历程，并以殖民主义的方式向东方扩展。然而东方国家，如印度、中国等有着古老而悠久的文化积淀，并形成了业已成熟的文明体系。当西方文化在现代工业文明的裹挟下强势进入物质文明相对落后的国家时，那些欣羡西方现代文明的知识分子认同和接受了对以科技理性为特征的西方文明，然而也有另一部分知识分子忧虑西方现代文明对本土文明带来的冲击，这种忧虑之情上升为一种强烈的民族情感，于是他们成为反现代化思潮的坚决支持者和本土文明坚定的捍卫者。不难理解，为什么在后发现代性国家，尤其是有悠久历史的文明古国，都出现过这种反对西化的保守主义现象，形成了一股不同于其他西方国家的反现代化思潮。印度的泰戈尔就认为："西方来了，不是给予我们它们最好的东西，也不是发掘我们最好的东西，而是来剥削我们的物质财富"，"西方生产的东西为西方所用，不能简单地加以移植。我们东方人，不能借用西方的思想或西方的脾性。我们要找到自己的出生权"。① 作为被彻底殖民化的东方国家，印度虽然拥有历史悠久的恒河文化，但在西方文明的入侵下古印度文明被彻底颠覆，酿成了印度在近代的悲剧性命运。泰戈尔给我们的警醒可谓是自己民族最惨痛的教训。

近代以来，中华民族屡遭列强欺凌。出于富国强兵的客观需要，知识分子寄希望于西方现代文明，"洋务运动"就是在"师夷之长技以制夷"的理念下主动向西方学习的成果。然而中日甲午战争的惨败，使中国知识分子明白要挽救民族危亡的命运，注重"器"的发展并不能完全解决中华民族面临

---

① 沈益洪编：《泰戈尔谈中国》，浙江文艺出版社2001年版，第29页。

的问题。在反思了中国封建体制和封建思想文化的弊端后，康有为、梁启超等进步知识分子参照现代西方文明，"别求新声于异邦"，积极推行维新"变法"，然而维新和改良并不能从根本上改革根深蒂固的封建统治，因为以专制为核心的封建制度与崇尚民主理性的现代文明是格格不入的，要引进和输入以科技和理性为代表的西方文明，必须彻底推翻严重阻碍社会进步的封建统治。五四先驱们清楚地认识到了维新改良派失败的原因，提出了彻底地反封建的主张。新文化运动的发难者祭起"民主"和"科学"两面大旗，将批判的矛头直指封建专制以及维护其统治的封建文化。我们知道，五四新文化运动的本意并不是简单地对整个传统文化的全盘否定，他们只是批判维护封建专制的伦理道德和纲常名教，但是经过两千多年的封建统治，封建礼教思想与传统文化很大部分融为一体，对封建专制的批判直接导致了否定本民族文化遗产，全盘接受以科学民主和启蒙主义为特征的西方现代文明。可以说，接受西方文明是知识分子在国家民族救亡图存使命下，寻求国家富强的一种途径，是出于对西方物质文明的羡慕，对能建造坚船利炮的科学技术的向往。

文化改革与重建的愿望本无可厚非，但这种剧烈的文化转型方式使知识分子对自身的文化身份和民族的文化处境产生了深深的忧虑感。再说西方文明也不是包治百病的灵丹妙药，更何况西方文明自身也充满着不和谐因素。第一次世界大战成为席卷欧洲的空前劫难，西方国家也开始尝到了现代文明带来的苦果，陷入严重危机的西方文明引起了中国知识分子的怀疑和反思。以梁启超和梁漱溟为代表的"新儒学"的兴起，就是对西方现代文明的质疑，对新文化运动激进的反传统思想的挑战。与林纾指责新文化运动"覆孔孟，铲伦常"相比较，"新儒学"并非固守传统伦理道德的泥古守旧派，也与梅光迪、胡先骕、吴宓等用西方新人文主义来"昌明国粹，融化新知"的主张有本质区别。"新儒学"并没有全力引进外来思潮来作为自己辩护的理论武器，而是站在社会时代最前沿，深刻感受到资本帝国主义对中华民族主权和尊严的践踏，也体验到了欧风美雨对民族传统文化的侵袭。以承继中国传统文化精神为己任的现代知识分子，在强烈的社会责任感和文化使命感的驱使下，力图重树中国传统文化尤其是儒家文化的主导地位，以探求中国现实社会出路和传统文化走向的一种思想倾向。

现代"新儒学"认为民族的危机其实就是民族文化的危机，该说法有一定的道理。试想，西方现代文明连自身问题都不能最终解决，又怎么能挽救中华民族的存亡危难？然而，自近代以来的"西化"趋势已经愈演愈烈，新文化运动的思想资源几乎都来自西方，这种现象不仅不会解除民族的危机，反而会毁灭作为民族身份认同的本民族传统文化。所以，新儒家为了解决中国社会向何处去的问题，对新文化主流派提倡科学民主，彻底反传统的激进西化主张进行了尖锐的批评，还针锋相对地提出弘扬中国传统文化的正面价值。现代"新儒学"先驱者之一梁启超，早先接受西方文化，倡导变法维新，但是当梁启超等人再次到欧洲实地考察了一番后，发现战后的西方已不再是十余年前游历北美时的"新大陆"，取而代之的是一派凋敝衰败的景象。他们在怀疑西方资本主义文明的同时，开始转向对本民族传统文化的肯定。在考察欧洲返回国内后，梁启超写下了《欧游心影录》，大力宣扬用中国的传统文化来疗救西方。渲染西方的文化病，用中国的文化拯救世界，如今看来无异于一厢情愿的自我麻醉，然而在当时至少说明了梁启超文化心理的变化轨迹。无独有偶，被美国学者艾恺称为"最后的儒者"的梁漱溟，他的文化思想历程也同样经历了从西洋到东方的转变。出版于1921年的《东西文化及其哲学》，被认为是五四东西文化论战中最有分量的理论著作。跟随梁启超一起到欧洲考察的张君劢在学成归国后，在清华大学发表了题为《人生观》的演讲，对新文化运动中的"科学万能"的思想进行了质疑，认为"故科学无论如何发达，而人生观问题之解决，绝非科学所能为力，依赖之人类之自身而已"[①]。当反传统成为时代主潮时，现代"新儒学"的倡导者们并没有随波逐流，而是以强烈的救世意识关注着民族国家的兴衰荣辱，体现出了知识分子典型的"为王者师"的使命感。"新儒学"通过对五四反传统启蒙主义

---

① 张君劢：《人生观》，载张君劢、丁文江等：《科学与人生观》，山东人民出版社1997年版，第38页。

思潮的反省，以强烈的使命感和现代意识重建并复活了儒家思想体系，把坚定的民族文化意识作为拯救民族危亡的重要途径。因此，暂且不论"新儒学"是否阻碍了中国文化的现代化进程，但其对西方文化的审慎态度是可取的。

文化论争是文化发展的重要推动力之一。20世纪初，以五四发难者为主体的文化激进派和以现代"新儒学"为代表的文化保守主义者之间关于东西文化的论战，就是为探索本民族文化发展走向，提出各自不同的理论构想，争论各方都表现出了强烈的历史责任感。在这里需要说明的是，尽管文化保守主义者的理论主张明显落后于时代大潮，但至少"新儒学"对文化保持独立思考，进行学理性探索的态度是值得敬佩的。更何况中国的文化问题的论争总是与社会政治制度的变革联系在一起，其复杂性是可想而知的，因此不能简单地认为文化保守主义者就是守旧落后，超越时代对其理论的缺陷求全责备也是不合理的。其实，文化保守主义为了论证本土文化的生命力，对民族文化遗产进行了较为完备的整理和研究。可以说，文化保守主义与激进派的论争，再次激发了民族传统文化的活力，在面对西方现代文明时表现出了坚定的文化自信，也为近现代中国知识分子探求民族现实出路，追求个人理想，提供了厚重的文化支持。

二、文化守成与人文理想的张扬

关于中国现代思想史，李泽厚有一个非常经典的论述："启蒙与救亡的双重变奏"，即思想启蒙的新文化运动与反帝反封建的爱国运动二者是互相促进、创造性转换的关系。李泽厚认为，"五四时期启蒙与救亡并行不悖相得益彰的局面并没有延续多久，时代的危亡局势和剧烈的现实斗争，迫使政治救亡的主题又一次全面压倒了启蒙的主题"[1]。李泽厚于20世纪80年代中期在一篇题为《启蒙与救亡的双重变奏》的文章中认为，五四运动包含着新

---

[1] 李泽厚：《中国现代思想史论》，天津社会科学院出版社2004年版，第26页。

文化运动和学生爱国反帝运动这两个性质不同的运动，新文化运动在于思想启蒙，而学生爱国反帝运动则在于国家民族的救亡。于是，李泽厚以"启蒙"与"救亡"这两个思想史主题来建构中国现代史，认为在中国现代史的发展运动中，"反封建"的文化启蒙任务被民族救亡主题"中断"，革命和救亡运动不仅没有继续推进文化启蒙工作，而且被"传统的旧意识形态""改头换面地悄悄渗入"，最终造成了"文革""把中国意识推到封建传统全面复活的绝境"①。对此观点，李泽厚非常自信，在1989年《李泽厚十年集·走我自己的路》的增订本所作的"序言"中，再次明确指出，20世纪中国现代史的走向，是"救亡压倒启蒙，农民革命压倒了现代化"②。

　　作为"青年一代的美学领袖与哲学灵魂"③，李泽厚的"救亡压倒启蒙"论在当时的人文知识界产生了巨大的反响，对20世纪80年代以来的文学和思想界的整体建构也产生了不可忽视的影响。在此观点的影响下，学界普遍认为在中国新文学历史演进中，以启蒙主义为特征的五四文学传统和以无产阶级革命为主要诉求的左翼文学传统，用互相冲突甚至取代的方式来影响新文学的发展格局。

　　从主流话语来看，这样的论断诚然不假，但是，在这个论断背后究竟还隐含了我们很少去追问的理论预设：一是文化观念上必须是激进主义而非保守主义，是"进步"的而非"反动"的或者调和"中庸"的；二是在思想资源方面，必须有绝对的反传统倾向，并具有强烈的"西化"意识；三是在价值审美上倾向于功利主义，类似于"为艺术而艺术"或者远离社会现实生活，"立场"不坚定的艺术流派则被排除在外；四是具有政治贵族精英倾向，这就排除了非"主流"文学家们具有启蒙思想的可能。这些理论预设不

---

① 李泽厚：《启蒙与救亡的双重变奏》，载《中国现代思想史论》（下），安徽文艺出版社1999年版，第823页。

② 李泽厚：《李泽厚十年集·走我自己的路》增订本，安徽文艺出版社1994年版，第10页。

③ 李黎：《青年一代的美学领袖与哲学灵魂——李泽厚印象》，《文学自由谈》1988年第4期。

仅有康德要敢于运用自己的理智，把自己从不成熟的状态中解救出来的启蒙座右铭，以及霍克海默和阿多诺摆脱恐惧，成为主人的"启蒙辩证法"；也有陈独秀《敬告青年》提出的"六义"，即："自主的而非奴隶的"；"进步的而非保守的"；"进取的而非退隐的"；"世界的而非锁国的"；"实利的而非虚文的"；"科学的而非想象的"。[①] 这样，凡是符合"六义"就被冠以"启蒙"思想家之名，而当某一方面或者几个方面发生变化时，他就不再被承认为启蒙者了，如胡适、周作人等。很显然，在五四新文化运动爆发的前几年，以《文学改良刍议》《易卜生主义》以及以《人的文学》《平民的文学》等名之于世的胡适、周作人当仁不让地被建构进入到启蒙者的行列，可是之后的他们，如鲁迅所说的"风流云散"之后，就很难再被称为启蒙者了。

可以说，李泽厚"救亡压倒启蒙"的论断是对左翼文学主潮的高度概括，但是，它并不能反映出现代中国整个文学生态系统。当然，类似问题当然不仅仅只是五四期间围绕着"启蒙"进退问题，它还涉及现代以来的很多作家，比如一些持自由主义思想的作家，他们是否同样具有启蒙者的"资格"？如果说完全不具备"启蒙性"，那么，他们将以什么样的身份被写入文学史的？如果具有"启蒙"的质素，那么，是在何种意义上获得了被"追认"的"启蒙"意识？而这些看似理所当然的论述，实则语焉不详，缺少学理性深究。

五四运动之后，因为封建制度的土崩瓦解，缺乏共同批判对象的自由知识分子内部凝聚力减弱；再者，因阶级矛盾的激化，五四阵营分化为提倡社会革命的激进派和资产阶级自由派，并逐渐形成了影响现代中国的两大重要文化思潮之间对峙与冲突的局面，即一直延续整个现代中国文学发展历程的左翼文艺思潮与自由主义文艺思潮。五四退潮之后，"现代评论派"粉墨登场，可以说是中国现代自由主义文艺思想的一个代表性流派，紧接着以梁实秋为理论代表的"新月派"，以胡秋原、苏汶为代表的"自由人""第三种人"，以林语堂为代表的"论语派"，以沈从文为代表的"京派"等，汇集成"多声部"的自由主义文艺思潮。通过对自由主义思潮的梳理，我们发现现代中国文学

---

① 陈独秀：《敬告青年》，《新青年》1915 年第 6 期。

思潮史中的几次重要的论争，其实都与这两种文艺思潮所形成的两大文学阵营有关。最初在新文学阵营内部关于"问题与主义"的论争就已经暴露出了两种文艺思潮对立的端倪，到 20 世纪 20 年代左翼同"现代评论派""语丝"的论争，30 年代同"新月派""自由人""第三种人""论语派"以及"与抗战无关"等一系列论争，表明了自由主义作为一种与左翼相对的思潮存在于文艺界，而 40 年代与"文艺自由"论等展开的论战则是自由主义思潮在一体化文艺政策中发出的最后声音。由此，我们可以看出，尽管学界对自由主义文艺思潮的界定，从不同的角度切入，观点也各不相同，但普遍认为自由主义文艺创作至少具有这样两个特征：超政治功利性的艺术审美和超阶级的普遍人性追求。也就是说，自由主义文艺思潮与现实政治保持一定的距离，其创作风格与"惟政治是从"的"遵命文学"完全不同。在这些论争中，针对左翼文学的某些偏向进行发难的"新月派"理论家梁实秋，明确站出来反对革命文学。作为白璧德的私淑弟子，梁实秋接受并引入"新古典主义"理论，认为文学要有人文主义精神，要促进人性的提高。其实梁实秋并没有完全否认文学与革命的关系，只是认为文学家不能"在革命的时代便被狂热的潮流挟以俱去，不能自恃"，而应保持自己独立的"个性"。[①] 梁实秋用人性、个性和超阶级性反对革命文学的阶级性，具有明显的自由主义精神特质。虽然自由主义文艺思想表现形式不同，但蕴含其中的自由主义精神特质确是一致的。面对社会和文化的变革，文学必有反应，自由主义社会思潮与文艺思潮其实就是一种同构关系。

关于中国自由主义思潮的源头，学界意见不一。有研究者认为中国自古就存在自由主义思想，老庄学说、魏晋风骨，包括李贽的"童心说"等都是这种思潮的体现；也有持不同意见者，认为中国自由主义思潮产生于近现代，源自五四新文化运动。如许纪霖就认为："如果要追溯中国自由主义的起源，应该从五四算起。在此之前，严复、梁启超也宣传介绍过西方的自由主义学理和思想，不过，自由主义对于他们而言，是一种救亡图存的权宜之

---

① 梁实秋：《文学与革命》，载《梁实秋论文学》，台北时报出版社 1978 年版，第 250 页。

计，而非终极性的价值追求。当个性解放、人格独立和自由、理性的价值在新型知识分子群体之中得到普遍确认，而且具有形而上的意义时，中国方才出现了真正意义上的自由主义者。"① 这两种观点孰是孰非不是本书讨论辨析的重点，但把近现代中国的自由主义思潮与中国古代庄周等人的思想相比较，它们在诸多方面有着明显的差异。这不仅因为五四时期的自由主义思潮是作为传统文化对立面而存在，更是因为其宣扬的个性解放思想、人格的独立和自由与传统文化价值体系格格不入。也就是说，现代中国的自由主义思潮与古代自由思想尽管有相似之处，或许在某些方面有着继承与延续的关系，但中国现代自由主义思潮主要来源是西方人文主义思潮，它是伴随着中西方文化碰撞与交融的过程而产生的。大批留学国外，尤其是留学欧美的学生在回国后，把西方的自由主义思想与本土的社会政治、文化环境等结合起来，形成了始于五四的现代中国自由主义思潮。五四时期，各种西方近现代思潮汇集，呈现出一种"复调"现象，自由主义思潮与启蒙主义、个人主义、人道主义、进化论等思潮交织在一起，成为五四新文化运动时期的思想文化环境。

周作人是中国现代自由主义文艺思潮的理论奠基者，从主张"人的文学"即为自我表现的性灵文学，到宣称去开垦一片拥有"独立的艺术美与无形的功利"的"自己的园地"，② 都可以看出周作人对于个性自由解放的不懈追求以及对艺术的超功利性质的自觉维护。在《中国新文学的源流》中，周作人从传统文学中找到了新文学的源头。他将中国传统文学分为"言志派"和"载道派"，中国文学史就是这两种文学的交汇，五四新文学就是言志派。尽管周作人的这一立论被认为是不严谨的，如钱钟书就认为"言志"和"载道"在传统的文学批评上"原是并行不背的"，"许多讲'载道'的文人，做起诗来，往往'抒写性灵'，与他们平时的'文境'绝然不同"。但钱钟书在新文学的源流上还是赞成周作人的观点，他认为明末公安派、竟陵派的新文学运动与

---

① 许纪霖：《社会民主主义的历史遗产——现代中国自由主义的回顾》，《开放时代》1998 年第 4 期。

② 周作人：《自己的园地》，《晨报副刊》1922 年 1 月 22 日。

民国以来的文学革命运动，"趋向上和主张上，不期而合"，而且将民国的文学革命运动溯流穷源，"不仅止于公安竟陵二派；推而上之，像韩柳革初唐的命，欧梅革西崑的命，同是一条线下来的"。① 无论周作人还是钱钟书，都承认了五四新文学与传统文学之间千丝万缕的联系。就以周作人"人的文学"和"平民文学"来说，虽然强调文学要以西方的人道主义为本，但他进行反思后转而推崇"即兴言志"，而这种转变显然有着传统文学内在思想的沉潜。其实，新文化运动之初周作人所发表的《人的文学》，在这篇被誉为新文学纲领性的文章中，周作人肯定了人的本能欲望，张扬人的自然本性。周作人认为："人类正当生活，便是这灵肉一致的生活。所谓从动物进化的人，也便是指这灵肉一致的人，无非用别一说法罢了。"他还承认人是一种生物，"他的生活现象，与别的动物并无不同，所以我们相信人的一切生活本能，都是美的善的，应得完全满足。凡有违反人性不自然的习惯制度，都应该排斥改正"。② 显然周作人的这种观点与李贽的"童心说"和"自然人性论"所表达的思想一脉相承。

在周作人的倡导下，对人的性与灵的追求成为文学现代性的核心价值观念之一。"人的解放"思想将作家形塑为具有独立意识的创作个体，"人的文学"观念使新文学作家们自觉地将笔触深入到对纯朴人性的发掘，对人性真善美的展示。可见对人道主义的自觉弘扬，追求人性的永久价值成为现代作家们的共识。周作人也被认为是"京派"文学的精神领袖，这是因为很多"京派"作家是在其精神指引下进入文坛的。周作人的思想观念理所当然成为"京派"拥护的创作原则，"京派"作家大多立足于乡土风情的书写，就是因为其中既能表达作家们对淳美人性的膜拜，也能在社会文化现代进程中发掘传统文化中的精华部分。

京派文人尽管身居中国现代启蒙思想的发源地北京，但他们始终认同自己"乡下人"的身份，其理论主张和创作内容带有鲜明的民族文化自觉意识，

---

① 中书君（钱钟书）：《评周作人的新文学源流》，《新月》1932 年第 4 卷第 4 期。

② 周作人：《人的文学》，载胡适选编《中国新文学大系·建设理论集》，上海良友图书印刷公司 1935 年版，第 194 页。

他们就是被学界称为"京派"的作家和理论批评家。何谓"京派"以及"京派"的作家构成，学界没有一个完全统一的观点，很大程度上因为"京派"不像"左联"那样有着明确纲领以及相对固定的组织形式。即便如此，从创作风格的一致追求上，我们也不能否认这个文学流派存在的事实。把"京派"作为一个文学流派来看待已成为学界共识，一般所指的是创作风格和艺术追求异于"左联"，主要活动于京津一带的北方作家群。"京派"文人是以对中国现代化历程的反思、对五四文化激进主义的反拨形象而出现的。五四新文化运动提倡的"科学""民主"的口号，以无穷的魅力契合了现代知识分子对建设现代中国的渴望，也以横扫一切之势撼动着几千年来的传统文化。然而在中西文化的碰撞中，当传统文化遭遇到简单粗暴的对待后，一股由"京派"文人提倡并实践的景仰传统文化、回归原始文明的反思现代性思潮随之出现并引起了关注。

如果我们把五四新文化运动作为中国传统文化现代化转型的开始，那么"京派"所追求的原始文化情致相对来说就具有明显的反思现代性倾向。尽管学界对"京派"是否具有"反现代性"倾向存在较大争议，但需要明确的是"京派"的"反现代性"是一种文化现象，这种"反现代"并不仅限于反工业文明，而且还是一种文化理想。那么，"京派"的这种反现代性倾向与世界范围内的"反现代化"是具有普遍共性，还是一种独特现象？它是一种自觉的文化反抗意识还是一种不自觉的或者消极的保守态度？要认识"京派"的思想倾向和文化姿态，我们应从"京派"的文化身份来考察。寓居北京的"京派"文人大多在青年时代才迁居到都市生活，在开始新的人生之前，他们已经在家乡度过了自己的童年和少年时期，然而一个人的文化心理个性形成的关键时期就是童年时代。尽管他们中也有一些人并不完全了解西方现代文明，但并不能认为这种"反现代"倾向是一种不自觉的反应。他们凭着童年时代所形成的认知经验来对现代文明做出感性判断，这种认识来源于乡村和都市对比所产生的地域上的"空间差"以及现代化进程中前现代与现代之间的"时间差"。"京派"文人的记忆停留在前现代的乡土文化，而都市已然是现代文化的代言，这种时间和空间的反差正是他们产生反现代性倾向的主要原因。可以说，"京派"文人的这种自觉的对现代都市生活的批判意识恰巧与全球的"反现代化"思潮不谋而合，这也表明了在社会转型时期，尤其是传统文化与现代文明相冲突的时候，也是自觉的文化保守意识高扬之时。这是知识分子在本土文化被外来文化冲击时产生的民族主义情绪，同时也是对文化激进主义态度的一种反拨，客观上起到保护和延续本民族文化的作用。但我们需要明白的是，"京派"的这种"反现代性"倾向，并非仅仅是19世纪西方"反现代"思潮在遥远国度的回应，也不是东方文化保守主义思想成规的墨守，而是有着本土独特的一面。"京派"文人忧虑民族文化即将被现代西方文明湮没的危机，提出并实践了自己重构传统文化的理想，他们在创作中以乡村叙事来传达重建文化乡土的意向。废名禅宗思想的渗透，沈从文人性美的高举，汪曾祺自然风貌的书写等，"京派"文学中包含着作家个人的乡村生活体验和中华民族传统的伦理道德要求，因此与世界范围内的"反现代性"倾向相比，有着本民族乡土文化意识和传统审美情趣两方面的独特性。

"京派"文人以自觉的文化"反现代性"姿态出现在中国现代文坛，与20世纪初国内各种探索关于民族文化走向所提出的不同主张之间的论争密切关联。所以，我们有理由相信，"京派"文人所表现出来的"反现代"倾向与文化保守主义者有着精神上的血缘关系，"京派"文学其实就是文化守成思潮在文学领域上的具体表现。

三、文学功利与审美价值的选择

"京派"文学产生于20世纪20年代末的"左翼"与"自由主义"文学论争中。以独特的艺术审美追求出现在30年代文坛的"京派"文学，是对"左翼"文学的反思之后的艺术选择，并作为自由主义思潮的文学实绩而出现的，由此可见"京派"文学是近现代中国自由主义思潮在文学创作上发展分化的结果。

　　"京派"文学继承和发扬着五四自由主义作家的"文学理想",除了他们有着共同的艺术审美观,作家们师友同道之间情谊甚笃也是很重要的方面。废名、沈从文是"京派"最具代表性的作家,包括凌叔华、林徽因、萧乾以及被称为"最后一个京派"的汪曾祺等作家。他们在五四新思想的感召下,离家只身来到新文化运动发源地寻找人生价值。废名是周作人的得意门生,废名进入文坛得到了周作人的大力提携,废名的小说集出版时,几乎都由周作人为其作序,并且褒奖之词溢于言表,一再称赞其"文章之美"。沈从文初入文坛时四处碰壁,在几近绝望的关头,得到了徐志摩、胡适等人的接济和无私帮助,其文学事业才得以继续发展,最终成为中国现代文坛风格独特的文学大家。绝处逢生是沈从文终生难忘的,沈从文之所以执着于自由主义文学理想,与徐志摩、胡适、郁达夫等人的人格魅力和扶掖提携有着很大的关系。沈从文回忆在胡适的帮助下到上海中国公学任教时说:"这个大胆的尝试,也可说是适之先生尝试的第二集,因为不特影响到我此后的工作,更重要的还是影响我对工作的态度,以及这个态度推广到国内相熟或陌生师友同道方面去时,慢慢所引起的作用。这个作用便是'自由主义'在文学运动中的健康发展,及其成就。"① 沈从文也特别推崇废名,有意识地向废名学习小说的写作技巧,并且明确表示自己的创作是受了废名先生的影响。同样,汪曾祺承认沈从文对自己的创作影响很大,坦诚地表明向他的这位老师学到了很多,并且在创作时对沈先生"有有意效仿,也有无意效仿"②。其实这种师友同道情谊不仅仅存在于周作人、废名、沈从文以及汪曾祺等人之间,也普遍存在于"京派"作家内部。"毫不夸张地说,几乎每一个年轻的'京派'作家,都是由'京派'老一辈作家领入文坛的。不仅如此,老一辈作家们一直关注着他们的创作。"③ 在这种亦师亦友的和睦人际关系中,"京派"年轻

① 沈从文:《从现实学习》,载《沈从文全集》第十三卷,北岳文艺出版社2002年版,第394—395页。
② 巨文教:《张兆和、汪曾祺谈沈从文——访张兆和、汪曾祺两位先生谈话笔录》,《中国现代文学研究丛刊》1994年第2期。
③ 高恒文:《京派文人:学院派风采》,上海教育出版社2000年版,第105页。

作家们有机会与前辈面对面地交流，肯定会自觉不自觉受到影响。因此，前辈作家们的文学观念会潜移默化地被年轻一代接受，前辈们的作品也成为他们学习模仿的最佳对象。"京派"文学就是以这种方式在新老作家间延续和传承的。

1927 年之后，中国社会阶级矛盾尖锐对立，为反抗压迫，实现自身的政治理想，左翼文艺阵营应运而生。左翼文艺的出现顺应了现实政治和革命形势的客观需要，加速了中国文艺大众化的步伐，在文学各个领域均取得了辉煌的成绩，也是对世界无产阶级革命文学的响应。五四新文化运动之后，马克思主义社会政治学说已在国内有了一定的影响，其阶级学说和革命理论被报纸杂志广为介绍，左翼文艺思潮正是以此为指导思想，把文学反映社会生活进一步强化为"文学是阶级斗争的反映"。李初犁在《怎样地建设革命文学》中说："文学，与其说它是社会生活的表现，毋宁说它是反映阶级的实践的意欲。"他是这样给无产阶级文学定义的："为完成他主体阶级的历史的使命，不是以观照的——表现的态度，而以无产阶级的阶级意识，产生出来的一种的斗争的文学。"[1] 在民族国家面临生死存亡的关键时刻，中国传统知识分子固有的忧国忧民传统得到重新发扬，作家们担当起解救国家危难的历史责任，投身到革命斗争的洪流中。因此，左翼文艺思潮能在现代中国文艺界脱颖而出，时代环境功不可没。当然，左翼文学最终能成为时代主导话语，是通过不断地与非左翼话语进行积极论战而实现的。通过上文论述的左翼与自由主义文艺思潮所进行的一系列论争，我们可以清楚地感受到左翼文学所面临的重重挑战。左翼作家在这些论争中能战胜对手取得话语权，很大程度是因为阶级和革命的时代主题。20 世纪二三十年代就是一个阶级矛盾激化的时代，是一个革命形势风起云涌的时代，无产阶级革命文艺运动，在当时的中国，成为"惟一的文艺运动"，[2] 其文坛主流地位就是通过与一切非

---

① 李初犁：《怎样地建设革命文学》，载北京大学等主编：《文学运动史料选》第二册，上海教育出版社 1979 年版，第 32、40 页。

② 鲁迅：《二心集·黑暗中国的文艺界的现状》，载《鲁迅全集》第四卷，人民出版社 1981 年版，第 285 页。

左翼文学的论战确立起来的。

20世纪30年代中期，海伦·福斯特在向海外介绍现代中国文坛时，是这样评价左翼文学的："从一九二七年到一九三二年这个期间，左翼文学有意地轻视'艺术性'，它关心的几乎完全是宣传、理论分析和报刊文章，其影响很大，尽管作品的艺术生命短暂。"的确，左翼文坛在当时有很大的影响，"从一九二八年到现在，左翼革命文学一直是主流"。①但海伦·福斯特也指出了左翼文学真正的影响并不是作品的艺术生命，而是"宣传、理论分析和报刊文章"，显然这些都不能算是纯粹的"艺术性"的文学作品。轻视文学创作活动中的艺术价值追求，将艺术性从属于文学的社会功能，既是左翼文学在特定历史时期兴盛的原因，也是左翼文学走向中落的原因。

左翼革命话语不像五四文学仅局限于对"个人"的热衷，而是上升到国家民族的宏大叙事高度，给中国新文学注入了新鲜的内容。作家自觉的意识形态功利性传承了文学的载道功能，作为战斗武器的文学对当时的无产阶级革命的意义不容小视。但我们也应该注意到左翼话语存在过度渲染阶级意识的一面，是一种高扬文学的政治功能以及文学服务于社会革命的文艺观。把文学作为政治的工具，给文学创作带来的弊端至少体现在这两个方面：其一，左翼作家是以马克思主义为创作指导的，因此在文学实践活动中也以阐释和宣传马克思主义理论为主。这种强调宣传功能的创作理念，必然导致作品的公式化、概念化倾向。其二，左翼作家是无产阶级政党领导下的文学和政治团体，认为文学是有阶级的，甚至将文学的阶级性推向极端。阶级是集体概念，强调文学的阶级性就是用集体话语否定个人话语，用文学的政治性取代文学的人性。因此，我们在肯定左翼作家强烈的社会使命感以及左翼文学所带来的积极社会效应的同时，也应对与左翼论战的"京派"作家表示敬意。"京派"敏锐地洞察到了左翼文学的不足之处，针锋相对地提出与之全然不同的创作观点，这种敢于质疑主流话语的勇气就值得敬佩，要知道在当

---

① ［美］尼姆·威尔士：《活的中国·附录之一——现代中国文学运动》，文洁若译，《新文学史料》1978年第1期。

时左翼作家联盟是非常强势的文艺团体。

产生于 20 世纪 30 年代的"京派"吸取了其他自由主义流派，如"语丝派"与"现代评论派"以及"新月派"与"左联"论争的历史教训，刻意回避各种形式的文坛论战。尽管"京派"文人如此低调，但也由沈从文引起了两场激烈的论战：一是著名的"京""海"之争，再就是关于"差不多"的文学论争。"京""海"派论战缘起于沈从文的一篇并没用针对具体人和事的文章《文学者的态度》，批评了文坛上普遍存在的一种对于文学的不严肃的态度，结果敏感的上海作家苏汶对号入座并迅速作出了反应，撰写了《文人在上海》反过来对北平作家进行了一番讽刺和挖苦，拉开了文学史上称之为"京海论争"的帷幕，沈从文和他的同仁们也因此次论战被冠以"京派"的头衔。沈从文在文章中指出了"海派"的特点"'名士才情'和'商业竞卖'相结合"，并引申为"投机取巧"和"见风转舵"。① 《论"海派"》尽管有些书生意气，但也一针见血指出了"海派"文学的实质，也明示"京派"作家追求的是一种不同于"海派"的"纯正的文学趣味"。② 此后不久，沈从文发现左翼作家普遍存在着"差不多"现象，觉得大多数青年作家的文章都"差不多"，"文章内容差不多，所表现的观念也差不多"，于是号召作家"来一个'反差不多运动'"。③ 同时他也指出造成这种"差不多"现象是作家只记住了"时代"而忽略了艺术的缘故。很显然，沈从文这里的"时代"指的就是影响并制约文学的政治意识形态。

林语堂曾明确指出商业和政治之于艺术的危害："如果商业化的艺术常常伤害了艺术的创造，那么，政治化的艺术一定会毁灭了艺术的创造。"④ 无独有偶，沈从文在分析文学运动得失时，也抱以同样的观点："第一是民国

---

① 沈从文：《论"海派"》，载《沈从文全集》第十七卷，北岳文艺出版社 2002 年版，第 54 页。

② 朱光潜：《谈趣味》，《益世报·文学副刊》1935 年第 1 期。

③ 沈从文：《作家间需要一种新运动》，载《沈从文全集》第十七卷，北岳文艺出版社 2002 年版，第 101 页。

④ 林语堂：《人生的盛宴》，湖南文艺出版社 1988 年版，第 172 页。

十五年这个运动最先和上海商业资本结了缘，新文学作品成为大老板商品之一种。第二是时间稍后这个运动又与政治派别发生了关系，文学作家又成为在朝在野工具之一部。因此一来，如从表面观察，必以为活泼热闹，值得令人乐观。可是细加分析，也就可看出一点堕落倾向。"① 由这两次文坛论争，就是"京派"文人出于对文学独立精神的崇尚，对文学与商业结合、文学与政治结合的批评。尤其是对后者，对左翼文学受到政治的束缚以至于缺乏个性的批评，体现出"京派"文人超然于政治的人生姿态和潜心艺术的审美情趣。

尽管"京派"文学与左翼文学在创作理念和审美取向等方面存在较大的差别，但我们不能忽视左翼文学在大众化与民族化方面的努力。在某种程度上来说，左翼文学承继了新文学开创的现代文学传统，又在反思五四以来文学现代性以及中国文学经验的基点上，极力倡扬民族化之路。尤其是延安文学作为特定历史时期中国经验的集大成，无论是对民间文化传统的再发现，还是对旧形式的再利用，从文学理论到创作实绩都传递着对民族性的重视。这种以反思新文学经验为契机，从民族文化与文学的传统根脉中寻找积极因素，探索重构本民族文学现代性和民族性的努力，也同样体现出了强烈的民族意识。

"京派"作家之所以对左翼文学进行公开批评，就是因为左翼文学界创作实绩的贫薄，没有创作出太多优秀的作品，但却反倒批评一切与之文学观点不同的其他流派，有点"左"得不可一世，颇为反感。② 如沈从文指出的"差不多"现象，就是对有些作家追求时髦，应景凑热闹，写出一些缺少独立识见的作品，从而导致左翼文坛一片荒芜。在文学论争中，理论的辩解尚居其次，最重要的是创作实绩，拿出有分量的作品来说话，比任何理论更有说服力。沈从文之所以敢于向"海派"和"左翼"发难，指出他们存在不利于文学发展的现象，就是因为"京派"作家的潜心创作，这些富有个人独

---

① 沈从文：《文学运动的重建》，载《沈从文全集》第十七卷，北岳文艺出版社 2002 年版，第 289 页。

② 卞之琳：《追忆邵洵美和一场文学小论争》，《新文学史料》1989 年第 3 期。

立见解的作品，与跟风赶潮的应景之作不可同日而语。沈从文在给张兆和的信中，自信地宣称："我实在是比某些时下所谓作家高一筹的。我的工作行将超越一切之上，我的作品比这些人的作品更传得久，播得远。我没有方法拒绝。"① 对献媚于商业的"海派"的批判，反衬出京派文人醉心于艺术审美的精神品质；对主导时代潮流的左翼文学的反思，方显示出京派文人自觉游离主流政治文化的独立意识。正是这种卓尔不群的姿态，才使"京派"和京派文学成为中国现代文坛的别样景致。

四、游离政治与五四精神的复归

尽管"京派"自觉游离于政治文化，与主流意识形态保持着一定的距离，但并不是说"京派"或者其他自由主义作家就能完全与社会现实隔绝。"京派"作家主张的人性书写与中国文学的"启蒙与救亡"的主潮其实是并行不悖的。于是，就有王德威的提议："在革命、启蒙之外，'抒情'代表中国文学现代性——尤其是现代主体建构——的又一面向。"② 王德威对中国抒情传统与现代性的对话作了进一步的描述："一般皆谓 20 世纪中期是个'史诗'的时代，国家分裂、群众挂帅，革命圣战的呼声甚嚣尘上。但我认为恰恰是在这样的时代里，少数有心人反其道而行，召唤'抒情传统'，显得意义非凡。这一召唤的本身已经饶富政治意义。更重要的，它显现了'抒情'作为一种文类，一种'情感结构'，一种史观的向往，充满了辩证的潜力。"③ 可见，尽管"京派"作家的创作有着浓厚的抒情意味，但这种抒情并非与时代没有关联，而是这个"史诗"时代的另一种面向。

---

① 沈从文：《从文家书·湘行书简》，上海远东出版社 1996 年版，第 56 页。
② 王德威：《抒情传统与中国现代性：在北大的八堂课》，生活·读书·新知三联书店 2018 年版，第 1 页。
③ 王德威：《抒情传统与中国现代性：在北大的八堂课》，生活·读书·新知三联书店 2018 年版，第 6 页。

　　"京派"作家沈从文认为"诗是一件很重要的工作","能够感动一个民族心的力量"。① 沈从文离开湘西到北京之初,其作品遭到各种冷遇,而且还要为立足北京,甚至个人的生存而忧心忡忡,这个时期其创作主要在抒发内心的苦闷与惆怅。但自《阿丽丝中国游记》之后,沈从文渐渐地领会到了乡土在侨寓作家内心深处的重要位置,也感受到乡土文明在现代文明进程中的边缘和消亡,于是他在创作中开启了个人民族文化认同的路径,即以湘西少数民族的文化来反思现代文明,并由此推而广之兼及整个国家的民族精神重造的问题。

　　"这世界上或有想在沙基或水面上建造崇楼杰阁的人,那可不是我。我只想造希腊小庙。选山地作基础,用坚硬石头堆砌它。精致,结实,匀称,形体虽小而不纤巧,是我理想的建筑。这神庙供奉的是'人性'。"② 沈从文的这段话为学界广泛征引,当年左翼斗士们以此作为沈从文鼓吹"人性论"的"罪证",而后来沈从文研究者则又以此作为颠覆前说的关键词,认为在沈从文笔下"连最刻板的操练也辉映着人性的光芒,显示了某种超拔现实的力量"③,清理各种不同的"人性"论说。这时,我们就会发现,论争的实质并不在于沈从文是否书写了"人性",或者把"人性"提升到一个什么样的程度,而在于我们应该如何去理解"人性"对于沈从文写作的意义。

　　然而,沈从文并非就"人性"而去写"人性",对他来说,湘西社会体现出的人性美与人情美正是疗治他在现代社会遭遇种种不堪的良药,而其笔下所描述的湘西"血性"气质则正是对现代文明"阉宦"性格,乃至整个国民素质的救世秘方。当然,这对于"启蒙"论者来说是不能容忍的,因为在他们看来,判断一个人是否具有启蒙意识,西化观念是一个重要的评价指标。更何况,现代文明的引入历来都被视为启蒙运动的成果,因此,对现代文明的攻击也就意味着对启蒙成果的质疑。这是任何以启蒙自居的"现代人"

---

① 沈从文:《盲人》,载《沈从文全集》第一卷,北岳文艺出版社 2002 年版,第 11 页。

② 沈从文:《习作选集代序》,载《沈从文全集》第九卷,北岳文艺出版社 2002 年版,第 2 页。

③ 许道明:《中国新文学史》,上海古籍出版社 2005 年版,第 351 页。

都无法容忍的。然而，接下来的问题是，在这种看似启蒙与"反启蒙"的二元对立叙事中，究竟何者更接近启蒙的真谛？很少有人去讨论这个看似毋庸置疑的话题。

自以反封建反传统为旨归的五四新文学发生以来，以鲁迅为代表的现代乡土作家们便以思想启蒙和个性解放为旗帜，通过对家族和乡土叙事，对传统伦理道德发起了猛烈的攻击和无情地批判。但在鲁迅的散文里我们不仅可以读到他对于快乐无忧的童年时光的追忆，更隐喻性地表达了他精神上对于故乡和家庭的眷恋和皈依姿态。如《朝花夕拾·小引》中开诚布公地表露作者"常想在纷扰中寻出一点闲静来"，所谓"纷扰"的一方面来自"当局"的政治高压，另一方面来自与"文人学者"的激烈论辩。① 虽然鲁迅在参与新文化运动之初便怀着悲观主义和怀疑精神，但当现实中启蒙精英陷入思想困境，却难得一见的念家思乡之情在笔端蔓延。那么，为什么我们在鲁迅的小说中就能鲜明地感受到他对传统伦理道德的批判态度，而在更为贴近鲁迅主观情感的散文集《朝花夕拾》中，则对"家"表现出截然相反的价值判断和情感倾向？从这种现象里我们能否发掘出启蒙思想与人性书写二者真实的关系？

散文中的"乡土"叙事作为鲁迅精神返乡的重要部分，表现出与小说《故乡》中的"萧索""悲凉"截然不同的色调。作为典型的"后花园"叙事，百草园为鲁迅搭建起了精神上重返家园之路，他用孩童般天真温暖而充满情趣的语调和视角回忆百草园中的无限趣味。百草园里有"菱角，罗汉豆，茭白，香瓜"等"极其鲜美可口"的蔬果，"使我思乡的蛊惑"，"也许要哄骗我一生，使我时时反顾"。"鸣蝉在树叶里长吟，肥胖的黄蜂伏在菜花上，轻捷的叫天子（云雀）忽然从草间直窜向云霄里去了。单是周围的短短的泥墙根一带，就有无限趣味。油蛉在这里低唱，蟋蟀们在这里弹琴。"鲁迅对百草园的回忆"不是一般的童年琐事汇编，而是一个生命的成长的记录"，② 是

---

① 钱理群：《文本阅读：从〈朝花夕拾〉到〈野草〉》，《江苏社会科学》2003 年第 4 期。
② 李怡：《〈朝花夕拾〉：鲁迅的"休息"与"沟通"》，《首都师范大学学报》（社会科学版）2009 年第 1 期。

作者重新反顾自己人生经验的获得以及思想母题的萌芽和养成。长妈妈讲的"美女蛇"的故事，让鲁迅觉得"做人之险"，不能轻信对方的言语，更不可被美丽的幻象所迷惑；冬天时闰土父亲传授的捕鸟之法又教其欲速则不达、事缓则圆的道理，这些道理影响了鲁迅的一生。百草园作为一个典型的"后花园"意象，寄托着鲁迅精神返乡的心路历程。

《从百草园到三味书屋》充满了天真和童稚，尽管百草园是妙趣横生的童年生活乐园，而三味书屋则被认为是陈腐压抑的学童生涯的象征，但我们还是能感受到鲁迅谈起被家里送进三味书屋经历的童真童趣。孩子从自由驰骋的后花园进入另外一个由书本文字构成的世界，并满心期待着渊博的先生能为他讲解"怪哉"之虫的故事。稚气未脱的儿童一面充满好奇地探索书本中的故事，一面又因捉苍蝇喂蚂蚁与同窗们逃课到园中玩耍。《朝花夕拾》大部分篇章采取的是童年视角，我们是不是可以思考童年视角的背后，作者作为一个成年人复杂而真实的想法。三味书屋看似是鲁迅倾吐童年时期的叛逆情绪，换一个角度来看，则是成年之后对于早期叛逆心理的自我检讨。身处启蒙困境中的鲁迅，多年以后重新回想自己家庭里充满生趣的后花园以及让他念念不忘的私塾教育，到底是在批判旧时私塾教育对孩童天性的压抑，还是感念童年时所学习到的传统文学和文化知识？不管怎么评价鲁迅早期的教育，但有一个事实我们应该明白，正因为鲁迅有着深厚的国学底蕴，才能够在西方文化的参照中，重新反思和正确认识自己民族文化传统的根本，达到东西方文化的融会贯通。

《朝花夕拾》中除了有鲁迅故乡和家族生活的理性重识、对精神家园的坚守外，还有对家庭成员的怀念。如《五猖会》中，鲁迅记叙了儿时雀跃着要到东关看五猖会时，父亲却叫他背《鉴略》一书，当他终于背好之后，却找不回期待愉悦的心情了。鲁迅因而对父亲的教育方式方法疑惑而不解其意，甚至对中国传统的严父文化有所反思，但他对父亲的深爱却是不容否认的。《朝花夕拾》不仅使我们看到了多以冷峻深刻形象示人的鲁迅对待家族故土的情真意切，更是在对家人亲友的往事追忆中穿插当下的人生境遇和理性的思索，构筑起重返心灵家园的情感桥梁。即便是在兄弟失和后极其苦闷的情况下，鲁迅的创作中也透露出对亲情的眷恋和渴望。《野草》中有篇题为《风筝》的文章，是对鲁迅6年前发表总题为"自言自语"系列散文诗的第七篇《我的兄弟》的重写。《风筝》全篇情绪与《野草》一致，以"悲哀"始，又以"悲哀"终，显然，此次重写与鲁迅兄弟失和有着一定的联系。这篇文章主要写的是两兄弟之间因为风筝而产生的冲突，作为大哥的"我"认为风筝是没出息孩子所做的玩意，在发现了小兄弟偷偷做的风筝后，粗暴地毁坏了风筝。二十年后，觉悟了的"我"再回忆起这件事时，猛然醒悟这是一种精神的虐杀。尽管这篇文章所叙之事的真实性均被当事人所否认，但对于发生在兄弟间的冲突和误会对鲁迅来说正如骨鲠，始终不能释怀。这时的兄弟之情与《狂人日记》里的大哥、"我"、妹子之间吃与被吃的关系就不可同日而语了。鲁迅在经历了兄弟失和后，在精神上受到了极大的打击，身体上也出现了较严重的疾病，显然是一个重视家庭伦理和亲情之人。而《风筝》这篇文章，一方面是鲁迅在传统的大家庭观念受到现实生活的冲击后，难以从痛苦情绪中排解出来的传达；另一方面则是向弟弟示好，发出和解信号。据有关论者分析，鲁迅在后来创作的《伤逝》和《兄弟》中也表达了这一愿望。

从《呐喊》《彷徨》到《朝花夕拾》，我们可以清晰地看到鲁迅对家族态度由批判到皈依的转变，而这一转变显然既有五四新文化运动退潮的时代因素，更多的应该是鲁迅在精神上和情感上于传统伦理文化的依恋。作为传统文化核心组成的家族文化的确存在着许多虚伪、黑暗、鄙陋不堪的因素，它在某种程度上压抑家庭成员的个性需求，与鲁迅青年时期崇尚的"立人"思想相悖；然而，作为一个连接文化个体（自我）与文化共同体（民族国家、历史文化）的"中间物"，任何个人都无法否认对家庭有着情感的眷恋和精神的承袭。当然，鲁迅的深刻之处，恰在于他并不盲目地偏执一方，在对童年时期温暖美好的成长经验进行回忆的同时，也不乏对家族中的庸俗荒唐进行批判和讽刺。

鲁迅在多篇小说中塑造了家族和家庭中的叛逆者形象，仔细研读他们的反叛行为，会发现暗含着鲁迅对启蒙行为的反讽和对启蒙主体的否定。《伤逝》是以现代个性主义和妇女解放的双重话语为切入点的。启蒙子君离家出走的涓生，他自己对于所谓现代性思想的认识也不过局限于"谈家庭专制，谈打破旧习惯，谈男女平等，谈伊孛生，谈泰戈尔，谈雪莱……"而已。子君却在他的影响下误以为自己在西方文学作品中找到了现代民主自由思想的精髓，大发反"家"之声，勇敢地与涓生组建二人小家庭。然而子君的进步新女性身份只是涓生所赋予她的虚幻想象，从"父的家"逃到了"夫的家"，父权暂脱而夫权犹在，中国传统家庭制度中的男性中心主义在子君理想的家庭中仍然占据主导。婚后的涓生在日常生活的流俗中终于认识道："回忆从前，这才觉得大半年来，只为了爱，——盲目的爱，——而将别的人生要以全盘疏忽了。第一，便是生活。人必须生活着，爱才有所附丽。"涓生看似忏悔的话语中，却固守启蒙者的俯视姿态，言语间充满了贬损和训导对方的语意。涓生对子君不过是打着启蒙的幌子，完成私欲的占有，与古典小说传奇中始乱终弃的男主人公有着本质的相通性。再来反观子君出逃家庭的行为，看似是为了追求个性解放的离家出走，实际上却是在古典"私奔"模式的现代演绎中完成了对男权主义社会的揶揄。其实，早在 1923 年，鲁迅在北京女子高等师范学校所作的题为《娜拉走后怎样》的演讲中，就敏锐地觉察出追求自身解放的女性离家出走后的命运这一重大社会问题。在整个社会思潮鼓吹女性反对家庭专制，勇敢地决定自己的"终身大事"之时，鲁迅却意在提醒启蒙者，尤其是女性，对待自己的婚姻家庭应该有更为理智和审慎的思考和判断，以防止她们在西方思潮和青春期叛逆心理合谋下的反"家"行为却终于陷入"堕落"或"回来"的悲剧结局。

《狂人日记》中狂人之"狂"，被认为是启蒙者的典型特征。但正如有评论者所言："'狂人'之'狂'无论在古代还是现代，都不单指丧失了理智，病态的疯狂之'狂'。还有'狂大''狂狷''狂妄''狂放''狂怒''狂热''狂言''狂想'之'狂'，纵情人性或放荡骄恣之态。而且这后一层意义更是中国士人一个传统的表征。"①从这个意义上说，狂人的叛逆行为不过是以中国士人中的非主流的传统去反对统治者确立的传统而已，而当这种

———————
① 李今：《文本、历史与主题——〈狂人日记〉再细读》，《文学评论》2008 年第 3 期。

以一种传统来反对另一种传统的模式被打上了以西方文化来反对中国传统文化的标签后，似乎让新文化运动更能师出有名。然而，除了西化之不纯和传统之未脱，狂人的反叛行为还表现出本性中的天真和软弱。当他发现自己的大哥也参与了吃人的行为，并且是"吃我"的主谋时，对其困惑不解："是历来惯了，不以为非呢？还是丧了良心，明知故犯呢？"他在潜意识中始终不敢承认，也不忍接受这一点。这种恐惧和软弱既源于他和大哥的血亲关系，同时也是他不敢承认"我是吃人的人的兄弟"，无论在先天性的血缘上，还是在后天成长的环境中他都继承了这种"吃人"的历史文化基因。鲁迅认识到这种在漫长历史文化积淀中沿袭下来的集体无意识诚然造成了无可挽救的人性恶的一面，但同时对于这个古老的国度却自有其历史合理性和"皮之不存，毛将焉附"的意义。在巨大的文化共同体中，"狂人"对大哥的"劝转"理所当然地以失败告终，他对于家庭的反抗行为本身也流入天真和虚妄之中。

再如《五猖会》《无常》《后记》等篇章描写的乡间文化习俗，字里行间充满鲁迅对传统文化习俗的喜爱之情。与小说中所涉及的乡村"旧习"大多采取一种否定性的批判态度相比，鲁迅在散文中回忆自己童年往事时对乡间习俗则表现出理性思辨的态度。《五猖会》用温暖的笔触描写迎神赛会的场景，将去东关看五猖会称作"我儿时所罕逢的一件盛事"。"我笑着跳着"准备出行既是源于儿童喜爱热闹的天性，又是出自对民俗文化知识的好奇和渴求。《无常》中对于鬼物中的"无常"的态度是"至于我们——我相信：我和许多人——所最愿意看的，却在活无常"。鲁迅自觉地将自己融入了家乡文化习俗中，又用了"活泼而诙谐"，"有'鹤立鸡群'之概"等词语形容活无常，认同之心远胜于批判之意。文化传统中的一些认知纵然有庸俗愚昧的一面，却包含了广大百姓趋善避恶，希冀生活安稳和乐的美好理想，在浩瀚的历史长河中，经由每一个家庭，代代传承下来自有其历史继承性和稳固性所在。鲁迅虽然批判其间不合理不完善之处，却也深知这些文化传统对于个人、家庭和民族有着"皮之不存，毛将焉附"的重大意义。无论狂人"病愈""候补"的结局是出自麻痹自我，依附传统文化的启蒙失败的无奈，还是出自暂时保全自己在文化共同体中的地位以备后来再启蒙的可能,毋庸置疑的是,比起那个丧失了个人人身自由的疯子来说,却不失为一种理智、稳健的文化抉择。

鲁迅的乡土文学中表现出反对与依恋的情感纠结。一方面他希望读者能在他充满理性的文字中看到中国家族制度以及传统文化的虚伪黑暗,另一方面也希望读者能在他对家庭的感情皈依中重新思考传统文化的价值。他的思想矛盾、复杂,态度犹疑、彷徨。他说过自己"决不是振臂一呼应者云集的英雄",但却有勇气尖锐地揭穿他所发现的历史和现实中的种种鬼把戏,他是在摸索中前进的"中国文化的守夜人"——不在激情和感性的指挥下朝着某个方向横冲直撞,而在理性的思索中摸索走出暗夜,重获光明的可能。对于时代提出的种种难题,他是以积极参与的心态冷眼旁观,严谨地探索着更多的可能,思考着问题的不同答案。所以鲁迅笔下的乡土叙事袒露这种思想上的矛盾和困惑,留给我们许多阐释和领悟的空间。鲁迅的反传统文化言论并未真正地与传统文化决绝,同样,和鲁迅一道的新文化运动启蒙者对于家族的反叛以及激烈决然地批判传统也只是一种进攻策略,而并非真正的历史虚无主义,是在西学的参照下,探索中国现代知识分子的责任和担当以及应走的路。从鲁迅身上的这种矛盾情感来看,我们能体会到启蒙思想与对传统文化的皈依其实并不矛盾,要么是在不同时代语境下的一种创作姿态,要么就是在人生经历中作家的观念和情感发生了改变。

如果从五四时代的思维逻辑来看,另一位自由主义作家——老舍,毫无疑问应该也会被作为启蒙者来对待。老舍写于英国的《二马》对于老中国"国民性"的批判,使得学界很快就接受了他的启蒙立场,并把他与鲁迅的精神遗产联系起来,从而在主流文学史中占据了一席之地。然而,接下来的令人尴尬的问题是:我们该如何去看待一直以来被争论不休的《猫城记》这样的作品?老舍的启蒙意识是否只是针对个别作品而刻意为之?如果《猫城记》也属于启蒙性作品,那么,我们对"启蒙"应该作什么样的理解?如果不是,那么,我们又该怎样去理解老舍对猫国的批判所显露出来的现实意义?同时，如果把《四世同堂》这样的作品纳入"启蒙"序列里面去，那么，是否也意味着凡是以批判传统文化观念，鼓吹抗战救国的书写都可以纳入到启蒙文化里面去？很显然，以上关于老舍的提问都可以在沈从文那里对应起来。难道沈从文在《八骏图》《长河》等小说中不也同样表现出了某种批判意识吗？难道被学界津津乐道的关于湘西的书写中，不也体现出某种对于其反面书写，亦即都市书写的批判吗？如果老舍可以被作为启蒙作家，那么，沈从文为什么就不能？

要解决这些问题，我们就最好回到"什么是启蒙"这样一个最基本的问题上来。1784年，康德在《柏林月刊》上发表了《答复这个问题："什么是启蒙运动"？》，开篇就写道："启蒙运动就是人类脱离自己所加之于自己的不成熟状态。不成熟状态就是不经别人的引导，就对运用自己的理智无能为力。当其原因不在于缺乏理智，而在于不经别人的引导就缺乏勇气与决心去加以运用时，那么这种不成熟状态就是自己所加于自己的了。Sapereaude！要有勇气运用你自己的理智！这就是启蒙运动的口号。"[1] 康德的这段话被广泛征引，用于界定何谓启蒙。很显然，敢于运用自己的理智是评判启蒙的一个重要条件，然而，问题恰恰就在于如何理解"理智"？康德并不是要人们盲目的顺从，而是要让自己的理智服从于时代环境，但是，悖论的是，不管出于什么样的服从，都不可能是自由的理智。同时，如果需要经过别人的引导才能达到自由运用理智，从而脱离不成熟的状态，那么，被引导之后的理智是否还是自由／自己的？换句话说，启蒙是否可以一蹴而就而不至产生新的偏见？就像他自己所说的，"而新的偏见也正如旧的一样，将会成为驾驭缺少思想的广大人群的圈套"[2] 这样的局面。正是在这个层面上，福柯引入了"批判"的概念。把"批判"作为衡量是否具有"理智"的一个重要标志，"'批判'的作用正是确定在什么条件下运用理性才是正当的，以断定人们所能认

---

① [德] 康德：《答复这个问题："什么是启蒙运动"？》，载 [德] 康德：《历史理性批判文集》，何兆武译，商务印书馆2010年版，第23页。

② [德] 康德：《答复这个问题："什么是启蒙运动"？》，载 [德] 康德：《历史理性批判文集》，何兆武译，商务印书馆2010年版，第25页。

识的、应该去做的和准许期望的东西"，并认为"'批判'在某种程度上是一本记载在'启蒙'中已成为举足轻重的理性的日记；反之，'启蒙'则表明了'批判'的时代"。①

从"批判"的角度来理解"启蒙"，就为我们如何自由地运用自己的理智确立了标准，也同时为我们进一步理解沈从文打开了新的视野。正是在"批判"的层面上，我们把沈从文、老舍与其他主流作家联系了起来。或许，我们是不是可以进一步追问，同样都持"批判"的启蒙姿态，而某些主流文学史为何出现了排挤他们的现象。

沈从文对社会现状的批判建立在两个向度上，即对戕害自然人性的封建文化持坚决的批判态度，同时又反对简单地对西方文化的横向移植。他把中华民族的生存态度归结为"懒惰文化"，造成现状的原因就在于"大部分有理性的人皆懒于思索！人人厌烦现状，却无人不识用消极的生活态度，支持现状"②。这种集体无意识使得各个阶层，各个群体都分享着同一样的文化心理，把他们变成了既是封建文化的愚弄对象，同时又是封建文化的坚定守护者。在《巧秀与冬生》中，沈从文把这种畸形文化发挥到了极致，正是迫害与被迫害双方的默契配合，促成了沉潭的合理性。但是，这些问题并不是简单地靠输入西方文化就能够得到解决的。"我们活到这个现代社会中，已经被官僚，政客，肚子大脑子小的富商巨贾，热中寻出路的三流学者，发明烫发的专家和提倡时髦的成衣师傅，共同弄得到处够丑陋！一切都若在个贪私沸腾的泥淖里辗转，不容许任何理想生根。"③在对历史根性的文化进行批判的同时，沈从文把批判的矛头也指向了五四时代极力引进的西方文化，在他看来，"城市中人生活太匆忙，太杂乱，耳朵眼睛接触声音光色过分疲

---

① 福柯：《何为启蒙》，载杜小真编选：《福柯集》，上海远东出版社 2004 年版，第 533 页。

② 沈从文：《元旦日致〈文艺〉读者》，载《沈从文全集》第十七卷，北岳文艺出版社 2002 年版，第 203 页。

③ 沈从文：《〈看虹摘星录〉后记》，载《沈从文全集》第十六卷，北岳文艺出版社 2002 年版，第 342—343 页。

劳，加之多睡眠不足，营养不足，虽俨然事事神经异常尖锐感，其实除了色欲意识外，别的感觉官能都有点麻木不仁"。"造成你们不幸的是这一个现代社会。"① 虽然对封建文化的批判符合睁了眼看世界的中国人的价值标准，但是，对社会的"现代"价值的批判，则毫无疑问会让"现代人"感觉到他跌入了"保守主义"的深渊。然而，问题在于，谁也不能否认沈从文对于现代的批判正是基于他"成熟的""理智"思考。对于学术界来说，简单的以"激进"或者"保守"的归类，并不是严谨的学术活动，而只是一种意识形态的话语操控。正是在对"启蒙者"进行再启蒙或者"反"启蒙的意义上，保守主义者才被称为"保守主义者"的。如此来看，以往研究中关于沈从文"非理性"的强调，就成为一个值得商榷的问题。或许我们可以说，正是沈从文对于湘西世界的"神化"，开启了启蒙主义的另一个向度。

批判的目的在于重建。不管是五四时代的鲁迅，还是之后的以沈从文为代表的"京派"等自由主义作家，他们对社会的批判性启蒙都建基于对某种"理智"的自主运用。不管这种理智被冠以什么主义，都不影响他们对启蒙意识的信仰。如果一种启蒙性批判并非出于一己之私达到极权主义的目的，而在于关心大众福祉，关心民族存亡的思考，那么，每一种启蒙的向度都是应该值得肯定的，这是任何"理智"的"启蒙意识形态"都不应该否定的。这不在于简单地提倡一种多元主义，而是出于对每一种严肃思想的尊重。

很显然，自鲁迅以来开创的"国民性"批判同样可以在沈从文等自由主义作家那里得到呼应，只是每个作家所理解的"国民性"千差万别，很难达成一致。如为抗战而建立的全国统一战线，虽然众多的现代作家对于抗战都持赞同支持的态度，但是并非所有的作家都持相同的理由。相信持无政府主义思想的巴金支持抗战，其理由应该有别于国共两党的抗战主张；同样，作为自由主义作家的"京派"对于抗战救亡的主张，也明显区别于后来被理解

---

① 沈从文：《习作选集代序》，载《沈从文全集》第九卷，北岳文艺出版社 2002 年版，第 4 页。

为主流意识形态的左翼主张。正是在这样的形势下，通过他们与主流救亡之间的区别，就更能理解自由主义文学的意义。

相较于左翼文学而言，自由主义作家所谓的"救亡"就显得多少带有"无政府主义"色彩：他们既不绝对要求某一党派作为抗战的中坚力量来统领一切，也不以某一政党的宣言来作为他们书写救亡的前提要件。对于沈从文来说，"左"倾还是右翼并不重要，重要的是，如何才能让这个民族起死回生。"我不轻视'左'倾，却也不鄙视右翼，我只信仰'真实'。"① 救亡远不止是以某种理论与拿枪的敌人进行武装斗争那样简单：救亡与其说是一项对外的抵抗行为，倒不如说是一项针对国民性改造的长期工程。虽然我们不能就此认为他对于救亡的态度是"攘外必先安内"，但是从他的创作观念来看，我们至少可以说，"安内"是与"攘外"具有同等重要的救亡要素。在沈从文看来，如果不首先改变现代都市中人"阉鸡"似的国民品性，救亡就无从谈起，在此，救亡就是一个刮毒疗伤的自救过程。而这个治病的良药则来自湘西的民间社会。"都市中人是全为一个都市教育与都市趣味所同化，一切女子的灵魂，皆从一个模子里印就，一切男子的灵魂，又皆从另一个模子里印出，个性特性是不易存在，领袖标准又是在共通所理解的榜样中产生的。一切皆转成为商品形式。便是人类的恋爱，没有恋爱时那分观念，有了恋爱时那分打算，也正在商人手中转着，千篇一律，毫不出奇。"② 因此，"恋爱则只是一群阉鸡似的男子，各处扮演着丑角喜剧"③。这种"商业竞卖"不仅是他对海派习气的批评，也是他给都市文化列出的病灶。他把"懒惰，拘谨，小气，""营养不足，睡眠不足，生殖力不足"视为"社会与民族的堕落"，④ 甚至把"农村社会所保有那点正直素朴人情美"的消失，

---

① 沈从文：《记丁玲·续集》，载《沈从文全集》第十三卷，北岳文艺出版社 2002 年版，第 207 页。
② 沈从文：《如蕤》，载《沈从文全集》第七卷，北岳文艺出版社 2002 年版，第 337 页。
③ 沈从文：《如蕤》，载《沈从文全集》第七卷，北岳文艺出版社 2002 年版，第 339 页。
④ 沈从文：《八骏图·题记》，载《沈从文全集》第八卷，北岳文艺出版社 2002 年版，第 195 页。

以及"唯实唯利庸俗人生观"的成功培养，"义利取舍是非辨别"的泯没也一同归结为社会"堕落"。① 要拯救这个国家，首先就要拯救这个"堕落"的社会。

沈从文的文化选择是建立在非此即彼二元对立的基础上的，他对都市阉寺文化的批判，是建立在对湘西文化的推崇之上的。在沈从文看来，都市文化由于其性本能的缺乏、懦弱、猜疑、嫉妒，已经严重到了危及社会根基的程度，因此，要救民族国家，就需要注入湘西社会的雄强人格，借以改善民族的劣根性。湘西少数民族文化与都市文化是两种截然不同的存在，改善民族内部的关系，就在于都市文化俯身来容纳，接受湘西文化。在沈从文看来，尽管中国社会尤其是都市社会已经病入膏肓，但这并不能说明中国的古老文化到了即将灭亡的地步，相反，湘西文化与都市文化的冲突反倒证明了中国古老文化的活力，只要运用得当，中国这个年迈体衰的古老机体就会重新焕发出勃勃的生机。这与老舍把中华文化看作是一个统一性的实体文化具有很大不同。统一性的实体文化，其内部是缺乏革命能力的，这种文化如果想要继续保存下去，就必须得以外来文化作为营养液输入"老大中国"这个古老的机体，而救亡，也必须得融会新知，吸纳西方的物质文明与精神文明。

对于作为知识分子的沈从文来说，虽然不能真枪实弹冲入抗战第一线，但并不影响他们以笔为枪的呐喊，也不影响他把自己的行为定义为爱国。沈从文说："也许把这个民族的弱点与优点同时提出，好像不大利于目前抗战，事实上我们要建国，便必须从这种作品中注意，有勇气将民族弱点加以修正，方能说道建国！"② 抨击民族的劣根性与救亡并没有任何相悖的地方，不同的只是，沈从文关心国内的动荡程度远比外敌的入侵更为强烈，"在当前，在明日，我们若希望那些在发育长成中的头脑，在僵化硬化以前，还能对现

---

① 沈从文：《长河·题记》，载《沈从文全集》第十卷，北岳文艺出版社 2002 年版，第 3 页。

② 沈从文：《新的文学运动与新的文学观》，载《沈从文全集》第十二卷，北岳文艺出版社 2002 年版，第 52 页。

实有点否定作用，而又勇于探寻能重铸抽象，文学似乎还能作点事，给他们以鼓励，以启示，以保证，他们似乎也可望有一种希望和勇气，明日来在这个由于情绪凝结自相残毁所作成的尸骨瓦砾堆积物上，接受持久内战带来的贫乏和悲惨，重造一个比较合理的国家！"① 在这样的情况下，文学就成为改造社会，国家救亡的工具，"文学当成一个工具，达到'社会重造''国家重造'的理想。"② 拯救整个国家的民族危亡，首先就得确立湘西的主体性地位，并以此注入整个民族国家的血液，使它脱离之前的阉寺人格，变得雄强起来，从而达到救亡的目的，这是沈从文早年文学创作的不变思路。不管是湘西系列的《雨后》《虎雏》《边城》，还是都市系列的《蜜柑》《绅士的太太》《八骏图》，他都以湘西人的野性来作为一把标尺，这把"乡下人的尺"，说到底，在很大程度上是以原始的兽性来衡量的，因为"一个人兽性越强，他的生命气力也同样的大"③。

启蒙现代性作为一种普世价值观，本身具有开启民智，从而推动社会进步的功能。但是在中国，随着达尔文进化论的输入，以及赫胥黎"天演论"的推广，启蒙现代性逐渐与进化论相融合，形成了一种极为庸俗的社会达尔文进化观，其普世性的一面逐渐被沈从文当年所批判的"唯实唯利"所取代。这种观念完全抛弃了启蒙现代性最初的理论设想，它不再关注个体人的精神价值，而是转向集体主义意识，变成了为政治服务的工具，尤其是在面对外敌入侵的时候，这种物竞天择的社会达尔文主义就更能找到自己的市场，由此也衍生出这样一个非常奇特的称谓：政治启蒙。

尽管启蒙现代性本身就是一种"积极参与的政治"（布隆纳语），这种政治是一种开放的政治，而不是一头打着死结的口袋。就其强调对社会传统、制度，及其意识形态的批判性反思而言，它存在不同的面向。因此，我们就

---

① 沈从文：《从现实学习》，载《沈从文全集》第十三卷，北岳文艺出版社 2002 年版，第 391 页。
② 沈从文：《"文艺政策"检讨》，载《沈从文全集》第十七卷，北岳文艺出版社 2002 年版，第 274 页。
③ 沈从文：《旧梦》，载《沈从文全集》第六卷，北岳文艺出版社 2002 年版，第 27 页。

有必要怀疑刘洪涛在《沈从文小说新论》中以"非理性与原始性"来取代其现代性，以"文化守成主义"来取代其启蒙意义，以及当年那些以左翼阶级立场，把老舍的《猫城记》排除在启蒙主义之外的做法。①

①　参见刘洪涛：《沈从文小说新论》，北京师范大学出版社 2005 年版。

第 二 章
艺术唯美与文化重构："京派"文学的原乡情结

受鲁迅所开创的现代乡土文学的影响，20世纪20年代出现了一批诸如蹇先艾、王鲁彦、台静农、许钦文等乡土作家。这些乡土作家主要用现实主义的手法来叙写封闭落后的乡村，通过刻画民众的愚昧来揭示其精神病苦，采用启蒙主义理性来审视和疗救民众，从而拓宽了新文学反封建伦理和封建制度的题材，形成了现代乡土小说的一个高峰，开启了现代中国乡土文学创作潮流兴盛不衰的局面。废名、沈从文、萧乾、芦焚等"京派"作家继承了现代乡土文学传统进行创作，但与20年代乡土作家揭示病态社会和批判封建思想的启蒙姿态有着明显不同。这些被称为"京派"的作家们大多是根据个人的生活经历和对故乡特殊的情感体验而进行创作的，其乡土小说呈现出一种独特的叙述风格和叙事模式：常常采用童年视角观照乡土世界，表达对民族童年时代的眷恋；用回忆和怀旧的方式来抚慰对现实生活的焦虑以及情感失衡的缺憾；散文化的笔调使小说叙事节奏舒缓平和，也表达了一种与众不同的审美追求。"京派"文人以完全不同于20年代的写实和批判为主的独特风格自立于中国现代文坛，这些作家30年代创作的文学史价值不仅在于其独特的叙事方式，更在于作家与众不同的审美价值追求。

一、原乡情结与精神家园的寻找

尽管把"京派"作为一个文学流派已成为学界共识，但如何准确界定"京派"以及"京派"由哪些主要作家组成，对此学界并没有完全统一的观点。这是因为“京派”既没有明确的组织纲领，也没有成员固定的组织形式，但如果我们把《大公报·文艺副刊》和《文学杂志》等刊物作为“京派”文学阵地，以此来确定其成员，则主要有沈从文、废名、凌叔华、芦焚、林徽音、萧乾等作家和刘西渭（李健吾）、梁宗岱、李长之、朱光潜等理论批评家。对于北京来说，这些“京派”作家几乎都是外乡人，尽管他们各自文化背景不同，成长历程和知识结构也有着很大的差异，创作所描写的风土人情也因人各异，但正因为他们有着远离故乡的经历以及创作倾向上的共通，才使他们的作品形态和文化姿态表现出高度的一致。这个主要在京津活动着的北方作家群，具有相似的创作风格和较为一致的艺术追求，已成为现代中国文学史上不容忽视的文学现象。

“京派”作家与五四新文化运动有着较深的渊源，其中有新文化运动的主要发起人，被称为“京派”精神领袖的周作人，还有被新文学吸引立志将毕生精力放在文学事业上的废名。“京派”作家中即使没有直接参与新文化运动，也普遍是接受新文化思想成长并跨入文坛的，他们离开家乡来到北京，很大程度上因为北京是新文化运动的中心，是现代中国新思想的发源地。然而到了北京后，在北京艰辛的生活给他们所憧憬的现代文明蒙上了一层阴影，大部分“京派”作家表现出一种强烈的不适应症候，陷入一种身份认同的危机与情感寄托的茫然之中。在经历了一个由乡村文化到现代文明的空间转换之后，“京派”作家发现自己始终不能与现代物质文明融为一体，他们只是生活在现代物质社会之中的“乡下人”，是漂泊在城市中的乡村羁旅者。人虽然留在城市，但灵魂却仍属于乡野大地。陌生的物质生活经历，并没能获得预期体验，他们憧憬并热烈向往着西方现代文明，却在现实生活中遭受其带来的冷漠和残酷，于是根深蒂固的传统文化心理积淀被完全激发出来。就像王晓明在研究沈从文的小说时所指出来的：“城市对他的轻慢就不止是煽引起思乡的情绪，更激发了他一种向别处去寻找精神支柱的迫切愿望。”①沈从文的心理

---

① 王晓明：《“乡下人”的文体与“士绅士”的理想：论沈从文的小说文体》，载王晓明主编：《二十世纪中国文学史论》（修订版）上卷，东方出版中心2003年版，第449页。

历程很具有典型性，他生活在北京但始终以"乡下人"自居，究其原因至少有两个：一是异乡人的身份感促使他产生了浓烈的思乡之情；二是城市文化的消极因素也使他不停地追忆"湘西"淳朴自然的乡村世界。在城市体验和乡土记忆的对抗与交融中，沈从文一改憧憬现代文明的初衷，皈依故土、书写乡村成其创作的主要倾向。"京派"作家的这种创作倾向就是所谓的"原乡"情结。

"原乡"本来是一个人类学概念，指的是远离故土的移民族群的原始故乡。最先把"原乡"作为一个文学范畴的是王德威，他把自鲁迅起，五四及20世纪三四十年代的作家，如废名、沈从文、萧红、艾芜等人写乡土的作品视为"原乡"文学之佳作。在王德威的文章中，"原乡"与"乡土""故乡"意义的内涵有相通之处，但其中的差别也是很明显的。作为文学范畴的"原乡"不仅仅指有着血缘关系的亲情和有着共同习俗的乡情之所在的故乡，还应该是建立在本民族文化心理基础之上的，对文化故乡的认同和人类精神家园的回归。这种"原乡"情结可以说是沉潜在每一个中国人心灵深处的"集体无意识"，无论这一现象在何时何地，何人以何种面目出现，它始终与回归故土，寻找精神家园的旨归互为表里。远离了乡土的"侨寓"作家在他乡为生计所迫疲于奔命甚至产生绝望之感时，那种孤独和无助感该有多么强烈。从心理学角度来看，当一个人在外在压力的作用下产生焦虑时，需要及时的疏导和排除这种精神困境，而当背井离乡的游子遭遇物质和精神上的困顿时，"原乡"情结自然而然就成为远在他乡的游子们自我排解焦虑的精神寄托与慰藉。由此可见，"原乡"情结是"京派"这样远离了乡土的"侨寓"作家们的一种普遍存在的文化心态，表现为对家乡的父老乡亲、草木山川的魂萦梦绕，对故里风物习俗、村俚人事的欣赏和认同，并将那片土地作为心灵的依托和灵魂的栖息之所。

然而，在"京派"作家，甚至可以推及现代知识分子群体中，存在着一个非常奇怪的现象：作家们在小说中倾注了对故乡的无比眷念之情，如果他们实在是内心放不下远在家乡的父老乡亲以及故土的一草一木，完全可以从城市返回故里，过像他们小说中所描写的那种田园牧歌状的生活，或者至少可以回去看看，但实际上很少有作家主动回过故乡，更不要说再回到故乡长期居住。废名回过故乡，那是因为抗战爆发而回到黄梅乡间躲避战乱，抗战结束后就立刻回到了北平。沈从文离开湘西十余年后只因母亲病危回去过一次。汪曾祺自青年时代离开故乡高邮，直到 40 多年后的 1981 年才第一次回到故乡。写故乡但又不回故乡，这个现象不得不引起人们的注意，或许可以从“京派”作家的言行中找到其中的原因。

　　“京派”作家写故乡，首先是出于对故乡的熟悉。“京派”作家所怀之乡是度过了他们童年和少年时期的第一故乡，这是生养他们的生命之根和创作之本。正如汪曾祺所言：“我写旧题材，只是因为我对旧社会的生活比较熟悉，对我的旧时邻里有较真切的了解和较深的感情。”[①] 正是出于一种情感上的认同，“京派”作家沈从文、芦焚、萧乾等人标榜自己“乡下人”身份，其实就是一种对乡村世界的情感认同。同时，更主要的原因应该是“京派”作家们通过写故乡来获得精神世界的平衡。城市尽管有着繁华富足的物质生活，但人性缺失和道德沦丧已成为一种普遍存在的社会病症，于是“京派”作家们“写那种和我目前生活完全相反，然而与我过去情感又十分相近的牧歌，方可望使生命得到平衡”[②]。由此可见，“京派”作家们饶有兴味地书写有着古朴淳厚的民风和恬静自然的田园牧歌生活，建造一个与畸形城市生活截然不同的和谐美好的乡村世界，就是为了使生命获得平衡。但是，他们所获得的生命的平衡是通过文学想象获得的，是一种心理上的乌托邦，他们并没有因为怀恋乡村而重新再回到故乡。沈从文阔别家乡 12 年后回到湘西，我们从他记录返乡的作品《湘行散记》中，没有发现非常明显的惊喜之情或者终如所愿之感，而是发出“这全不是十年来自己想像和回忆中的湘西”[③] 的哀叹，字里行间更多的是作家对现实中的湘西而生发出的失望感。所以，沈从文在 1934 年回乡之后说，“我有点担心，地方一切虽没有什么变动，我

---

① 　汪曾祺：《〈桥边小说三篇〉后记》，载《汪曾祺文集》文论卷，江苏文艺出版社 1993 年版，第 67 页。

② 　沈从文：《水云》，载《沈从文全集》第十二卷，北岳文艺出版社 2002 年版，第 110 页。

③ 　凌宇：《沈从文传》，北京十月文艺出版社 1988 年版，第 313 页。

或者变得太多了一点"①。其实，沈从文一直没有改变，他始终生活在理想中，在故乡憧憬着现代文明的美景而离开湘西，在北平想象着记忆中湘西的温情而书写故土，他只是不想承认自己心中早已存在的，对湘西落后面貌的不喜欢而已。还是芦焚比较坦率，同样是以乡下人自居，他直言宣称"我不喜欢我的家乡"，他所怀念的只是"那广大的原野"而已。②他曾经在1935年回到家乡小住了半年，但他感受到的不是家乡的温情，而是"能在那里住一天的人，世间的事，便再没有不能忍受"的苦楚，并且"时时想'远走高飞'却终不曾飞成"的慨叹。③也就是说，京派小说家的乡土，尽管都是写各自的家乡，沈从文的湘西，废名的黄梅，芦焚（师陀）的小城，汪曾祺的高邮，但作家们把它们当作中国农村的缩影，是中国传统农村生活方式的代表，尽管它们是落后的和贫困的，但是那里的草木山水和血缘亲情同样是能温暖游子之心的精神支柱寄托着他们的理想。从上文分析，我们就不难理解为什么"京派"作家在小说中写故土但现实生活中却很少回到故土的原因了。

但我们应该清楚的是，作家回归的故土并不具有现实意义上的所指，它可以是现实故乡的理想构造，也可以用一个在其生命中有着重要影响的地方作为替代。但不管怎样，作家笔下的故乡已非记忆中的故乡，而是一种精神上的价值定位与指向，而且即使故乡近在咫尺也是无法真正归去。不论是沈从文《凤子》中的武陵桃源形象，还是废名《桥》中的乌托邦想象，抑或芦焚《牧歌》中的田园牧歌情调、汪曾祺《受戒》中的江南水乡美景，这些都不是真实的故乡形象，是作家审美想象中的乡土，是被艺术化了的乡土。"京派"作家们在小说中追忆故乡，表达对故乡的向往与眷念，实际上是一种逃离现实世界的精神原乡。正因为只能在精神上回到故乡，"原乡"情结才成为美丽的缺憾，成为永恒的文学母题被作家们不断地抒写。

原乡情结和乌托邦想象是互为表里的，那么"京派"作家用什么方式来

---

① 沈从文：《一九三四年一月十八》，载《沈从文全集》第十一卷，北岳文艺出版社2002年版，第253页。

② 芦焚：《芦焚散文选集》，江苏人民出版社1981年版，第68页。

③ 师陀（芦焚）：《里门拾记·序》，载《里门拾记》，文化生活出版社1948年版，第2页。

建造这种故乡的乌托邦想象以实现他们精神的原乡呢?从"京派"小说中可以发现一个非常普遍存在的创作方法就是写梦,用文学想象来营造梦幻般的乡土世界。周作人认为:"文学不是实录,乃是一个梦:梦并不是醒生活的复写,然而离开了醒生活梦也就没有了材料,无论所做的是反感的或是满意的梦。"①废名也认为文学创作就是"梦梦",他说:"创作的时候应该是'反刍'。这样才能成为一个梦。是梦,所以与当初的实生活隔了模糊的界。艺术的成功也就在这里。"②沈从文也声明他自己是在写梦,他说:"有人用文字写人类行为的历史,我要写我自己的心和梦的历史。"③凌叔华在谈到她的小说集《小哥儿俩》时说:"书里的小人儿都是常在我心窝上的安琪儿,有两三个可以说是我追忆儿时的写意画,怀念着童年的美梦,对于一切儿童的喜乐与悲哀,都感到兴味与同情。"④为什么"京派"作家们会如此一致地在文学创作时来写虚幻的梦境呢?周作人的这段话应该也可以用来分析其中的原因:"对于'现在',大家总有点不满足,而且此身在情景之中,总会有点迷惘似的,没有玩味的余暇。所以人多有逃世倾向,觉得只有想梦或是回忆是甜美的世界。"⑤现实总是不尽如人意的,尤其是对有着不同价值取向的"京派"作家来说,在都市生活中遭遇的挫折与痛苦就更为强烈,在这种情况下,梦境就成了作家超越现实人生,排解精神上的压抑与苦楚的一味良药。于是,在"京派"作家们的小说中现实的乡土幻化为甜美的梦境,使原本不堪的怀旧情绪和遁世心理也蒙上了一层浪漫色彩。

废名的小说让读者印象最深的是让人不禁为之怦然心动的唯美,而这种唯美体现在作者所营造的梦境。废名也说过:"我感不到人生如梦的真实,

① 周作人:《〈竹林的故事〉序》,载许志英编:《周作人早期散文选》,上海文艺出版社1984年版,第332页。
② 废名:《说梦》,载《废名文集》,人民文学出版社2000年版,第55页。
③ 沈从文:《水云》,载《沈从文全集》第十二卷,北岳文艺出版社2002年版,第102页。
④ 凌叔华:《小哥儿俩(自序)》,载陈学勇编:《凌叔华文存》(下),四川文艺出版社1998年版,第785页。
⑤ 周作人:《陶庵〈梦忆〉序》,载许志英编:《周作人早期散文选》,上海文艺出版社1984年版,第343页。

但感到梦的真实与美。"① 也就是说作者所写的梦境有人生的真实和美的感受，他是把梦当作真实的人生来写。如果说废名《柚子》《阿妹》等早期作品中对过去童年生活的回忆还有着真实社会生活的再现，从《竹林的故事》开始，《河上柳》《去乡》等作品中营造梦境的情结越来越执着，现实生活中的苦难逐渐被温情脉脉的乡野之情所遮蔽，这种现象延续到《桥》就发展成为极致。如诗如画的山水风物、单一而不单调的游历、朦胧而又单纯的情感，丝毫不让人感觉到人生也会有苦难的一面。然而，正是因为它的唯美，作者超脱现实的人生理想变得虚无起来。《桥》中小林、琴子和细竹这三个少年以游山玩水、观物赏景打发时光，以拜寺参禅、谈佛论道超脱现实，在儿女情长的感情纠葛中沉迷不拔，显然作者是想把人生价值的追求托付给缥缈的山水中，将世事的烦恼消解于禅宗和老庄出世之道。小林的这种逃离现实的虚无主义行为，正是作者所寻觅的自我解脱的方式，是追求精神家园的乌托邦想象。

"京派"作家们刻意避开了现实社会中的丑恶现象和自己痛苦的情感因素，沉浸在梦想的叙事中追求着一种美的极致。从废名的黄梅小城到沈从文的湘西世界，都是在用文学想象来建构超然于现实之上的"乌托邦"形象，它们被作者赋予了太多的情感希冀和精神寄托。沈从文的创作聚焦于湘西边地，湘西是他生命和情感的生发地，是他用一生孜孜追求的精神家园。几近完美的湘西就是沈从文用来抚慰都市生活中的挫折与痛苦的，如同他所说的："我得用回想与幻想补充我所缺少的饮食，安慰我所得到的痛苦。"② 因此，我们说沈从文的《边城》等湘西系列作品并不是现实中的湘西写照，而是作者的浪漫想象。沈从文主要是用写作来"排泄"长期受压抑的感情，以之"弥补"内心所受创伤的一个桃花源式的好梦而已。

汪曾祺作为最后一位"京派"作家的意义，并非只是因其与沈从文有师生名分，更重要的是他在新时期延续了废名、沈从文等人开创的京派小说美

---

① 废名：《废名小说》，浙江文艺出版社 2003 年版，第 194 页。

② 沈从文：《我的写作与水的关系》，载《沈从文全集》第十七卷，北岳文艺出版社 2002 年版，第 209 页。

学观念，复活了"京派"文学的精神追求，当然也包括"京派"作家用文学想象描绘梦境的艺术手法。汪曾祺于 20 世纪 80 年代文坛复出后的小说《受戒》，在结尾处特别交代了一段文字："一九八〇年八月十二日，写四十三年前的一个梦。"汪曾祺是以此说明他写的是梦，这个梦在四十三年以前就开始做了，而四十三年前的汪曾祺正是师从沈从文进行创作的时期。那么汪曾祺做的是什么梦，这个梦在四十三年之后有何意义呢?《受戒》描写了一幅与沈从文的湘西和废名的黄梅相似的，有着世外桃源色彩的江南水乡图景，营造出一个恬静美好的，充满人情美和人性美的理想世界。汪曾祺做这个"梦"和 30 年代"京派"作家在小说中写梦有着同样的作用，那就是借梦境来疗治现实社会带给他的精神上的伤痛。汪曾祺的《受戒》《大淖记事》等小说中不仅有澄净如梦般的桃花源世界，还有未被礼教污染的纯朴人性美的复苏，作者沉浸在故乡温馨而又自由的童话般的梦境中，以此祛除动乱时代残留下的心理阴影。

以废名、沈从文、汪曾祺为代表的"京派"作家的"艺术即梦"的创作观念可谓别具一格，这种梦想诗学观使乡土的地域真实性开始幻化，他们梦境中的故园往往只是作者精神的隐喻，被赋予了象征性的寓意。"原乡"情结给原乡作品带来一种乌托邦性质，但也同样展示了复杂的现实人文关系。难怪汪曾祺评论沈从文的小说《边城》时是这样说的："《边城》的生活是真实的，同时又是理想化了的，这是一种理想化了的现实。"[①] 也就是说废名、沈从文等人精心营造出来的魅力无穷的"黄梅小城"和"湘西世界"，并不只是为焦虑的现代人构筑一个逃避现实的世外桃源，或者仅仅提供单纯的审美愉悦，而是试图从中寻找作家个人和民族文化的生命之根，以救治现代文明带来的庸俗价值观和堕落的人性。

"京派小说家吟唱田园牧歌也罢，建构审美的乌托邦也罢，追寻诗意家园也好，这梦中的乡土和重构的'桃花源'最终将会被文明进程的匆匆脚

---

① 汪曾祺:《汪曾祺文集》文论卷，江苏文艺出版社 1993 年版，第 100 页。

步惊醒。"① 我们从"京派"作家在 20 世纪 30 年代后期发表的小说，如沈从文的《长河》和废名的《莫须有先生坐飞机以后》中，就可以明显地感觉到时代对作家创作心理的影响。沈从文回湘西后，感觉最深的就是"现代"对乡村的侵袭，在《〈长河〉题记》中他指出"现代"二字已到了湘西，并给湘西带来了严重的负面影响："一入辰河流域，什么都不同了。表面上看来，事事物物自然都有了极大的进步，试仔细注意注意，便见出在变化中那点堕落趋势。最明显的事，即农村社会所保有那点正直素朴人情美，几乎快要消失无余，代替而来的却是近二十年实际社会培养成功的一种唯实唯利庸俗人生观。"② 其实即使在沈从文极具桃花源境界的《凤子》里，就已经出现了乡土的现代异变征兆的暗潮涌动，军队与乡民为了争夺矿场所发生的流血冲突，就表明了现代工业文明已经侵蚀并对传统农耕文明产生了冲击。到了《长河》，这种现代文明的进程就更加明显了，以至于整个吕家坪都处于一种社会时代风云的笼罩之下，人们也开始变得张皇失措、焦虑不安了。废名在回家乡避难期间，与乡民一起生活的经历，使他的创作从过去陶醉在个人营造的梦境中走出来，开始在创作中关注现实社会生活了。如废名在《莫须有先生坐飞机以后》中借莫须有先生之口对现代科学进行的批判，即使教人信佛教，教人学孔子，也"比教儿子信科学还要合乎理智"③。可见"京派"对现代文明，对以物质文明为基础的现代性批判是共通的。这是因为随着现代文明进程的推进，存留在"京派"作家记忆里的保持传统人性美与人情美的和谐乡土在外来文化冲击下正在产生异变，当灵魂诗意栖居的精神家园即将被社会现实摧毁的时候，"京派"作家们只能走出来直面现实了。所以在 20 世纪 30 年代"京派"文学的艺术审美追求在"原乡"情结的推动下成为当时文坛潮流，而到了 40 年代社会变革风起云涌之际，追求纯艺术的"京派"

① 刘进才：《京派小说诗学研究》，河南大学出版社 2005 年版，第 121 页。
② 沈从文：《长河·题记》，载《沈从文全集》第十卷，北岳文艺出版社 2002 年版，第 3 页。
③ 废名：《莫须有先生坐飞机以后》，载《废名小说》（上），安徽文艺出版社 1997 年版，第 262 页。

由于不能与主流意识文学创作观念趋同，最终结果只能是风流云散。

二、乡土叙事与独特视角的运用

"小说技巧中整个错综复杂的方法问题，我认为都要受角度问题——叙述者所站位置对故事的关系问题——调节。"[①] 这里所说的"角度"在叙事学中指的就是叙事视角。关于叙事视角的有关概念和界定可谓众说纷纭，而且各不相同，但大都表现在叙述行为发生时叙述主体与被述客体之间的相互关系，也就是创作者安排故事内容、组织故事情节的角度，即谁站在什么位置讲述故事的问题。

20 世纪 30 年代的"京派"乡土小说在叙事视角方面有一个共同的现象，就是以儿童作为叙事视角。所谓儿童叙事视角，就是作家在叙述故事时，往往以儿童的眼光来观察事物，以儿童的兴趣来选择素材，以儿童的思维来设计情节，并以儿童的价值观来评价事物。如废名的《桥》《柚子》《毛儿的爸爸》等，萧乾的《篱下》《俘虏》《雨夕》等，凌叔华的《小哥儿俩》《搬家》《英子》等，这些作品或者以儿童的眼光作为讲述故事的视角，或者讲述童年时期的生活往事。儿童的特定身份使其成为成人世界的边缘者，因此儿童所观察和感觉到的世界必定是一个独特的世界。对于阅读者来说，叙事视角不仅关系到我们看到的是什么故事，我们还应该感受作家想从故事的讲述中传达什么内容；并且同一件事，如果叙述者的叙事视角的不同，也会呈现出不同的面貌；观察者看问题的角度不同，事件也会呈现出不同的意义。

在对 20 世纪 30 年代的"京派"乡土作家的研究中，相当多的研究者已经开始注意并研究儿童叙事视角这个普遍存在的现象，在他们看来这一时期的乡土作家们到北京、上海等城市漂泊之前，都在各自的家乡度过了人生中

---

① ［英］珀西·卢伯克：《小说技巧》，载［英］卢伯克、福斯特、缪尔：《小说美学经典三种》，方土人、罗婉华译，上海文艺出版社 1990 年版，第 180 页。

非常宝贵并值得自己一生珍视的童年，于是在写到以乡土为题材的作品时，他们会根据自己童年生活经历，采用儿童视角来展开叙述。这个阐释有一定的道理，能说明乡土作家们为什么在创作时会与童年结下不解之缘，或者为什么总是在创作中洋溢着对童真的赞美。但是问题的关键不仅仅是探讨这些乡土作家为什么选用童年视角，而在于他们为什么在成年之后还热衷于以儿童的视角作为叙述视角。童年在人的一生中，不仅是人生的起始阶段，更是美好人性存在的时期，正所谓"人之初，性本善"。童年时代是一个人无忧无虑的时期，他可以毫无拘束、率性自然地做任何自己想做的事，其天真无邪完全不同于成人世界的世俗和掩饰。钱理群、黄子平、陈平原曾将儿童时代和成人年代进行过这样的比较："纯真只存在于天真烂漫的儿童时代，成熟的因而也是世故的成年年代就不免是虚伪的。"[1] 正因为童年是美好的和纯真的，所以成年人在遭遇到社会的不公或者经历困苦时，会不由得产生一种对童年时期无忧无虑生活的向往。由此可见，为什么写童年会成为大多数"京派"作家们的一致选择，也能体会到他们是因为自己的生活经历和情感体验的相似才有这种不约而同的题材选择。

　　废名在小说中，以童年的眼光打量着故乡的风土人情，用童年的视角展开自己对往事的追忆，其小说风格清新淡雅，呈现出一股清新的田园诗的气息。也正因为作者沉浸在对美好童年的回忆之中，所以文中充满着真挚而朦胧的情感，又透露出废名对自由纯美的向往。杨义曾指出："天然未凿的'童心'，是废名小说田园风味的中轴。"[2] 我们在阅读废名的经典代表作《桥》的时候，没有像对传统小说那样专注于故事情节的叙述，而是专注于他主要刻画的几个有着不一样韵味的青春少年形象，尤其是小林、琴子、细竹和毛儿等。在小说中，少年形象与作家融为一体，具有相同的审美偏好。如果作者不是站在儿童的叙事视角来描写自己所见的人物，那就不会如此的传神。废名以他纯真的内心，书写着儿童未被世俗濡染的心灵，他笔下所描绘的儿

① 钱理群、黄子平、陈平原：《二十世纪中国文学三人谈·漫说文化》，北京大学出版社 2004 年版，第 167 页。

② 杨义：《废名小说的田园风味》，《中国现代文学研究丛刊》1982 年第 1 期。

童有着独特的审美特征和晶莹剔透的品质，他们对待外界事物没有用成年人的思想，也没有社会世俗观念的印迹，这是因为儿童心地较为单纯，他们还没有完全受到社会关系带来的消极影响。

在叙事类文本中采用儿童视角，作家往往会以儿童的感知来观察事物，并以儿童的心理和价值尺度来评价世界，展现出与成人视角完全不同的人生情态和生存环境。现代作家较早采用儿童的观察视角和认知方式进行写作的是鲁迅，从他的第一篇文言小说《怀旧》开始到《社戏》《孔乙己》等都采用这种儿童视角来建构文本。这种立足儿童本位的叙事模式在 20 世纪 30 年代形成了一个高潮，出现了一大批热衷于童年叙事的作家，如废名、萧乾、凌叔华、萧红、端木蕻良等。他们要么以儿童的视角讲述故事，要么讲述童年生活往事，对童年记忆中的生活情态和生存境况的书写，成为作家们在创作时乐于选择的，独特而又极富真情实感的叙事策略。所以，当周作人在全面考察了中国新文学源流之后，得出的结论是"明末的文学，是现在这次文学运动的来源"[1]，周作人显然注意到了李贽"童心说"与中国现代作家们的童年叙事之间的联系和渊源。

李贽"童心说"里有这样一段话："夫童心者，真心也。若以童心为不可，是以真心为不可也。夫童心者，绝假纯真，最初一念之本心也。若失童心，便失却真心；失却真心，便失却真人。"[2]按照李贽对"童心"的定义，"童心"就是"绝假纯真"的"真心"，是人的"最初一念之本心"。对李贽的"童心"，张少康是这样理解的：童心"即是天真无瑕的儿童之心"，"它没有一点虚假的成分，是最纯洁最真实的，没有受过社会上多少带有某种偏见的流行观念和传统观念的影响"。[3] 没有受到任何世俗观念影响的儿童，通过其眼睛所观察到的世界应该是最真实的世界，他所抒发出来的情感也是最真切的情感。自现代以来，儿童视角作为一种叙事策略受到了作家们的青睐，这不仅仅是因为采用儿童的叙事视角来观照外部世界能为读者提供了一个全新

---

① 　周作人：《中国新文学的源流》，华东师范大学出版社 1995 年版，第 51 页。

② 　李贽：《焚书》中册，中华书局 1974 年版，第 273 页。

③ 　张少康：《中国文学理论批评发展史》下册，北京大学出版社 1995 年版，第 197 页。

的审视和观察现实人生的角度，更重要的是作家们在创作中书写童年时期的经验和感受，也真实地表达作家独特的生活体验。

对小说叙事视角的研究不仅是为了阐释叙述故事采取的何种方式，更主要的是这种叙述方式所要达到的表述效果，以及传达了作家什么样的写作意图。尽管这种童年叙事在20世纪20年代的乡土文学中也较为常见，30年代左翼作家如萧红也在小说中运用了童年视角，但作家们所要表达的思想却全然不同。在鲁迅的小说和散文中，童年记忆虽然也不乏温情和欢愉，但更多的是为了衬托社会的冷漠和世态的炎凉。萧红的创作经常会运用童年叙事视角，如《呼兰河传》的叙述视角就在成年人的全知全能视角和童年孩子式的视角之间转换。这两种不同的视角所叙述的内容也因视角而异。在写故乡呼兰河的风俗时，就是以一种旁观者的姿态打量着默默忍受生活的民众，这就是我们常说的启蒙者的姿态。但是，这篇小说中作者也采用了童年的视角进行叙述。萧红以儿童的视角为叙事视角，以一种儿童的语言为叙述话语，讲述了祖父与"我"在后花园的情景。在那个弥漫着融融亲情的后花园里，有祖孙之间的天伦之乐，也有人和自然之间的和睦相处。这是一种用典型的儿童话语，讲述着只有儿童才能体会到的情感。在萧红的小说创作中，儿童体验和儿童视角成为读者进入其内心情感的契机，她以儿童的眼光，将其独特的情感方式讲述出女性的生存体验，形成一种独特的儿童视角和女性情感有机结合的叙事策略。如果说现代乡土作家以自己的儿童生活经验来书写唯美的儿童世界，主要目的是传达眷念故土的赤子之情，也可以在一定程度上弥补自己情感的失衡，那么20世纪30年代的"京派"作家之所以如此专注于儿童叙事，致力于对儿童生活的描绘，除了与他们割舍不断的怀乡情结有着某种关联之外，同时也寄托了作家们的文化理想和审美的价值取向。

如果从文化人类学的角度来说，童年在"京派"小说中应该还有其更为丰富的内涵，通常我们所说的童年指的是人在成长过程中的孩童生活时期，但如果从人类发展史来看，还可以是人类发展过程的初级阶段，或者指某个民族的文化形成的初始阶段。沈从文的文艺观中对人类童年时代纯洁的人性美有着较为完整的论述，显然是想用未被世俗玷污的童心来主导重建理想社会的愿望。沈从文小说创作中的宗旨是对产生于人类童年时代的人性美的赞美，他曾这样说："所有故事都从同一土壤中培养成长，这土壤别名'童心'。一个民族缺少童心时，即无宗教信仰，无文学艺术，无科学思想，无燃烧情感证实真理的勇气和诚心。童心在人类生命中消失时，一切意义即全部失去其意义，历史文化即转入停顿，死灭，回复中古时代的黑暗和愚蠢，进而形成一个较长时期的蒙昧和残暴，使人类倒退回复吃人肉的状态中去。"[①] 可是事与愿违，这种人性美在作家魂牵梦萦的故乡，在原始的湘西边城，已经受到了现代物质文明的侵袭，快要成为遥远的记忆了。假如现代文明时代是人类社会的成年时期，那么未被物质文明浸染的淳朴乡土就是人类的童年时期。在物欲横流的现代城市生活中，童心正是 20 世纪 30 年代的"京派"作家们引导民众回归真善美的理想社会的旗帜。正是出于对国家民族刻骨铭心的情感，对传统民族文化童年时代的眷恋，"京派"作家用儿童视角和儿童话语等叙事方式创作了一系列以童年生活为主要题材的作品，其主要目的是想通过儿童这一特殊的视角来观照民族传统文化，去发掘传统中的精华部分以建构新的、具有生命活力的民族文化。

　　无独有偶的是，20 世纪 80 年代以来儿童视角再次成为被评论家称为"寻根"作家热衷的叙事方式。汪曾祺、莫言、余华、贾平凹、迟子建等众多作家对儿童视角小说的创作产生了浓厚的兴趣，出现了一大批诸如《受戒》《红高粱家族》《在细雨中呼喊》《北极村童话》等儿童题材和以儿童为叙事视角的作品。尽管作家们童年叙事文本风格存在明显差异，但有一个共同的特性就是，作家们借助儿童的思维方式打量外部世界，呈现出与成人不同的生活体验和感受。如汪曾祺的小说《受戒》极力渲染了小和尚明海与小英子这两个情窦初开的少男少女之间朦胧美好的情感，体现了作家对淳朴人性的赞美与对理想生活的渴望。在他的小说中没有尘世的纷扰，也没有庸俗的理念，有的只是纯洁的情感、唯美的风景和富有诗意的情调。显然这些用儿童视角进行文学叙事的作家们在一定程度上认同童心"绝假纯真"的界定，并力图

---

① 　沈从文：《沈从文全集》第十二卷，北岳文艺出版社 2002 年版，第 180 页。

建构一个尚未被社会秩序和伦理道德规范之后的,有着淳朴人性的纯真世界。从这个意义上来说,现代中国近百年来的童年叙事作品,尽管作家们的生活时代、情感体验以及题材的选择均有着很大的差异,但从对儿童内心世界和儿童生存状况的关注来看,作家们延续着自现代以来对儿童独特感知的触摸,以及对儿童纯真的生活状态的摹写。由此可见,"京派"作家的儿童叙事与五四新文学有着直接的渊源,也对中国当代文坛产生直接或者间接的影响。

需要注意的是,尽管"童心说"与现代作家的童年叙事有着一定的渊源,而且作为一种文学传统和创作心理在当代文学领域也产生了较大的影响,但现代以来的作家创作中的童年叙事还是有些变化。李贽的"童心说"主要是针对文学是否应该表现人的真情实感的问题,主要是从作家进行创作的角度来说的,但现代作家则主要立足于童年经验,借助童年视角,表达作家在历尽了世态炎凉,经过多年的历练和体悟,终于达到一种超脱的心境,而这种心境就好比儿童尚未经历尘世浸染的、纯真朴素的心灵一样。但是,现代以来作家们,尤其是当代作家有一个共同的倾向,他们认为中国传统文化在社会文明进程中逐渐在"退化",不论是莫言小说中一直忧虑的"种的退化"以及对生命强力的推崇,还是贾平凹对象征着传统文化的秦腔没落的悲凉以及传统淳朴美德丧失的无奈,包括韩少功作品中丙崽抑或王安忆笔下的捞渣等,都在说明优秀传统在成人世界中越来越少,几乎消失殆尽,而这些只有在儿童身上才能寻到些许体现。这与李贽在"童心说"里所认为的,人要保持儿童一样的天真且真实的情怀是一致的。作家们在进行创作时要以儿童"绝假纯真"的心态去观察和思考外部世界,这样才能写出具有"真心"的作品,这样的作品才能成为天下之"至文"。

我们知道,任何一部叙事文本都一定包含着这样两个时间,其中一个是故事情节展开的时间,另一个是文本的写作时间,文本的写作时间与故事叙事时间并非一致,而是存在着时空跨度。如何在这两者之间达到一种平衡,即以何种创作方式和艺术手段来体现叙述者自我,从而实现叙事文本的时间性,是体现小说叙事艺术的重要维度,而通常作家们采用的叙事手法是用回忆或者怀旧的方式，连接过去和当下这两个漫长的时间跨度。"回忆"原本是一个心理学范畴，然而古今中外的许多哲学家、作家和文艺理论家都肯定了它在文学创作中的价值，并把它作为一个诗学范畴进行探讨。早在古希腊时代，柏拉图就认为诗的源泉不是直觉而是回忆，海德格尔也旗帜鲜明地表示文学的源泉和根本就是回忆："戏剧、音乐、舞蹈、诗歌都出自回忆女神的孕育……回忆回过头来思已思过的东西。"① 由此可见，在美学范畴之内的回忆，不管是把它作为理性观照，还是作为艺术源泉，都指向"回忆"的原始经验和体悟。

与之相同，20 世纪 30 年代的"京派"小说家们也认为自己的创作源自"回忆"。废名肯定了回忆在文学创作方面的意义，早在创作初期他就曾明确说过："创作的时候应该是'反刍'。这样才能成为一个梦。是梦，所以与当初的实生活隔了模糊的界。艺术的成功也就在这里。"② 废名始终坚持运用回忆来进行创作，直至 40 年代末，他仍然认为"文学有二种技巧：一是写实的……另一种是回忆的。"③ 同样，沈从文也认为："创作不是描写'眼见'的状态，是当前'一切官能的感觉的回忆'。"④ 萧乾也认为："记忆中的童年，总是笼罩着一种异样的色彩，甚至过去的痛苦，也有别于现实生活中的痛苦。"⑤ 即使从未在自己的创作理论中鲜明谈论过"回忆"的芦焚，在他的"果园城"里也有追忆过去的影子，同样也有怀旧的踪迹。

回忆所指向的是过去，作家也只能在写作当下的时空背景中进行回忆，这就是我们所说的文本时间和故事时间之间的不一致。但如果合理地分配好了生活和创作之间的时空，反而能使作品达到另一种境界。这是因为那些曾被生活所左右的、尚不成熟的浮躁，会因生活阅历的丰富而逐渐沉淀，那些

---

① ［德］海德格尔：《什么叫思想?》，载孙周兴选编：《海德格尔选集》，上海三联书店 1996 年版，第 1213 页。

② 废名：《说梦》，载《废名文集》，人民文学出版社 2000 年版，第 55 页。

③ 废名：《今日文学的方向》，《大公报·星期文艺》1948 年 11 月 14 日。

④ 沈从文：《沈从文全集》第十六卷，北岳文艺出版社 2002 年版，第 316 页。

⑤ 萧乾：《萧乾文集》，浙江文艺出版社 1998 年版，第 103 页。

喜怒哀乐的情绪也会随着时间的流逝而随之冲淡，甚至有时那些陷入低谷的情绪也会成为一笔财富，寄托着对过往的追忆。废名、沈从文、芦焚、萧乾等作家的回忆性叙事作品，大多是为了表达对故土的怀恋以及对过去生活的留念。尽管这些"京派"文人生活在城市中，但他们还是时刻称自己是"乡下人"，这其实就是一种对乡村世界的情感依恋。但是，我们需要思考这个问题：这些作家们为什么回忆自己的故土，并且在文本中表现出非常明显的怀旧情绪呢？弥补缺失应该是最主要的原因，也就是说20世纪30年代的"京派"作家们正是用回忆的方式来弥补现实生活和情感失衡的缺憾。

由此可见，人们普遍存在的恋乡情结以及作家们在这种情结支配之下的乡土书写，不仅仅表达的是对故乡的眷恋之情，更是人们在现实的焦虑中的一种精神救赎。这些作家在城市中生活，由此感受和认识到了现代物质文明的发展引发了道德的沦丧和人性的缺失，于是他们抒写令人沉醉的牧歌来得到心灵的愉悦。这种以回忆和怀旧为叙事方式的乡土写作，是在异质文明的冲突和交流的过程中必然出现的对美好理想的追寻。但是我们需要明确的是，他们是通过回忆，是通过文学想象来获得所谓的生命的，也就是说，他们回忆和怀旧是为了营造一个虚幻的理想世界，他们并没有因为怀恋乡村而主动回到自己现实中的故乡。

中国的小说有一个传统理念，那就是在追求完整的结构和戏剧化冲突的情节过程中，形成了一种首尾贯通、环环相扣的叙述模式。因此，在传统小说文体中，故事的叙述和情节的展开是需要着力表现的内容。然而，20世纪30年代的乡土小说将情感体验和情绪的传达作为叙述的中心，并有意忽略故事情节在小说叙事中的作用，因此叙事节奏相对来说显得平和舒缓。这是因为20世纪30年代的"京派"作家们改变了小说以叙事为主的功能，把小说写成了类似随笔或者散文诗这样的文体，将紧凑的时间链条和完整的逻辑联系打乱，以舒缓的慢节奏叙事来代替传统的叙事模式，从而取得了较好的抒情效果。废名笔下的透露着青涩气息的黄梅，沈从文所营造的感伤优美的湘西，还有芦焚所留恋的田园诗式的果园城，这些自然景色和人文景观的描写无不饱含着作家对故乡深深的依恋之情。

　　从叙事学相关理论中，我们了解到叙述时间与故事时间并不等同，与之相对应，叙述者与作者也是不能等同视之的。叙事者的情感倾向与作家的审美态度虽然有着一定的联系，但并不一致，二者之间的审美心理拉开了距离，有利于情感的升华，从而赋予故事以动人的美感，这就是舒缓节奏叙事所达到的审美效果。表现在文本中，就出现了这样的情形："京派"作家把对破败落后故乡的嫌弃以及愚昧迷信乡民的批判这一原始情绪，通过时间的酝酿和错位，以一种置身物外的审美情感表现出来。比如废名的《竹林的故事》《桥》等小说，因其写的是记忆中的黄梅，叙述时间和故事时间有着间隔，文本中的黄梅已不再是现实中的黄梅，而是作者表情达意的依托。于是，废名在小说中以一种唯美的倾向描写了故乡诗情画意的景色以及青春少年的纯真情感。在沈从文的湘西世界里，既有《边城》《萧萧》《柏子》等这类取材于现实社会的作品，也有《月下小景》《龙朱》《媚金·豹子·那羊》等来自民俗传说的小说，但不管哪类作品，文本时间和故事时间也同样有着明显的差距，所以我们阅读沈从文，总会感觉到他小说中传达出来的绵长悠久的情思。因此，20 世纪 30 年代的"京派"作家们之所以能在小说中有如此情深意切的情感表达，正是他们在创作实践中采用的怀旧和回忆的叙事模式，使文本时间与故事时间有一定的距离，避免了故事与生活跳"贴面舞"的情形，从而作家能在更高层面上对现实生活进行审美观照，也能更深切地把握社会人生的深层内涵。

　　因此，我们在阅读 20 世纪 30 年代的乡土小说时，还可以把它们当作具有田园风格的散文诗来读。比如废名和沈从文的小说，在文体上有一个共同的特色就是淳朴的田园景色的描写加之简单舒缓的故事。在他们的作品中，分别对故乡黄梅和湘西的山水人情、世态风物进行了较大篇幅的描绘。与简单的故事相比，文本中的田园风情被作家尽情铺陈，甚至超过了其作为叙事文体的意义。也就是说，这些自然景物和风俗人情并不是作为人物活动和情节展开的背景存在，而是参与在文本叙事之中，和故事有着同等的作用。当人物的塑造和故事的展开不能传达作家的审美理想时，作家们就将自己对自然的情思、对人生的思考、对人性的探索以及对重建文化的想象融入到自然和风物之中。所以在阅读废名的小说时，人们会感觉到情节的贫乏，甚至觉得不像小说。相对来说，沈从文的小说既具田园诗的意境，也有风格独异的故事。沈从文有一个观点是，小说之为小说，必须有故事，而且非常不满意于现代小说家们"很少有人来写'故事'"①。但是，他小说中的故事是最本色的故事，原原本本地将故事从头至尾地叙述完整。如《边城》《萧萧》《柏子》《会明》等都是这样具有自在性和原生性的作品。

20世纪30年代的乡土小说都呈现出生活的非典型化特征，也就是人物和情节不再像传统小说那样注重外部形态和动作语言的刻画，而是精心建构作家与人物之间的内在精神联系。于是作家们放弃了生活的抽象和概括，而用一种较为自由随意的散文化方式来传达一种感性的经验，从而蕴涵了作家具有个性特征的生命体验，这些作品不仅在乡土小说系列中是一种独特的现象，而且也凭借和同时代的革命现实主义风格完全不同的姿态在现代中国文学史上特立独行。启蒙未开化的民众以及对社会结构和阶级对立的演绎仅仅只是现代乡土小说创作的一个方面，文学并不是只为社会学提供形象的分析和理论的图解，还可以形象地展示人的特殊的生命形式和情感样式。20世纪30年代的"京派"作家以独特的叙事风格和叙事模式，传达出了漂泊异乡的作家们精神流浪的焦虑和困惑。从这个意义上说，对故乡的眷恋和向往，不仅是在想象的故乡形象中寻找一种精神的寄托，而且作为中国传统农村的缩影，作家们乡土叙事的价值还在于通过对民间传统生活的怀旧传达出对民族传统文化的追寻。

三、艺术自觉与感伤氛围的营造

以阶级矛盾和民族解放斗争凸显时代主潮的20世纪30年代，显然不是

① 沈从文：《月下小景·题记》，载《沈从文全集》第九卷，北岳文艺出版社2002年版，第216页。

一个适合有着纯文学之称的抒情小说生存和发展的年代，对此，有研究者已经认定："如果说注重个性解放与思想解放的'五四'是抒情的时代，注重社会解放的现代文学第二个十年就是叙事的时代。"①确如此言，在时代号角的召唤下，左翼文学运动因其无产阶级文学主张和文学革命实践活动，在政治形势突变的推动下成为一场规模浩大的文学运动，其积极推行的表现社会内容的现实主义创作方法成为 30 年代文学创作的主潮。然而，左翼文学思潮虽然为 30 年代的中国文坛广泛接受，但身处文化古城的"京派"作家群体，大部分是学者型文人，普遍具有一种浓重的五四情结，他们所信奉的是自由主义文学观，必然要求摒弃文艺的政治色彩和革命功能，提倡文学的独立和个性情感的抒发。"京派"就是以这种"超政治"的，追求纯艺术的文学姿态来固守五四时期文学传统。正如尼姆·威尔士早在 30 年代所指出的："在当前革命的大动荡中，纯风格作家和'为艺术而艺术'派是不合时宜，没有多少读者的。他们中间唯一重要的作家是沈从文……其他还有废名、李健吾、凌叔华、苏梅女士……"②尼姆·威尔士所指出的这些作家就是被称为"京派"的作家群体。这一作家群尽管"并非严密意义上的文学流派"，"然而，它代表了一种文学风气，在 20 年代后期和 30 年代政治派系和文学思想激荡奔腾之际，在远离政治漩涡的北方学府，以静观的眼光谛视社会风云，在吟咏人性的常态变态中，建构自己高雅的艺术神庙"。③对艺术的自觉就是这个作家群体以示区别其他作家流派和文学社团最明显的特征。

早在 1920 年，被称为"京派"精神领袖的周作人在《〈晚间的来客〉译后附记》中就提出了"抒情诗的小说"的概念，认为"小说不仅是叙事写景，还可以抒情"④，这正与他提倡的"艺术正是情绪的操练"的文学观念互为呼

① 钱理群、吴福辉、温儒敏：《中国现代文学三十年》（修订本），北京大学出版社 1998 年版，第 211 页。
② ［美］尼姆·威尔士：《〈活的中国〉附录之一——现代中国文学运动》，文洁若译，《新文学史料》1978 年第 1 期。
③ 杨义：《杨义文存》第四卷，人民出版社 1998 年版，第 486 页。
④ 周作人：《〈晚间的来客〉译后附记》，载严家炎编：《二十世纪中国小说理论资料》第二卷，北京大学出版社 1997 年版，第 91 页。

应。毫不夸张地说，周作人在 20 世纪二三十年代文坛上有着极高声望，其特有的文化姿态和文学创作风格成为青年作家们争相效仿的一种典范，暂且不说这种文学风格深刻地影响了废名等周氏弟子，就连沈从文、朱光潜、李长之等其他"京派"作家也经常在文章中流露出对这位北方文坛"盟主"的景仰之情。废名私淑周作人，不仅追随其自由主义精神立场，而且学习并实践周作人所提出的将散文的抒情因素与小说的叙事融为一体的小说样式，神往于周作人所提倡的隐逸的人生态度与田园风韵的文学风格。正如沈从文在《论冯文炳》中所说的："从五四以来，以清淡朴讷文字、原始的单纯，素描的美，支配了一时代一些人的文学趣味，直到现在还有不可动摇的势力，且俨然成一特殊风格的，提倡者与拥护者，是周作人先生"，并且指出废名的作品所显示出来的趣味"是周先生的趣味"。① 在周作人的影响下，废名创作出了《竹林的故事》《桥》等抒情小说，沈从文非常欣赏其小说中的抒情诗的笔调，并且承认自己的创作是受到了他的影响："自己有时常常觉得有两种笔调写文章，其一种，写乡下，则仿佛有与废名先生相似处。由自己说来，是受了废名先生的影响，但风致稍稍不同，因为用抒情诗的笔调写创作，是只有废名先生才能那种经济的。"② 和沈从文一样，汪曾祺也对废名小说中的诗意的抒情由衷地称赞，认为废名的小说"写得真是很美"，并且坦言自己尽管与废名在世界观等方面有着诸多不同，"但是我确实受过他的影响"。③ "京派"作家创作了大量与时代环境格格不入的抒情小说，不可不谓是一种奇特的文学现象。然而，这是一个奇怪又合乎情理的文学现象，尽管 20 世纪 30 年代是个阶级矛盾和民族矛盾日益尖锐的时代，但似乎也是文学最能够发挥和展示作家个人才情的时期，正所谓悲愤出诗人，民族危机不仅没有导致文学创作的萧条，反而促成了这个时期文学的全面成熟。

在社会历史变革时期，具有批判力度的文学风格总会受到作家们的青

---

① 沈从文：《论冯文炳》，载《沈从文全集》第十六卷，北岳文艺出版社 2002 年版，第 145—146 页。
② 沈从文：《夫妇·尾记》，载《沈从文文集》第八卷，花城出版社 1983 年版，第 393 页。
③ 汪曾祺：《谈风格》，载《汪曾祺文集》文论卷，江苏文艺出版社 1993 年版，第 56 页。

昧。早在五四时期，新文学发难者就在倡导具有阳刚特质的文学类型，希图借狂飙突进的五四思潮来冲破传统思想的枷锁，改变古老民族的积习。更何况在 20 世纪 30 年代，面对的是“风沙相面，狼虎成群”的社会现实，文学更应该是“匕首和投枪，要锋利而切实，用不着什么雅”。[①] 然而值得注意的是，“京派”文人的创作与匕首投枪有着完全不同的审美旨趣，其感伤抑郁的情感基调成为萦绕在“京派”文学之中的共同特征。鲁迅在废名的小说中不仅发现了“以冲淡为衣”的特征，还能“从他们当中理出我的哀愁”。[②]沈从文也曾经声明，他自己作品“有个共同特征贯串其间，即作品一例渗透了一种‘乡土抒情诗’气氛，而带有一分淡淡的孤独和悲哀，仿佛所接触到的种种，常具有一种‘悲悯’感”[③]。废名、沈从文的小说以一种美丽而又感伤的情调追忆着梦中故乡，故乡的风物人事被作者涂抹了一层浓郁的浪漫抒情色调。一直以理想化的态度看待生活的汪曾祺，在多年以后重读自己的作品时也不禁发出“我是很悲哀的”感慨。[④] 其实这种感伤情调不仅仅显现在废名、沈从文和汪曾祺这三位“京派”代表作家的创作中，而是“京派”文学所普遍具有的一种精神特质，尤其是“京派”作家的那些追忆性的、带有自传性质的作品，内在抒情性成为显著的特征。

废名的小说中有情感真挚的爱情故事，也有无限风光的绮丽景物，这位“侨寓”北国的作家将他的情思系绕于故乡童话般人事的追忆中，所以他的文字不是为了叙述故事，更多的是为了营造一种唯美的意境来表情达意。废名非常珍视自己记忆深处的那份真挚的情感，有时甚至耽溺其中不能解脱出来，以至于他本人和他笔下的人物总是合而为一。到底是废名生活在他的小说中，还是小说中的人物成为废名的自我写照，或许二者兼有。有一位研究

---

① 鲁迅：《南腔北调集·小品文的危机》，载《鲁迅全集》第四卷，人民文学出版社 1981 年版，第 575 页。

② 鲁迅：《鲁迅全集》第六卷，人民文学出版社 1981 年版，第 244 页。

③ 沈从文：《〈散文选译〉序》，《读书》1982 年第 2 期。

④ 汪曾祺：《〈汪曾祺自选集〉重印后记》，载《汪曾祺文集》文论卷，江苏文艺出版社 1993 年版，第 210 页。

者说了这样一段话，也许能帮助我们了解废名的小说为什么总能让读者感受到他内心的哀愁。"在这种情境中，也许故乡和爱情可以慰藉他们因漂泊和彷徨引发的心灵孤寂。可是真正的故乡消失在逝去的时间里，只留存在情感的记忆和想象之中，因为它是用往昔的热情和亲人的温馨装点的地方；纯洁的爱情固然与具体的对象联系在一起，但具体的对象又是无拘无束的自由人生的羁绊。因此，对于漂泊者来说，故乡和爱情不过是将养疲惫心灵与回避现实的生命驿站，而不是自由心灵的精神归属，一旦他们由想象变成现实，他们便会感到幻灭和负重，仍将继续漂泊。"①《桥》是最具"废名风格"的小说之一，主人公程小林无疑融合了作者自身的情感体验，寄寓着作者本人的精神追求。小说着力于故乡黄梅小城和谐的风土人情的描写和朦胧的爱情故事渲染，小说中的人物像生活在一个与世隔绝的方外之境，他们寄情于游山玩水，沉醉于虚幻梦境，在礼禅论道中寻求人生的超脱，在真与美的柔情中消解世事的烦忧。废名的这种虚无的人生姿态显然是为了抵御时代给予年青人的苦闷，废名退守内心留存的故乡经验对抗迎面扑来的时代风沙，尽管在回避现实，但这表现出一个知识分子对宁静和优雅生活方式的向往。

沈从文在《边城》中，更多地倾注了他自己的唯美情绪，更集中地凝聚着他自己的梦想和追求。《边城》的美，美在极具地方色彩的秀水丽山、古朴淳厚的人情民风以及朦胧纯洁的爱情故事。文中翠色逼人的竹林、清澈透明的溪水、闲适的溪边绳渡、酉水岸边的吊脚楼，以及端午节赛龙舟捉鸭子比赛、中秋月下男女看月对歌等，无不给我们展现出湘西的神秘与美丽。然而"美丽总是愁人的"，作者所信奉的人性并不能主宰一切，当淳美人性遭遇有缺憾的命运，悲剧就不可避免地产生了：总在担忧孙女幸福的老船工带着遗憾离开了人世，顾念手足之情的天保失意地离开后不幸罹难，主动追求爱情的傩送自责不已远走他乡，顺顺的丧子之痛以及杨马兵抑郁苦涩的情感经历。这种超越文本的美与生活在边城中的人们内心孤独与作者的主观情绪

① 吴晓东：《中国现代文学中的审美主义与现代性问题》，《文艺理论研究》1999年第1期。

互为表里，在《边城》平静的叙述里缓缓流动，化为一种内在的悲凉而感伤的乐章，使作品通篇浸透着一种忧郁的抒情诗气氛。批评家刘西渭对《边城》发出这样的感慨："当我们放下《边城》那样一部证明人性皆善的杰作，我们的情思是否坠着沉重的忧郁？何以和朝阳一样明亮温煦的书，偏偏染着夕阳西下的感觉？为什么一切良善的歌颂，最后总埋在一阵凄凉的幽噎？为什么一颗赤子之心，渐渐褪向一个孤独者淡淡的灰影？难道天真和忧郁竟然不可分开吗？"①《边城》中的这种感伤淡雅的哀愁，不是显见的激烈冲突的悲伤，而是深深渗进人物的内心的悲凉，并共同营造了边城凄清而寂寞的氛围。《边城》中的人物生活在压抑感伤之中，完美人性也仅存在于理想状态之中。然而，《边城》的美是留存在记忆中用来怀旧的梦，魂牵梦绕着的传统文化也不能解决内忧外患灾祸频仍的现实社会问题，理想与现实的差距使《边城》的怀旧情绪总是伴随着淡淡的哀愁。

　　承续了京派文学创作风格的是汪曾祺。这个被称为"京派最后一个作家"的汪曾祺，其创作可谓尽得废名、沈从文真传，其古朴的乡土叙事中同样飘荡着一种哀婉的情绪。汪曾祺的创作主要分为20世纪40年代和20世纪80年代两个阶段，但他不喜欢被一段一段地分开来研究。他说："我不大赞成用'系年'的方法研究一个作者。我活了一辈子，我是一条整鱼（还是活的），不要把我切成头、尾、中段。"②他的意思很明确，作家是一个整体，其风格应该是一以贯之的。读者们都能读出汪曾祺早期作品中的悲伤，在其第一部短篇小说集《邂逅集》中收有《复仇》《老鲁》《落魄》等八篇小说，这些小说有一个共同的特点是写40年代中国普通人的平常事。在这样一个社会动荡、政局变幻、道德沦丧、生活艰难的时代，他们的坎坷命运不可避免地染上了一层浓厚的悲剧色彩。然而，对汪曾祺在80年代复出时的作品，人们的普遍观点是其中弥漫着一种温情和唯美，对其中的感伤情绪却只字未提或者视而不见。其实尽管汪曾祺想要追求一种"和谐"的审美境界，但感

---

① 刘西渭：《咀华集》，花城出版社1984年版，第69—70页。
② 汪曾祺：《捡石子儿（代序）》，载《汪曾祺文集》文论卷，江苏文艺出版社1993年版，第219页。

伤惋叹的情绪仍在作品中时隐时现。要知道，汪曾祺在 80 年代以后的创作风格也有其自始至终的底层意识，大部分小说讲述的是卑微的下层劳动人民在环境的压迫下生活希望破灭的情形。反映人的生存艰难的有《异秉》《八千岁》《岁寒三友》等，揭示人性异化的有《珠子灯》《晚饭花》等，展示政治迫害的有《寂寞和温暖》《八月骄阳》等，这些作品都在一定程度上具有悲剧色彩。汪曾祺的《受戒》被认为是美的极致，其中洋溢着快乐和温情，然而这种理想的生活图景实际上是对清规戒律压抑人性的反拨。汪曾祺曾对他的作品做过这样的评价："我的作品不是悲剧。我的作品缺乏崇高的、悲壮的美。我所追求的不是深刻，而是和谐。这是一个作家的气质所决定的，不能勉强。"[①] 这也是为什么汪曾祺的小说总在讴歌淳美的人情和质朴的人性，醉心于描绘故乡水色山光和民俗风情的原因。汪曾祺在晚年的时候自我定位为"大概是一个中国式的、抒情的人道主义者"[②]，是对自己一生创作非常准确的概括。

芦焚是一个比较特殊的作家，尽管他多次声称自己在文学上反对尊从任何派别，但《大公报》文艺奖项的颁发已使其创作成为京派文学的实绩。《果园城》是芦焚小说集《果园城记》的首篇，可以看作是维系他多年创作情绪的集中体现。芦焚把浓郁的思乡之情融入到风物民俗的刻画之中，温情脉脉的果园城尽显安详和宁静之态，抚慰着阔别已久归家游子炽热的乡愁。然而，面对灾难深重的中华民族，芦焚的满腔热血无法释怀，其潜心营造的"果园城"绝非"灵机一动"或"忽然想起践约"的产物，而是在"心怀亡国奴之牢愁"中创造出来的倾注着自我生命感悟的艺术世界。果园城，已不仅是"一个假想的西亚细亚式的名字"，而是"一切这种中国小城的代表"，是"有生命，有性格，有思想，有见解，有情感，有寿命，像一个活

---

① 汪曾祺：《认识到的和没有认识的自己》，《北京文学》1989 年第 1 期。
② 汪曾祺：《致刘锡诚》，载《汪曾祺全集》第八卷，北京师范大学出版社 1998 年版，第 198 页。

的人"。①然而，果园城人因袭传统的生活方式，他们顺天由命地生活着，直到衰老死亡。正是这种传统的生存意识和庸碌无为的精神状态，才使整个民族陷入当前的困境。眷念与忧伤，希望而又无望，这份复杂难言的心态，使芦焚的果园城化成一首沉郁而感伤的诗。芦焚的小说善于运用一些极具特色的景物来营造抒情氛围。城外无际的苍黄色的平野、河岸的泥土和草木、将堕的落日、静寂的河、古城树林等无不带着游子返乡后的无限感慨，恰似小说中缓缓顺流而下的河帆慢慢地浸入心底，形成一股淡淡的温情但又挥之不去的沉郁。城内满是尘土的大街，街岸上卧着打鼾的狗，悠然摇动尾巴横过大街的猪，家门口永没谈完过话的女人……一切都是那么的熟悉，然而又是那样地衰落。果园城是静寂的，置身世外矗立城巅的塔，默默看着战争给果园城人带来苦难，面对人们的生老病死，保持着自己的平静；果园城人也一样，千百年来因袭一成不变的生活方式，静静地等待时间将自己变得憔悴衰老，就连刚返乡的"我"也不由得放轻脚步，以免惊破了果园城的寂静。果园城的寂静是一种让人压抑的沉重，使本应温馨的故乡笼罩上了一层强烈的悲凉感，从而奠定了果园城深沉而又凄婉的抒情氛围。

20世纪30年代既是左翼主流文学发展如火如荼的年代，也是抒情小说技艺日臻成熟的时代。30年代的整体环境，不是抒情时代，为什么会出现像"京派"这样高水平的抒情文学？这是研究"京派"抒情小说不可回避的一个问题。现代抒情小说经过早期的发展和积淀，到30年代其艺术水准达到了一定的高度，写作技能逐渐成熟。众所周知，现代抒情小说发轫于革故鼎新的文学变革时期，五四启蒙主义思潮不仅掀起了追求自由、个性解放的思想文化变革，同时也在文学创作方面出现了与之相适应的形式和内容上的变革。为张扬时代精神，自由书写个人内心情绪的艺术主张应时而生，出现了以鲁迅为代表的乡土小说和以郁达夫、郭沫若为代表的感伤小说。30年代，当左翼作家将抒情小说革命现实化，由个体推及大众，把个人情感的抒

---

① 师陀：《果园城记·序》，载《师陀全集》第二卷，河南大学出版社2004年版，第453页。

发与时代政治、阶级矛盾相联系，他们以"口号加革命"的公式图解对生活的认识，以浓重的笔墨宣泄着愤怒和抗议，使抒情小说走上了与意识形态结盟的道路，在这种情况下文学沦为工具成为必然。"京派"作家继承了五四自由主义思想，在保持文学的个性与独立的同时，也要求文艺应对社会变动有所关心，在坚持表现人性的唯美的基础上，主张创作健全理性的文艺。京派文人在创作中融入了理性的思考，情感一旦注入理性因素，必然产生对艺术审美的自觉要求。所以我们再阅读 30 年代的抒情小说时，一个明显的感觉是对自然风物的描写多于个人胸臆的直抒，对完美人性的赞美取代了对黑暗现实的愤懑，然而优美恬淡的情调还是无法遮蔽颓废苦闷无助的情绪，整个作品弥漫着一种悲凉之感。所以我们认为 30 年代的抒情小说，不再是单纯地借鉴国外思潮，而是有机融合了本土资源，一扫情感恣肆的浪漫主义倾向，更多体现为中国传统古典色彩。将传统写作技法也运用得得心应手，用景物来营造唯美的氛围，用意象来传情达意是京派抒情小说采用的比较常见的创作方式。这些抒情小说大多有着传统的审美情趣，选择一些传统文学中常见的意象，如水、月、城、后花园等，并擅长用景物描写来创设情境，营造抒情氛围。如废名小说中就以桃园、竹林、白塔、小桥等这些具有浓郁的古典趣味的意象，使整个小说语境淡雅和谐，具有诗情画意。

其次，20 世纪 30 年代的"京派"作家自觉对五四以及 20 年代文学创作进行反思，把对时代的反思与个人情感自觉融合，从而使自身的创作达到新的高度。30 年代，当左翼文学成为文学主流的时候，"京派"作家没有追随大流选择对现实革命的书写，而是要在社会革命时代坚守住宁静的精神家园。他们无意追随鲁迅去反映农村的落后面貌和国民愚昧的精神状态，而是醉心于表现乡土的朴素与宁静，把它们当作美的极致，或者写一些美丽而忧伤的爱情故事来寄托作为一个乡下人的灵魂的痛苦挣扎，正如沈从文所言，"在充满古典庄雅的诗歌失去价值和意义时，来谨谨慎慎写最后一首抒情诗"①。"京派"作家们抛弃了当时文坛上流行的种种规定，忠实于自己内心召唤，忠实

---

① 沈从文：《水云》，载《沈从文全集》第十二卷，北岳文艺出版社 2002 年版，第 128 页。

于艺术创作规律，把自己全部感情倾注于描写对象中，在小说叙事中进行积极思考，在情感抒发中袒露灵魂。"京派"作家始终保持着艺术自觉精神，既反对意识形态对文学的干预，又拒斥商业利益对文学的侵蚀，然而"京派"作家也并没能挣脱现实社会，只是他们自觉或不自觉地以一种自己的方式来思考社会和时代。由此可见，这些抒情小说的特点恰恰在于它们的反潮流，不仅避开了当时热门创作题材，而且还反映出作家独特的思考。

这种以忧郁的感伤情调为主要特征的"京派"抒情小说，正如凌宇所指出的那样，"偏重于表现人的情感美、道德美，弥漫着较浓郁的浪漫主义氛围"①。可以这样说，"京派"文学之所以能与读者产生共鸣，得到越来越多读者的喜爱，显示出超越时空的永恒魅力，与作者渗入作品中的抑郁感伤情调以及所营造的唯美氛围有着直接的联系。这种感伤情调是知识分子忧国忧民关怀意识的折射，当作家们所持有的传统价值观遭受现代文明强势侵袭时，当他们所要建立的文化理想被残酷的社会现实击得粉碎时，这种感时伤世之情是无法遏抑的。

四、性灵抒写与文化重构的诉求

"京派"作家是以与"左翼"政治文化以及"海派"商业文化相颉颃的形象出现在现代中国文坛上的。"京派"作家主张文学应具有独立品格，反对文学依附于政治，也避免文学被商业文化世俗化。按一般常理，在创作责任感的驱使下，作家们一般不会选择与时代政治背离的纯艺术文学，这是因为作家面对阶级压迫担负着为大众代言的使命，面对民族危亡更应该奋起呐喊，更何况在黑暗动乱的年代，广大民众也要求文学能更多地关注国家的危难、民族的命运，更多地关怀民生的疾苦。然而"京派"作家这种"超政治"

---

① 凌宇：《中国现代抒情小说的发展轨迹及其人生内容的审美选择》，《中国现代文学研究丛刊》1983 年第 2 期。

的风格与奋起反抗的时代氛围极不协调，因而被左翼作家们批评为逃离了现实或者超越在时代之上，并被指责为对祖国和民族的前途命运漠不关心。这种评价是失之过激的，"京派"作家和理论家确实提过以文学的独立性来反对政治对文学的粗暴干涉，且他们所表现的普遍人性和情感道德美，也不同于政治意识形态的功利性。尽管如此，但他们并没有放弃作为有社会责任感的知识分子所承担的重任。"京派"作家的创作同样也是对内忧外患、灾祸频仍的现实社会的忧思，作为探索民族精神及文化重建道路的先行者，他们不是通过政治活动来谋求社会制度的变革，而是用文学创作来实践其文化理想。"京派"理论家朱光潜就坚信："中国社会闹得如此之糟，不完全是制度的问题，是大半由于人心太坏。我坚信情感比理智更重要，要洗刷人心，并非几句道德家言所可了事，一定要从'怡情养性'做起，一定要饱食暖衣、高官厚禄等等之外，别有较高尚、较纯洁的企求。要求人心净化，先要求人生美化。"① 重视与强调文学洗刷人心，再造民族灵魂的作用，几乎成为"京派"作家们的共识，这种通过怡情养性来达到人心净化和人生美化的文艺观，与五四蔡元培提出的美育教化思路是一脉相承的，都是通过对国民崇高人格的塑造来达到改造社会和振兴民族的愿望。

其实，讴歌人性美与大众关怀意识有相通之处，艺术审美与现实责任也并不是对立冲突的关系。随着时代的演变和时局的变化，"京派"作家们也逐渐认识到了文学创作应该具有的历史使命感和社会现实感。沈从文提出新兴的文学应该主张"在一个新的希望上努力，向健康发展，在不可知的完全中，各人创作，皆应成为未来光明的歌颂之一页"②。在这种文学思想的影响下，沈从文进而提出了文学的基本评价标准："一切作品皆应植根在'人事'

---

① 朱光潜：《谈美·开场话》，载《朱光潜全集》第二卷，安徽教育出版社 1987 年版，第 6 页。
② 沈从文：《论冯文炳》，载《沈从文全集》第十六卷，北岳文艺出版社 2002 年版，第151 页。

上面。一切伟大作品皆必然贴近血肉人生"①。"京派"作家之所以明确发表文学与政治要保持一定距离的言论，并非不关心政治，而是出于一种对他们所不认同的文学政治化倾向的排斥，或者说是在社会政治风云变幻中的一种独善其身的愿望。只要翻开他们的文集，我们就可以发现这群有着独立审美意识和艺术追求的作家们，并没有像他们宣言里所说的那样与政治"绝缘"。在左翼文学成为文坛主流的时候，"京派"作家们不是去顺应时势来书写现实革命，而是要在错综复杂的现实面前努力坚守住自己作为自由知识分子的独立人格。既然"京派"作家也是自由主义思想的捍卫者，那么我们可以从"京派"的理论先驱周作人的文艺思想中，来探求这群中国现代知识分子的文化心态。五四新文化运动的思想资源主要是西方现代人文主义，人的觉醒和个性解放成为启蒙者所要追求的目标，周作人在五四时期影响较大的文章《人的文学》，就是在启蒙心态下对西方人道主义思想的介绍。其实周作人的"人的文学"中个人和个性解放的观点道出了五四新文化运动发难者的心声，五四知识分子之所以反传统文化就是因为旧文化已经不能成为灾难深重的中华民族的精神支柱，而且要真正实现人的价值和主体精神的复归，重塑国民的灵魂就是要实现人的现代化，那么摧毁"吃人"的封建礼教就成为新文化运动的首要任务。所以在封建传统文化已呈衰落之势、西学东渐强势进入的现实文化环境中，周作人感受到了文化新生的阵痛和人们精神的迷惘，他为疗救中国社会的病症开出了自己的药方："中国现在切要的是一种新的自由与新的节制，去建造中国的新文明，也就是复兴千年前的旧文明，也就是与西方文化的基础之希腊文明相合一了"②。不难理解的是，周作人对现代中国的新文化建设的构想主要是复兴传统文化，在周作人的文化理想中希腊文明是他最为赞叹的。周作人认为"希腊人有一种特性，也是从先代遗留下来的，是热烈的求生的欲望。他不是只求苟延残喘的活命，乃是希求美的健全的充

① 沈从文：《论穆时英》，载《沈从文全集》第十六卷，北岳文艺出版社 2002 年版，第 233 页。

② 周作人：《生活之艺术》，载陈为民编选：《周作人文集》，华夏出版社 2000 年版，第 61 页。

实的生活"①。由此可见，健全的美和热烈的求生的欲望是周作人重建文化的两个关键所在，在周作人看来，人类文明的进程不是依靠社会的变革，而是取决于人的道德和精神的建设，就像沈从文主张的，"从'争夺'以外接受一种教育，用爱与合作来重新解释'政治'二字的含义"②。

废名在小说中传达了一个共同的思想倾向，就是对宗法制下乡村田园生活的依恋。废名让他小说中的人物生活在绿水青山、竹林菜园、桃园菱荡、小桥古塔所营造的未被现代文明污染的自然环境中，在诗情画意的美景中表现人物的纯朴美德，二者的完美结合可谓相得益彰。他的小说以冲淡朴讷为审美形态，以宁静肃穆为品格追求，而这种艺术特征与废名的传统文化价值取向有着密切的联系。废名一直"用平静的心，感受一切大千世界的动静"，"用略见矜持的情感去接近这一切"，③显然，平静的心所感受到的只能是古朴的乡村和相对静止的文化形态。小说中的黄梅小城是一个与世隔绝的桃花源，也是一个远离现代纷扰的所在，为摆脱现实社会中的种种悲哀与不幸，废名潜心营造和反复品味自己心中完美的理想世界，既是对世俗生活的绝望，也是对传统文化的皈依。废名不同于其他乡土作家直面西方现代性给中国传统乡土带来的消极影响，他努力营造一个没有受到外界污染的田园牧歌式的乡土，以唯美的诗性执着于审美理想的建构，其实就是一种对民族精神的挖掘。所谓诗意的环境，是忧伤的灵魂栖居之所，废名的小说是作者慰藉和安放自己动荡不安痛苦情怀的寄居，也是作者试图用乡土的美好来重塑民族形象的文化隐喻。

沈从文认为，作家们从事于艺术是为了"使这个民族增加些知识，减少些愚昧，为这个民族的光荣，为这个民族不可缺少的德性中的'互助'与

---

① 周作人：《新希腊与中国》，载《谈虎集》，河北教育出版社2002年版，第312页。

② 沈从文：《从现实学习》，载《沈从文全集》第十三卷，北岳文艺出版社2002年版，第390页。

③ 沈从文：《论冯文炳》，载《沈从文全集》第十六卷，北岳文艺出版社2002年版，第145页。

'亲爱'，'勇敢'与'耐劳'"①。面对西方现代文明的冲击和左翼激进思想的讨伐，我们的传统文化被认为是一种腐朽落后的封建残余，已被批判得体无完肤。然而沈从文在感同身受都市文明的人性的丧失后，对传统文化的深层意蕴重新审视，将笔触深入到对人性美的发掘，从博大精深的传统文化中探索民族精神及民族文化重建的道路。于是，在探索民族文化现代化走向的过程中，沈从文把"人性神庙"的建造作为自己创作的终极追求，在艺术创作中更集中地凝聚着他个人的理想和追求。沈从文小说中的性爱书写也是其建造"人性神庙"的非常重要的组成部分。在谈到沈从文创作中的性爱书写时，金介甫的观点是：沈从文从周作人那里接受了性心理学的观点，读了张东荪讲性心理分析的《精神分析学 ABC》，还从施蛰存、废名等人的小说中学到了西方心理学的知识等等。②再者，沈从文发表于 1951 年《我的学习》中说自己一部分作品"还显然有佛洛依（伊）德、乔依司等等作品支离破碎的反映"③。于是，不少研究者认定沈从文接受了创造社的影响，并将其性爱书写的理论归根于弗洛伊德精神分析学说。我不否认沈从文看过一些国外的文学作品，但可以肯定的是沈从文很少看西方哲学与美学著作，沈从文在回答凌宇的提问时，曾明确表示："没有读过，因为我读不懂。"④

学界在论及五四文学革命的思想资源时，一致认为五四作家们接受了西方思想的影响，全然不顾他们从小所接受到的中国传统文化思想的熏陶。可想而知，对沈从文思想资源的研究也是此类观点的延续。沈从文在回答凌宇关于中国古典文学和外国文学作品在思想、艺术和创作实践上给自己创作造成的影响时是这样回答的："看得多而杂，就不大可能受什么影响，

---

① 沈从文：《禁书问题》，载《沈从文全集》第十七卷，北岳文艺出版社 2002 年版，第63 页。

② 参见［美］金介甫：《沈从文传》，符家钦译，国际文化出版公司 2005 年版，第 123 页。

③ 沈从文：《我的学习》，载《沈从文全集》第十二卷，北岳文艺出版社 2002 年版，第367 页。

④ 凌宇：《从苗汉文化和中西文化的撞击看沈从文》，《文艺研究》1986 年第 2 期。

也可以说受总的影响"①,"真正受的影响,大致还是契诃夫对写作的态度和方法"②。如果仅凭沈从文的只言片语就断定其人性书写是接受了西方理论尤其是精神分析学说影响的观点实在有些牵强,而且也缺少自圆其说的依据。

　　那么沈从文创作中的人性书写的资源到底来自何处呢?赵学勇有这样一个观点:"从文化心理上来说,他无论如何脱离不了孕育他生命的土地,哺育他生命的乡民。"③沈从文也曾表示:"笔下涉及社会面虽比较广阔,最亲切熟习的,或许还是我的家乡和一条延长千里的沅水,及各个支流县分乡村人事。"④如果说五四作家是受到了"人"的发现思想的启示,将性爱书写作为个性解放来彰显,那么沈从文人性书写资源与他们相比就有着明显的不同。湘西这块哺育其成长的土地是其人性创作题材的不竭源泉,而楚文化滋养下的苗、土家、汉各族文化之间的激荡是其创作的思想根基。正如施蛰存认为,沈从文"安于接受传统的中国文化,怯于接受西方文化。他的作品里,几乎没有外国文学的影响"⑤。可见,研究者所说的,沈从文的人性书写的思想资源是西方理论的观点是没有说服力的,更何况从其以性爱为主题的小说中根本看不出他受到了西方文化的影响,反而更多的是传统文化的滋养。

　　受西方现代思想的影响,中国知识分子开始意识到了旧的家族和礼教的非人性与残暴,于是大力宣扬个性自由的现代观念。五四时期的启蒙文学尽管是在个性自由思想主导下的"人"的发现,但在反传统礼教和秩序的诉求下,被赋予了强烈的反封建的社会内涵。与五四作家西方思想背景不同,沈从文是在本土文化滋养下进行创作的:"一切临近我命运中的事事物物,我

---

① 沈从文:《答凌宇问》,载《沈从文全集》第十六卷,北岳文艺出版社 2002 年版,第 524 页。
② 沈从文:《答凌宇问》,载《沈从文全集》第十六卷,北岳文艺出版社 2002 年版,第 526 页。
③ 赵学勇:《沈从文与东西方文化》,兰州大学出版社 1990 年版,第 34 页。
④ 沈从文:《〈沈从文小说选集〉题记》,在《沈从文全集》第十六卷,北岳文艺出版社 2002 年版,第 375 页。
⑤ 施蛰存:《沙上的脚印》,辽宁教育出版社 1995 年版,第 139 页。

有我自己的尺寸和分量，来证实生命的价值与意义。我用不着你们名叫'社会'为制定的那个东西。我讨厌一般标准。尤其是伪'思想家'为扭曲压扁人性而定下的庸俗乡愿标准。"① 可见，沈从文衡量命运中的事事物物的标准，既不是从西方社会引入的所谓的现代文明标准，更非那些扭曲压扁人性的庸俗乡愿标准。

沈从文的人性书写采取了完全不同于五四以来的同类小说的审美标准，根据湘西苗民原始生活习俗进行创作的文学叙事来高扬不受任何限制与约束的野性，饱含着对旺盛生命力的渴望与赞美。沈从文就是把充满激情的人性当作"爱与美的新的宗教"，用湘西苗民原始婚俗和婚恋观念来弘扬中国传统文化的美好，以两性之间自然的性爱和情欲来高扬不受现代文明约束的野性，其中饱含着对生命力的赞美，以期通过对野性文化的呼唤，呼吁有血性的民族精神。

我们知道，在沈从文的作品中，"都市"和"湘西"是两个互为对照的生活地域，也是两个相对立的文化类型。"绅士"们之所以缺乏生命热情，是因为他们生活在"都市文明"的环境中，现代工业文明压抑了人性的自然发展，人们在社会规则的束缚下逐渐地丧失了冲动的本能和雄性的力量。沈从文就是以这种写作方式来表达都市文化对人性的戕害，对现代社会人们病态的生理和心理的担忧，对西方现代工业文明对古老传统文明侵袭的思考。相对来说，湘西就是一种原生态的生存环境，在这片尚未开化的边地，人们在其间无拘无束、自由自在地生活，任由激情在身体里冲荡和挥洒。更加重要的是，沈从文书写的是一种未受金钱、权势等城市文明污染的自然状态下的边地人性，是不受任何束缚，没有掺杂任何世俗功利的纯洁人性，传达出一种对野性文化的呼唤以及对现代城市文化的鄙视。

沈从文的都市题材小说最真切地反映了西方现代文明对中国都市的影响，在他的湘西题材的作品中，也出现了现代物质文明带来的异变。沈从文用美到极致的语言，叙写了苗族神奇爱情传说的《媚金·豹子·与那羊》，

---

① 沈从文：《水云》，载《沈从文全集》第十二卷，北岳文艺出版社2002年版，第94页。

也有对爱情行将遭到污染的叙述："地方的好习惯是消灭了，民族的热情是下降了，女人也慢慢的像中国女人，把爱情移到牛羊金银虚名虚事上来了，爱情的地位显然是已经堕落，美的歌声与美的身体同样被其他物质战胜成为无用东西了……"① 沈从文湘西书写所张扬的这种纯洁的人性美，正是当前社会中所普遍缺失的。尤其是在现代物质文明已侵袭到了原始的湘西边地，在物欲横行社会里人类文明的堕落，在人类童年和成人时期的对比中，在民族传统与现代转化的冲突下，自然人性是引导人们走向真善美、超越世俗功利的一面旗帜。于是，在探索民族文化现代化走向的过程中，沈从文把"人性神庙"的建造作为自己创作的终极追求，在艺术创作中更集中地凝聚着他个人的理想和追求。

面对西方现代文明的冲击和左翼激进思想的讨伐，我们的传统文化被认为是一种腐朽落后的封建残余，早已被批判得体无完肤。然而沈从文在感同身受都市文明的人性的丧失后，对传统文化的深层意蕴重新审视，将笔触深入到湘西书写中发掘其人性美和生命力，从博大精深的传统文化中探索民族精神及文化重建道路。很显然，与现代文学史上其他作家不同，沈从文的人性书写有着明显的本土思想资源，通过对自然人性的书写来发掘民族古老文明根源，成为沈从文的文化重建策略。很显然，沈从文小说中人性的抒写不仅是为了提高青年的品德，更是为了复苏民族文化中的优秀因子。他的湘西系列小说中的人物都生活在宁静秀美的边地胜景之中，因为只有在这种理想状态之中才会存在如此完美的人性。然而，湘西边地的美是留存在记忆中用来怀旧的梦，魂牵梦绕着的传统文化也不能解决内忧外患灾祸频仍的现实社会问题，理想与现实的差距使沈从文的怀旧情绪总是伴随着淡淡的哀愁，一种默默的忧伤和淡淡的凄凉总能让读者深切感受。

废名、沈从文的小说很大部分篇章都可以称得上是田园诗风的代表作品，但我们还是可以明显感觉到其中有现实社会的影子，正如卞之琳所说，

---

① 沈从文：《媚金·豹子·与那羊》，载《沈从文全集》第五卷，北岳文艺出版社 2002 年版，第 356 页。

“也还是反映现实的，只是反映的角度有所不同”①。沈从文的《边城》尽管有着丰富的主题阐释，但不管是对优美人性逝去的叹息，还是对古老民族传统文化的忧虑，都不可否认寄托着沈从文对社会、对生命的关怀。同样，芦焚的《果园城记》把作者浓郁的思乡之情融入到风物民俗的刻画之中，温情脉脉的果园城尽显安详和宁静之态，抚慰着阔别已久归家游子炽热的乡愁。在诗化故乡自然景致的同时也展示了果园城沉寂衰败的情景，在眷念故乡风俗人情的同时也并没有忘怀对民族性格的关注以及对国民命运的反思。正如芦焚自己所认为的，他潜心营造的“果园城”绝非“灵机一动”或“忽然想起践约”的产物，而是在“心怀亡国奴之牢愁”中创造出来的倾注着自我生命感悟的艺术世界，是维系他多年创作情绪的集中体现。

可见，这些“京派”小说所共同表现出来的这种关怀意识和社会使命感，与中国传统文化心态有着很明显的传承关系，尤其在20世纪30年代，阶级抗争和民族救亡运动客观上要求文学为意识形态服务。尽管作家们知道文学应该摒弃明显的政治意识形态色彩，但社会功利性在知识分子膨胀的精英意识下占据着主导地位，就是这种强烈的社会使命意识导致作家们在进行抒情小说创作时并没有一味沉湎于个人情感抒写的局限，而是从个人体悟出发，感同身受周围的人和事，用张扬的艺术个性抒写主观情愫，从而使作家们的情感在个性追求与时代大潮中激荡。现实关怀题材的选择仅仅是作品成功的一个方面，充满时代感的作品因为历史的变迁，也最终会完成自己的历史使命，带有历史时效性。而上述抒情小说之所以能成为现代文学史中的经典，与其说是时代因素使然，不如说是作品中作者的主观情感与读者的审美感受感应沟通的必然。

正如上文所提到的，“京派”作家在创作时与童年结下不解之缘，对童年生活往事的追忆以及对童真的赞美，也是对民族文化重构的期盼。“京派”作家用回忆的方式创作了一系列的童年生活题材的小说，通过儿童特有的视

---

① 卞之琳：《还是且讲一点他》，载巴金、黄永玉等：《长河不尽流——怀念沈从文先生》，湖南文艺出版社1989年版，第70页。

角和感受来打量民族传统文化，发掘其中精美健全内容以建构新的民族文化图景。童年时代是率性自然、无拘无束的，童心又是天真无邪、完美无瑕的，在"京派"作家眼里，童年不只是一个成长阶段，也是人性美存在的环境，写童年是在"京派"作家唯美心态下的必然选择。同样，废名的小说以其清新淡雅的田园诗风格的文字呈现出了童年时代故乡的风土人情以及自己对童年往事的追忆，其中尽管有着似隐而微露的哀愁忧郁，但也不乏真挚而朦胧情感的抒写。汪曾祺在 20 世纪 80 年代的复出之作更是不忘重新体验童年时光，把童年时期的高邮作为复归自我的情感寄托，在传统文化中寻找价值的认同。对人类社会和民族文化童年时代的倾心，透露出作家们所信奉的古朴的社会理想和朴素的人文主义情怀，是用爱心来对政治作另一种解读，用神性来规划人类社会的美好未来。所以，在"京派"的小说中，所写的人物都是一些极其普通的平凡百姓，所叙述的事情也不是惊天动地的壮举，但却能深入到读者的情感深处，正是因为其中蕴含着作家个人的生命体验，承载着作家们的人生理想。

"京派"不认同左翼作家将文学作为政治革命工具的政治功利心态，认为这样会导致文学艺术审美的退化；他们也反对"海派"把文学创作变成商业行为的庸俗化做法，觉得在物欲刺激下作家们会丧失道德感和责任心。"京派"、"海派"和"左联"，这三足鼎立的文学派别虽然相互对峙，但又相互渗透，正如有研究者所言："这三大派别的文学表达现代民族国家的想象、人民的意识、批判社会现实等方面，虽然有轻重之分、深浅之别，但他们的基本精神确是一致的。"①"京派"作家有着复杂的文化心态，这种心态与他们学院派身份是相符合的，既要重视文学的审美品格和作家个人情感体验的升华，同时也要肩负起历史留给知识分子的责任。因此，他们把塑造国民性格的使命交付给文化价值体系的重建，而又以文学的审美表述承载重建重任。这是一种超阶级观念和物质利益的文学功利观，它不以阶级斗争等暴力革命形式来呼唤社会的变革，而是以道德感化和美学力量的途径来实现民族

---

① 严家炎主编：《二十世纪中国文学史》上册，高等教育出版社 2010 年版，第 318 页。

自救的历程，“京派”文人始终在用文学创作实践着自己所选择民族文化重构的蓝图。

第 三 章

大众情怀与走向民间：解放区文学的民族化实践

　　温儒敏在《新文学现实主义的流变》中论及现实主义思潮在现代中国文学第三个十年（1937—1949）的流变时，将解放区文学这部分以"'寻根'：《讲话》指引下的解放区现实主义文学新趋向"作为章节标题。[①]众所周知，以社会主义现实主义为主要创作方法的解放区文学与田园牧歌式的"京派"文学，无论在创作手法、审美风格，还是艺术价值追求上，都有着较大的差别，那么《新文学现实主义的流变》所认为的解放区文学的"寻根"趋向与上文所述的现代中国文学"寻根"思潮是否有关联？力图扎根民族文化土壤与人民生活的解放区文学与"京派"作家回顾故土，呼唤传统美德复归又有哪些相同或者不同之处？

　　任何文学形态的出现都有着其孕育和发展的土壤，在辨析和厘清上述问题之前，必然要对解放区文学进行追根溯源，才能有助于我们更进一步地思考。解放区文学一般指延安和各革命根据地的文学创作，而其中延安文学最具典型性，本章将以延安文学为主要对象来探讨解放区文学的"寻根"趋向。在现代中国文学演进中，以启蒙主义为特征的五四文学传统和以无产阶级革命为主要诉求的左翼文学传统，用互相冲突甚至取代的方式来影响新文学的发展格局。作为新文学发展的一个重要文学形态，延安解放区文学与左翼文学运动一脉相承的关系被学界普遍认同。尽管延安文学是为工农兵大众的"阶级的文学"，而五四新文学是宣扬个性自由的"人的文学"，但我们也不能把对二者的深层联系忽略甚至视而不见。在认识到解放区文学与新文学传

---

① 温儒敏：《新文学现实主义的流变》，北京大学出版社 2007 年版，第 162 页。

统之间的承继关系后，或许我们能够探寻到解放区文学与现代中国文学"寻根"思潮的关联。

一、新文学旨归与大众文艺的实践

新文学对现实主义传统的选择是由其与生俱来的启蒙旨归决定的，自"新民文学"开始，近代知识分子就赋予文学以推动社会变革、改造国民思想的重任。梁启超对中国文化专制特征进行深入剖析后，提出了"改良群治""新民"的政治理论构想。然而，戊戌变法的失败彻底阻断了政治维新的道路，梁启超转而倡导文学"新民"，并先后提出"三界革命"，赋予文学改造文化、启迪民智的社会功能。梁启超等晚清知识分子的文学新民主张得到了五四新文化运动先驱者们的积极响应。陈独秀在《青年杂志》创刊号《敬告青年》一文中就旗帜鲜明地向国人提出告诫："国人而欲脱蒙昧时代，羞为浅化之民也，则急起直追，当以科学与人权并重。"[①]"新民"理论及新文化运动的启蒙思想对中国新文学产生了深刻影响，包括鲁迅在内的五四作家们大多抱着"为人生"的目的进行创作，寄希望以文学来启迪民智、唤醒国人。鲁迅就非常赞同并用文学艺术来改造和启蒙愚弱的国民："凡是愚弱的国民，即使体格如何健全，如何茁壮，也只能做毫无意义的材料和看客，病死多少是不必以为不幸的。所以我们的第一要著，是在改变他们的精神，而善于改变精神的是，我那时以为当然首推文艺，于是想提倡文艺运动的。"[②]鲁迅在《我怎么做起小说来》中追忆他十多年前写下《呐喊》《彷徨》等小说时是这样说的："说到'为什么'做小说罢，我仍抱着十多年前的'启蒙主义'，以为必须是'为人生'，而且要改良这人生。"[③]而且他还认为，"在中国，小说

---

① 陈独秀：《敬告青年》，《青年杂志》创刊号，1915 年 9 月 15 日。

② 鲁迅：《呐喊》自序，载《鲁迅全集》第一卷，人民文学出版社 2005 年版，第 439 页。

③ 鲁迅：《我怎么做起小说来》，载《鲁迅全集》第四卷，人民文学出版社 2005 年版，第 526 页。

不算文学，做小说的也决不能成为文学正宗，所以并没有人想在这一条道路上出世。我也并没有要将小说抬进'文苑'里的意思，不过想利用它的力量，来改良社会"①。这种启蒙主义的文学立场显然继承了梁启超"借小说家言，以发起国民政治思想，激励其爱国精神"的主张。②现代作家以启蒙者的姿态用创作对民众进行启蒙，然而怎样才能使新文学深入人心，从而达到启迪民智、改造国人的预期目标呢？首要任务是密切作家与民众之间的关系，也就是说新文学必须首先为大众广泛地接受，才能启蒙国人、改良社会。可见，新文学的诞生就已经包含了文学大众化的内在要求。

自晚清始，梁启超等在"三界革命"中提倡用口语和俗语写作，就是要走一条文学大众化之路。近代知识分子虽没有明确提出文学大众化的口号，但一直在努力地使文学贴近民众。五四时期，陈独秀建设平易的抒情的"国民文学"，周作人倡导的"人的文学"和"平民文学"，这里的"国民"和"平民"指的是与贵族相对应的阶层，也就是我们所说的普通民众。如周作人认为："平民文学应以普通的文体，记普通的思想与事实。我们不必记英雄豪杰的事业，才子佳人的幸福，只应记载世间普通男女的悲欢成败。"③那么，左翼理论家所称的"大众"指什么呢？藏原惟人的界定是，"我们的大众决不是抽象的整体，而是由工人、农民、小市民、士兵等，具有各自特殊感情、习惯和思想的阶级——阶层组成……这样，才能说我们描写的是活生生的大众"④。其实左翼所谓的"大众"和梁启超所说的"民"，五四知识分子所谓的"平民"、"国民"或者"民众"有相当部分是重合的，只是到了"革命文学"时期，"大众"才取代"民众"出现在各类理论文章之中。

---

① 鲁迅：《我怎么做起小说来》，载《鲁迅全集》第四卷，人民文学出版社 2005 年版，第 525 页。

② 新小说报社：《中国唯一之文学报〈新小说〉》，载陈平原、夏晓虹编：《二十世纪中国小说理论资料》第一卷，北京大学出版社 1989 年版，第 41 页。

③ 周作人：《平民文学》，载胡适选编：《中国新文学大系：建设理论集》，上海良友图书印刷公司 1935 年版，第 210—211 页。

④ 藏原惟人：《藏原惟人评论集》第一卷，转引自王成：《"直译"的"文艺大众化"：左联"文艺大众化"讨论的日本语境》，《中国现代文学研究丛刊》2010 年第 4 期。

尽管五四新文学在一定程度上起到了启蒙民智、唤醒国人的作用，但不可否认的是，"启蒙文学"的接受范围仅限于知识分子层面，脱离了广大的普通民众。无论是"文学革命"还是"革命文学"，作家们都面临着同样尴尬的处境，那就是新文学与民众的疏离。茅盾曾这样评价启蒙文学的接受状况："六七年来的'新文艺'运动虽然产生了若干作品，然而并未走进群众里去，还只是青年学生的读物；因为'新文艺'没有广大的群众基础为地盘。"①新文学脱离了广大的群众，尤其是脱离了社会底层民众，接受范围仅局限在知识分子圈子里，自然无法实现启蒙民智、唤醒国人的目标。初期的革命文学也面临着与此相似的接受困境，正如瞿秋白认为的，无论是启蒙文学还是初期的革命文学都是新式的"绅士文学"，并不是大众的文学，"'五四'的新文化运动，对于民众仿佛是白费了似的。五四式的新文言（所谓白话）的文学，以及纯粹从这种文学的基础上产生出来的初期革命文学和普洛文学，只是替欧化的绅士换换胃口的'鱼翅酒席'，劳动民众是没有福气吃的"②。尽管二者把民众预设为接受对象，但事与愿违，它们都面临着新文学与民众疏离的尴尬处境。对新文学进行了全面而深刻的反思后，左翼作家提出了文学的大众化问题，正如郑伯奇所言，"新兴文学的初期，生硬的直译体的西洋化的文体是流行过一时。这使读者——就是智识阶级的读者——也感觉到非常的困难。启蒙运动的本身，不用说，蒙着很大的不利。于是大众化的口号自然提出了"③。

"左联"成立后的中心工作之一就是对文艺的大众化问题进行研讨，为此还特别设立了"文艺大众化研究会"。"左联"执委会通过的决议《中国无产阶级革命文学的新任务——一九三一年十一月中国左翼作家联盟执行委员会的决议》规定："为完成当前迫切的任务，中国无产阶级革命文学必须确定新的

---

① 茅盾：《从牯岭到东京》，《小说月报》第 19 卷第 10 号，1928 年 10 月 10 日。
② 瞿秋白：《大众文艺的问题》，《文学月报》创刊号，1932 年 6 月 10 日。
③ 郑伯奇：《关于文学大众化的问题》，《大众文艺》第 2 卷第 3 期，1930 年 3 月 1 日。

路线。首先第一个重大的问题，就是文学的大众化。"① 为了贯彻文艺大众化的决议，"左联"理论家要求文学创作题材不仅要正面反映底层苦难的生活以及大众的革命斗争实践，而且还要在语言和形式上做到通俗易懂。正如鲁迅要求的："应该多有为大众设想作家，竭力来做浅显易解的作品，使大众能懂，爱看，以挤掉一些陈腐的劳什子。那文字的程度，恐怕也只能到唱本那样。"② 毫不夸张地说，正是通过大众化问题的广泛而深入的研讨，现代文学才找到了正确的发展方向，才真正走向了自觉与自立，逐渐摆脱了欧化与泥古的双重焦虑。"左联"之后，"大众化"成为新文学的核心关键词，诚如胡风所言，"八九年来，文学运动每推进一段，大众化问题就必定被提出一次。这表现了什么呢？这表现了文学运动始终不能不在这问题上面努力，这更表现了文学运动始终是在这问题里面苦闷"③。胡风的话无疑传达了一个现代文学亲历者的深切体验。

出于对一种全新的社会制度的向往，全国各地的作家纷纷奔赴延安解放区和各抗日根据地，尽管作家们希望投身于革命洪流的目标一致，但因生活环境和创作经验各不相同，对文艺大众化的重视和实践也有差别。经过延安整风运动，特别是在毛泽东《在延安文艺座谈会上的讲话》(以下简称《讲话》)发表之后，文艺工作者关于大众化产生了新的、更为深刻的认识，在思想意识方面达到了高度的统一，大众化成为他们自觉实践和主动探索的创作之路。《讲话》后解放区文学的一个突出症候就是"大众"真正成为文学的主体，他们不仅变身为作品的主人公，他们深层的思想感情和鲜明的行为特征都得到了立体的呈现，而且他们的历史能动性与阶级主体性被一再确认和肯定，他们推动历史、改造历史的壮举得以丰富表现；大众的政治生活和日常

---

① 《中国无产阶级革命文学的新任务——一九三一年十一月中国左翼作家联盟执行委员会的决议》，《文学导报》第 1 卷第 8 期，1931 年 11 月 15 日。

② 鲁迅：《文艺的大众化》，载《鲁迅全集》第七卷，人民文学出版社 2005 年版，第 367 页。

③ 胡风：《大众化问题在今天》，载《胡风全集》第二卷，湖北人民出版社 1999 年版，第 504 页。

生活也得到了全方位的再现，仅以《人民文艺丛书》所收录的作品而论，就有涉及战争、土改、婚姻、革命历史故事等题材形态。可以说，无论是在大众化的理论建设还是在创作实践上，解放区文学并没有像作家们声称的那样真正与五四断裂，他们赋予文学以批判性、抗争性的政治文化功能正是五四开创的现代性精神的继续与展开。延安文艺正是在对中国文学经验——五四文学革命、"革命文学"和"左联"文学经验充分吸收与反思的基础上，建构起的最具中国本土文化气象和中国风格的文学形态。延安文艺在左翼文艺运动的理论建设的基础上，将大众化的讨论和实践进一步深入，并强化了文学的政治性和阶级性，创作出了以工农兵为主人公，为中国老百姓所喜闻乐见的形式和大众化语言特色的作品。

文艺的大众化问题，其实就是"为什么人"的问题。毛泽东在《讲话》中就强调了该问题的重要性："为什么人的问题，是一个根本的问题，原则的问题。"[1]毛泽东总结了五四以来的左翼文艺运动的历史经验，提出了"文艺为工农兵服务""文艺为无产阶级政治服务"等一系列鲜明的主张。其中，以工农兵大众为服务对象，以文艺为政治服务为基本定位，以大众化、民族化为创作主导风格，以作家深入工农兵生活并改造世界观为根本保证等重要理论，实际上解决了中国新文学的方向性问题。我们之所以认为延安文艺真正解决了文艺大众化的问题，是因为它明确了"为群众"并解决了"如何为群众"这两个中心问题。那么，为什么说五四新文学和20世纪20年代"革命文学"，以及"左联"作家的创作都没能彻底解决这个问题呢？五四先驱提倡的"人的文学"与"平民文学"充分展示了新文学为生活在社会底层的平民创作的艺术宗旨；"革命文学"和"左翼文学"也都是书写反映底层苦难的生活以及大众的革命斗争实践，他们大多以民众的启蒙者或者农工阶层的代言人身份自居，按理说也应该是在实践"为什么人"的问题。但是，为什么会出现五四启蒙文学和革命文学遭遇到大众的冷遇，启蒙者和革命先驱者也会感到一种不被理解、孤军奋战的悲哀？而且"左联"关于"大众化"

---

① 毛泽东：《在延安文艺座谈会上的讲话》，解放社1949年版，第16页。

的探讨也非常深入，但为什么不像延安文学那样受到群众的热烈欢迎？其中原因可能有多种，但最主要的是与作家的身份意识和立场有很大关系。

五四作家的本意是要启蒙大众，但其立足于知识分子的精英立场，以民众的先生自居，并没有主动融入到大众的实际生活中去，因此在他们的作品中，大众是模糊的、想象化的形象，所以此类文学遭到民众的冷眼与拒绝是可想而知的。随后出现的"革命文学"尽管在政治立场上比启蒙文学更坚定，并明确提出："我们要努力获得阶级意识，我们要使我们的媒质接近农工大众的用语，我们要以农工大众为我们的对象。"[1] 但与启蒙作家一样，革命作家们也是一副高高在上的姿态，不仅没有充分了解大众的生活样态，更没有自觉地反映大众的期待和心声，而且其所使用的文学语言与启蒙文学如出一辙，都是欧化的形式和生硬艰涩的语言。脱离大众的文学显然是不会被大众所接受的。延安作家将自己预设为大众的学生，才能够深入了解大众、熟悉大众、表现大众，他们就有可能创作出为大众乐于接受的作品来。在充分认识到了新文学大众化的缺陷后，毛泽东在《讲话》的"引言"中这样自设问答，"什么叫做大众化呢？就是我们的文艺工作者自己的思想情绪应与工农兵大众的思想情绪打成一片……在群众面前把你的资格摆得越老，越像个'英雄'，越要出卖这一套，群众就越不买你的账"[2]。延安文艺中出现的大量书写现实生活，同情于弱小者之不幸，反映被压迫者种种遭遇等题材的作品，如戏剧《白毛女》以及赵树理的《福贵》《督税吏》等，描写被地主阶级剥削和压迫借了高利贷的农民，不是家破人亡就是走上绝路，反映了旧社会使"人"变成"鬼"，而新社会使"鬼"变成"人"的共同主题。尤其是赵树理在《李家庄的变迁》中真实地叙述了土地改革时期农民与地主的斗争，"他让我们看到了最近十五年来中国在政治上、经济上、文化上发展的一幅真实的图画。他的意义不仅是在暴露了国民党反动统治的本质和中国共产党惊人的建设力量，而且在这里面忠实地描写出中国人民的觉醒与政治力

---

[1]　成仿吾：《从文学革命到革命文学》，《创造月刊》第 1 卷第 9 期，1928 年 2 月 1 日。

[2]　毛泽东：《在延安文艺座谈会上的讲话》，解放社 1949 年版，第 6—7 页。

量的成长"①。显然，作家们只有在深入人民大众之后，才能写出如此真实的
场面，只有在"文艺为以工农兵为主体的人民大众服务"的号召下进行创作，
才能对备受压迫的民众有如此真切的情感。

但需要注意的是，"为什么人的问题"不仅是一个理论问题，更重要的
是创作实践。"左联"提出大众化理论是新文学诞生和发展的必然要求。在"人
的文学"和"平民文学"的口号下，新文学展现出一种不同于古典文学的全
新风貌，表现普通平民的生活成为其中的亮点，但是五四新文学中的"平民"
并不是我们所认为的下层百姓，而是与士大夫贵族阶层相对的，以小资产阶
级为主的市民阶层。随着无产阶级革命文学的兴起，特别是在"左联"成立
后，文艺大众化就成为左翼文学的首要任务。尽管"左联"所谓大众指的是
工农阶层，但由于当时的政治和历史条件，以及作家没能结合大众等原因的
限制，文艺大众化主要停留在理论探讨层面，而为"工农大众"的文学创作
实践并不多见。《讲话》在中国新文学和无产阶级革命文学大众化理论的探
讨基础上，将大众化理论推进到了新的阶段。毛泽东明确指出，文艺应该为
最广大的人民，而"占全人口百分之九十以上的人民是工人、农民、兵士与
小资产阶级"，当代文艺就是为这四种人服务的。②尽管延安文艺最终把表
现和服务的对象限于工农兵，但相对于"左联"文学的大众化来说，写工农
兵无疑扩大了文学的表现范围，为以工农兵为代表的群众服务使文艺服务的
对象更加明确。

文艺的大众化要求文艺作品能被大众普遍接受并乐于接受，但也并非去
刻意迎合大众。早在20世纪30年代，鲁迅就曾指出文艺迎合和媚悦大众的
弊端："若文艺设法俯就，就很容易流为迎合大众，媚悦大众。迎合和媚悦，
是不会于大众有益的。"③"迎合"和"媚悦"不管是对于文学的健康发展还

---

① [苏]西维特洛夫、乌克伦节夫：《关于中国农村的小说》，载中国赵树理研究会编：
《赵树理研究文集》下卷，中国文联出版公司1998年版，第227页。

② 毛泽东：《在延安文艺座谈会上的讲话》，解放社1949年版，第13页。

③ 鲁迅：《文艺的大众化》，载《鲁迅全集》第七卷，人民文学出版社2005年版，第
367页。

是对大众的阅读体验都没有益处。也就是说，大众化不仅要创作大众易于接受的作品，而且要用大众宜于接受的作品去引导他们，改变接受习惯，提高欣赏能力。这是因为文学不等同教育或者文化宣传，对大众可以普及教育，文化宣传也可以尽可能普及，但文学不同，文学除了有教育和宣传的功能，更多的是一种审美情趣和艺术感受。这就要求作家在大众看得懂、喜爱看的基础上，保持作品的思想性和文学性。

解放区文学最为重要的历史贡献就是，在新文学大众化理论讨论和实践探索的基础上，确立了文艺大众化的普及对象，创作出了以工农兵为主人公，为中国老百姓所喜闻乐见的形式和大众化语言特色的作品，在"普及"与"提高"的辩证关系中解决文艺大众化过程中的种种矛盾。因此，我们认为延安文艺既是对"左联"以来大众化理论的创造性继承，也是在新的语境下顺应历史的拓展，而以毛泽东的《讲话》为代表的延安文艺对大众化理论做了全面系统的总结、提高和升华。

二、新文学源流与民族形式的探索

谈到新文学的源流，新文学理论资源到底来自西方文艺思潮还是本民族文学传统是一个不容忽视的问题，长期以来，学界对此问题一直未能达成普遍共识。从现代中国文学的产生和发展历史脉络来看，五四文学革命已经成为中国文学史上重要的转型时期和重要的文化节点，这是因为新文学体现出了与古典时期中庸平和明显不同的狂飙突进的时代精神。新文化运动中的"民主"和"科学"这两个关键词，有着强大的文化号召力，再加之新文学作家们的理论建设和创作实践，彰显了五四新文学不同于以往的文学气象。社会历史发展不断向前，那么我们如何面对本民族的传统文化？毋庸置疑，一成不变、因袭传统最终会被历史所淘汰，如果传统文化阻碍了历史发展的进程，尤其是本民族的传统文化遭遇异质文化冲击而无法自我维系之时，便需要传统文化的革新。而当新文化运动时期的发难者面对新的时代变局，不被既有的文化成规所限制，呼吁不同于以往的新文化思潮时，一种顺应时代发展的新文化体系应运而生。

事实上，五四新文学是在对古典文学进行了较彻底革命之后才完成现代转型的。"打倒孔家店"的口号虽然极端，却反映了启蒙者面对传统文化的激烈态度；用活的白话文代替"死"的文言文的做法貌似不近情理，但它却反映了现代作家与传统决裂的心态。总体而言，从古典文学到现代文学之变，是本土文学为适应社会时代的变革，在外来文化思潮的催生下由传统向现代的转型。当然，中国古典文学的独特之处，比如重情少理的思维模式，强调道德的训诫方式，仍作为潜流在此后的文学发展中发挥着应有的作用。当然，古典文学遭遇现代文化，它本身所具有的薄弱环节，与时代不合拍的地方，正如陈独秀《文学革命论》所言，推倒贵族文学、古典文学、山林文学，建设国民文学、写实文学、社会文学。在新文学运动的推动下，作家的文学观念发生变化，那么相应的文学体式、艺术手法以及思想和审美价值取向等都发生了根本性的变化。

五四时期是现代中国的一个诸子并立时代，特别是在文学领域，作家们知识渊博，各体兼备，文学实绩突出，提升了现代话语转型期的文学整体素养，正可谓时代多难，文学勃兴。从五四知识分子的构成来看，他们要么是政府官派留学生，要么是进过新式学堂的新知。既然新文学作家大多留过洋，对现代知识有所了解，而且对旧文学是彻底反对的，是不是就说明新文学的精神资源来源于西方呢？长期以来，学界对此似乎有着较一致的观点，普遍认为五四文学革命以"科学"与"民主"为旗号，从而完成了中国文学从古典向现代的整体转换。如许杰在《周作人论》一文中认为："中国的新文学运动，完全是因为接受西洋的学术思想而起来的。"[1]的确，不少新文学运动的发难者和亲历者也持有同样的观点，如鲁迅在谈到自己写作之路时就说："大约所仰仗的全在先前看过的百来篇外国作品和一点医学上的知识。"[2]

---

[1] 许杰、周作人：《中国新文学大系（1927—1937）：文学理论集》，上海文艺出版社1987年版，第663页。

[2] 《鲁迅全集》第四卷，人民文学出版社1998年版，第512页。

陈独秀提出"文学革命论"就是在"今日庄严灿烂之欧洲"① 的启发下提出的。然而吊诡的是，周作人却在《中国新文学的源流》中认为五四新文学运动与明末文学根本方向是一致的，得出的结论是"明末的文学，是现在这次文学运动的来源"②。诚然，中国新文学是在彻底的反封建文化和旧的文学形式的基础上产生的，也受到了外来文学和文化思潮的巨大影响，但这并不能表明新文学与传统决裂，实质上文学的传承是不可能彻底阻断的。这是因为文学传统有着非常丰富的构成，除了语言传统、表现方法之外，还有审美意识、文学理想、创作风格等，尤其是后者，对后来的文学或多或少有一定的借鉴价值。这也是新文学的源流问题有争议，未能达成普遍共识的根本原因。

如果说本民族古典文学传统更多体现在近代以前的文学之中，那么五四新文学则代表着一个现代文学传统的产生。但不管新的现代文学传统还是本民族古典文学传统，二者之间的渊源不能断然否定和割裂。更何况传统本身就是一个不断发展变化的概念，五四文学革命在古典文学传统的脱胎与蜕变中，建构了现代文学新的传统。在反叛旧传统和建构新话语形态的新文化运动中，启蒙知识分子所建构的现代文学传统难免存在着立场的游移，因为当古典文学传统继续生发影响之时，便难免出现新话语形态和理论建构的自身缺陷而出现向传统的复归。而且，尽管五四文学革命表现出彻底地反对旧文学的姿态，但在新文学的建设理论和创作实践中并没有完全抛弃传统文学，反而相当多地强调了传统文学的重要性，甚至还提出了"复古"之说。胡适的《文学改良刍议》和陈独秀的《文学革命论》这两篇被称为五四文学革命的宣言书，其观点也并非全盘反传统。胡适在文中就明确表示他是传统白话小说的继承者，而陈独秀也认为"多里巷猥辞"的《国风》和"盛用土语方物"的《楚辞》"非不斐然可观"，"元、明剧本，明、清小说，乃近代文学之粲然可观者"。③ 也就是说，五四文学革命的发难者否定的是传统文学中

---

① 陈独秀：《独秀文存》，安徽人民出版社 1987 年版，第 95 页。

② 周作人：《中国新文学的源流》，华东师范大学出版 1995 年版，第 30 页。

③ 陈独秀：《文学革命论》，载北京大学主编：《文学运动史料选》第一册，上海教育出版社 1979 年版，第 23 页。

的消极因素，对传统文学中的进步因素持肯定态度。五四新文化运动的主将、中国新文学的奠基人鲁迅，也同样认为中国新文学的发展要继承本民族文学的优良传统，如《文化偏至论》中有这样一段话表明了其观点："外之既不后于世界之思潮，内之仍弗失固有之血脉，取今复古，别立新宗。"① 在鲁迅看来，只有"弗失固有之血脉"，并"取今复古"，才能"别立新宗"。可见，五四并非不分青红皂白地反传统，而是在继承与批判中国传统文学的基础上，走一条合乎历史潮流的道路。这是因为新文学在向现代转型的过程中，除了需要注入外来文学的活水外，更重要的是立足本土。显然，一个民族的文学，必须根植于民族共同的文化心理结构之中，这才是作家们创作的不竭源泉。

五四新文化运动是以民族文化的发展变革为内在动力，并在西方其他民族文化的强烈刺激下开启的革新运动；前者决定了五四的民族文化特质，而后者则加快了中西方多民族文化冲撞的融合进程。而传统文化变革的契机就是基于这种整合功能而催生出来的，文化运动的革新意识和民族自我维护的力量为五四新文化运动中的传统文化带来了强烈的阵痛感，尤其是面临着民族危机的重压，激发出更为强大的民族凝聚力。五四开启的写实文学和关注现实的文化立场，更多的是基于本民族所做的文化考量。于是，对民间的、下层民众的关注以及对本民族文化重构的思考成为新文化复兴运动的基本任务。

然而我们知道，现实情况却不容乐观，五四精英知识分子和下层人民存在较大的文化隔阂，即便是"左联"所提倡的文学大众化，其实质也没有太大的改变，即使发生些许变化也只是形式上的变革。知识分子虽然全面投身于革命文学创作，笔触也更为真实地贴近当代人民，但其创设的现实文化格局只能是上下割裂的，而非是圆融一体的。因此，无论是革命的现实需要，还是民族文化的建构，决定了新文学的发展方向必然是面向民间。这是因为民族文化的特点是民族意志、民族文化心理结构以及相应的审美追求，而民

---

① 鲁迅：《文化偏至论》，载《鲁迅全集》第一卷，人民文学出版社2005年版，第57页。

间蕴含着巨大的文化资源，能够较为真实地反映民族文化的特点。

文艺大众化的应有之义是文艺形式的民族化，作家才能贴近民众，才能实现启蒙和发动民众的目标。五四启蒙文学和初期"革命文学"之所以被认为脱离了大众，重要原因之一就是作家们对民族旧形式的排斥造成了文学与民众之间的隔阂。对此现象，茅盾曾撰文指出："二十年来旧形式只被新文学作者所否定，还没有被新文学所否定，更其没有被大众所否定。"① 因此，不管是 20 世纪 30 年代的左翼文学运动，还是延安文艺，在文艺的大众化的要求下，必然要重视对文艺旧形式的接受和运用。如瞿秋白经过研究认为，大众非常乐于接受"旧式体裁的故事小说，歌曲小调，歌剧和对话剧等"，为了更好地利用这些旧形式，左翼文学"应当做到两点：第一，是依照着旧式体裁而加以改革；第二，运用旧式体裁的各种成分，而创造出新的形式"。② 尤其是在抗战爆发后，"民族情结"更加激发了人们对本民族传统的关注，文艺界兴起了一股关于文艺的"旧形式"的讨论热潮。显然，这个时期所谓的文艺的"旧形式"其实就是文艺的"民族形式"。艾思奇有一篇系统讨论民族形式的文章，题为《旧形式运用的基本原则》，这篇文章从"问题提起的必然性"、"运用旧形式的中心目标"、"旧形式的根本规律"和"运用旧形式的基本方法"等四个方面进行了论述后，他认为"直到今天，我们有新的文艺，然而极缺少民族的新文艺，我们民族的东西，主要地都是旧形式的东西"。③ 在"左联"和"文协"围绕旧形式的利用问题所开展讨论的基础上，毛泽东发表了关于民族形式的基本观点，"中国文化应有自己的形式，这就是民族形式。民族的形式，新民主主义的内容——这就是我们今天的新

---

① 茅盾：《大众化与利用旧形式》，载北京大学主编：《文学运动史料选》第四册，上海教育出版社 1979 年版，第 389 页。

② 瞿秋白：《普洛大众文艺的现实问题》，载北京大学主编：《文学运动史料选》第二册，上海教育出版社 1979 年版，第 380 页。

③ 艾思奇：《旧形式运用的基本原则》，载北京大学主编：《文学运动史料选》第四册，上海教育出版社 1979 年版，第 394 页。

文化"①。可见，关于民族形式的讨论不仅使新文学的发展重新接续到了与中国传统文化的血脉联系，同时也在左翼文学与延安文艺之间搭起了一座走向民族化发展道路的桥梁。

　　1938 年 10 月，毛泽东在中共中央六届六中全会上作了题为《中国共产党在民族战争中的地位》的报告，强调了马克思主义在中国的具体化："洋八股必须废止，空洞抽象的调头必须少唱，教条主义必须休息，而代之以新鲜活泼的、为中国老百姓所喜闻乐见的中国作风和中国气派。"②"中国作风""中国气派"以及"民族形式"以报告或者说以权威的讲话形式发布，直接促成了文艺界对"民族形式"问题的争论和探讨。1939 年夏，中共中央两次邀请文艺界座谈"民族形式"问题，与会者有艾思奇、周扬、沙汀、何其芳、柯仲平、赵毅敏等。从 1939 年到 1942 年间，中国文艺界围绕"民族形式"问题展开了声势浩大的论争。对这一问题的探讨大体围绕着三个基本的话题：民族形式与旧形式，民族形式与外来文化，民族形式与大众化。这三个基本的话题既是"民族形式"问题争论的重点和焦点，更为重要的是对这三个议题的争论和辨析关系到新文学发展中传统与现代、中与西、古与今等关系的处理。只是当这些问题全部聚集到民族形式这一问题之下的时候，缠绕在新文学发展中的这些复杂的难题找到了一条有效的解决通道，而这也恰恰反映出"民族形式"问题的复杂。

　　关于民族形式与旧形式的关系问题，毛泽东曾在报告中这样描述："今天的中国是历史的中国的一个发展；我们是马克思主义的历史主义者，我们不应当割断历史。从孔夫子到孙中山，我们应当给以总结，承继这一份珍贵的遗产。"③ 在《论联合政府》中，毛泽东进一步强化明晰了文化连续性的

---

① 毛泽东：《新民主主义论》，载《毛泽东选集》第二卷，人民出版社 1991 年版，第 707 页。
② 毛泽东：《中国共产党在民族战争中的地位》，载《毛泽东选集》第二卷，人民出版社 1991 年版，第 534 页。
③ 毛泽东：《中国共产党在民族战争中的地位》，载《毛泽东选集》第二卷，人民出版社 1991 年版，第 534 页。

这一观点："对于中国古代文化，同样，既不是一概排斥，也不是盲目搬用，而是批判地接收它，以利于推进中国的新文化。"①

文学工作者遵从毛泽东"文化连续性"的观点，从多角度多维度进行了阐释。在"民族形式"问题的争论开始之前，向林冰就提出了"民间文艺形式"是民族形式的"中心源泉"。1938 年，徐懋庸在《新中华报》上发表了《民间艺术形式的采用》，指出西北战地服务团的文艺工作者："在从延安出发之前，曾准备了许多游艺节目，但到各地公演时，这些节目，大都不为军民所欢迎；因此，他们后来到处采集当地的谣曲和舞蹈形式，配以新的内容，改编演出，效果很好。"②1939 年众多刊物如《文艺突击》《新中华报》《中国文化》等报刊，先后发表了艾思奇、柯仲平、沙汀、周扬、茅盾等关于民族形式问题的文章。在如何造成新的"民族形式"问题上，郭沫若、胡风、茅盾都谈到了民族形式的基础和内容是现实生活。艾思奇认为："旧形式的提起，绝不是要简单地恢复旧文艺，也不仅仅为着暂时应付宣传的要求，而是中国新文艺发展以来所走上的一个新阶段的标志。这一阶段是要把'五四'以来所获得的成绩，和中国优秀的文艺传统综合起来，使它向着建立中国自己的新的民族文艺的方向发展，是为着建立适合于中国老百姓及抗战要求的进一步的发展。"③周扬在肯定五四和旧形式的基础上，提出了现实主义对于民族形式建立的重要性："民族形式之建立，并不能单纯依靠于旧形式，而主要的还是依靠对于自己民族现实生活的各方面的绵密认真的研究，对人民的语言、风习、信仰、趣味等的深刻了解"，"离开现实主义的方针，一切关于形式的论辩，都将会成为烦琐主义与空谈"。④1940 年，茅盾在《旧形式·民间形式与民族形式》中指出："大体上民间形式只是封建社会所产生的落后

---

① 毛泽东：《论联合政府》，载《毛泽东选集》第三卷，人民出版社 1991 年版，第 1083 页。

② 徐懋庸：《民间艺术形式的采用》，《新中华报》1938 年 4 月 20 日。

③ 艾思奇：《旧形式新问题》，《文艺突击》新 1 卷第 2 期，1939 年 6 月 25 日。

④ 周扬：《对旧形式利用在文学上的一个看法》，《中国文化》第 1 卷创刊号，1940 年 2 月 15 日。

的文艺形式，但是我们也承认民间形式中的某些部分……尚具有较高的艺术性，可以作为建立民族形式的参考，或作为民族形式的滋养料之一。"①从以上观点可以看出，对于旧形式与民族形式的关系，大体上都认为应该在对旧形式进行批判的基础上，将其合理的一面融入到民族形式中去，而对其不合理的地方除了批判之外，更多的是希望通过改造对其再利用。

1939 年 7 月，鲁艺举行了"民族形式"问题的座谈会，会上萧三和张庚突出强调了传统文化和民间文学的重要性，而沙汀和何其芳等人则持不同的观点，认为民族形式应该吸收先进的外来形式。何其芳认为，五四新文学"在形式上更欧化而在内容上更现代化，更中国化""欧洲的文学比较中国的旧文学和民间文学进步，因此新文学的继续生长仍然主要地应该吸收这种比较健康，比较新鲜，比较丰富的养分……其次才是民间文学"②。何其芳作为新文化运动影响下的知识分子代表，他高度肯定外来文化形式对于民族形式建构的积极影响。现代性作为民族性的应有之义，本身就是民族性建构的一部分，西方现代文艺形态和形式对于中国民族形式的创制，被认为是一种积极作用。周扬就曾认为"欧化与民族化并不是两个绝不相容的概念"，"由于实际需要而从外国输入的东西，在中国特殊环境中具体地运用了之后，也就不复是外国的原样，而成为中国民族自己的血和肉之一个有机构成部分了"。③

如果说旧形式作为传统文化的形式载体，与民族形式的现代化改造之间存有冲突，又具有再改造的价值，那么外来的艺术形式对于整个新文学的影响而言，绝不仅仅限于形式层面。但是在这一问题上，解放区文学在对外来文化的吸收上显然是保持了保守且审慎的态度。关于对外来文化的态度，毛泽东在《新民主主义论》中是这样描述的："一切外国的东西，如同我们对

① 茅盾：《旧形式·民间形式与民族形式》，《中国文化》第 2 卷第 1 期，1940 年 9 月 25 日。
② 何其芳：《论文学上的民族形式》，《文艺战线》第 1 卷第 5 期，1939 年 11 月 16 日。
③ 周扬：《对旧形式利用在文学上的一个看法》，《中国文化》第 1 卷创刊号，1940 年 2 月 15 日。

于食物一样，必须经过自己的口腔咀嚼和胃肠运动，送进唾液胃液肠液，把它分解为精华和糟粕两部分，然后排泄其糟粕，吸收其精华，才能对我们的身体有益，决不能生吞活剥地毫无批判地吸收。""对于外国文化，排外主义的方针是错误的，应当尽量吸收进步的外国文化，以为发展中国新文化的借镜；盲目搬用的方针也是错误的，应当以中国人民的实际需要为基础，批判地吸收外国文化。"①

从以上关于民族形式的争论中，无论是向林冰的"民间源泉说"，还是何其芳等坚持对外来文化的学习与借鉴，都有其偏颇的一面。而对于这一问题阐述较有思想深度，在当下读来依然富有价值的当推胡风、艾思奇、张光年对这一问题的深刻认识。艾思奇认为："我们需要更多的民族的新文艺，也即是要以我们民族的特色（生活内容方面和表现形式方面包括在一起）而能在世界上占一地位的新文艺。没有鲜明的民族特色的东西，在世界上是站不住脚的。中国的作家如果要对世界的文艺界拿出成绩来，他所拿出来的如果不是中国自己的东西，那还有什么呢？"②胡风对民族形式，更强调统一性："民族形式是有机统一性，'力感'与'活性'的统一体，它是'民族的'，但又不是'国粹'般的古董，而是具有鲜活生命力的有机体，是一种开放的形态，是'国际的东西与民族的东西的矛盾和统一的、现实主义的合理的艺术表现'，是与世界文论的中和和融通的巨大成就。同时，它也是和'作家主观统一着的客观现实的合理的表现'，是主观与客观有机统一的形态，也是内容与形式的统一体。"③张光年对这一问题目光放得更远一些："内容是较为抽象的，它必须通过具体物—形式，才能被传达出来。……不只要求民族内容，而且要求能够适应内容的民族形式。……愈是强调艺术的国际性，愈

---

① 毛泽东：《新民主主义论》，载《毛泽东选集》第二卷，人民出版社1991年版，第707页。
② 艾思奇：《论文化与艺术》，宁夏人民出版社1982年版，第250页。
③ 胡风：《论民族形式问题》，载《胡风评论集》中，人民文学出版社1984年版，第233—261页。

是应该发扬民族性。"①胡风和张光年的观点其实不仅涉及了民族形式的创制问题，还对民族性与现代性、传统与现代的关系等进行了辩证的阐释，不仅强调文学的民族性，更注重民族性与现代性的统一。他们的观点与别林斯基对于民族问题的观点是基本一致的："只有那种既是民族性的同时又是一般人类的文学，才是真正民族性的；只有那种既是一般人类的同时又是民族性的文学，才是真正人类的。"②文学的民族形式不仅在解放区文艺界展开讨论，新中国成立后，文艺界也多次围绕此问题展开了长时间、广范围的争鸣。但不可否认，延安时期民族形式问题的争鸣奠定了当代文学民族形式问题争论的基调，延安时期关于民族形式问题的探讨不仅从理论层面廓清了文学发展的方向，而且为建立新的文学规范提供了一个定位的坐标。

如果说民族形式论争中关于旧形式、外来形式与民族形式的争论主要谈及的是文学的来源与价值判断问题，民族形式论争中民族形式与大众化问题则更多的是从实践层面对新文学运动展开方式和路径的考量。鲁迅先生对文学运动曾经这样预言："更具体底地，更实际斗争底地发展到民族革命战争的大众文学。"③当文学在走向大众的过程中，伴随文学的民族形式的争论与文学的大众化，这两个本来关联不大的问题却因为文学的发展方向成为民族形式讨论和文学走向的一个重要问题。对于这一问题，周扬认为："一方面尽可能利用旧形式使之与大众化的新形式平行，在多少迁就大众的欣赏水平中提高作品之艺术的质量，把他们的欣赏能力也跟着提高，一直到能鉴赏高级的艺术；另一方面所谓高级的现在的新文艺应切实大众化，一直到能为一般大众所接受。"④可以说，民族形式问题的提出，既是文学大众化理论探讨和创作实践发展的结果，也是新文学建设的现代化、民族化的必经步骤。民

---

① 光未然：《文艺的民族形式问题》，《文学月报》第 1 卷第 5 期，1940 年 5 月 15 日。

② ［俄］别林斯基：《对民间诗歌及其意义的总的看法》，载《别林斯基选集》第三卷，满涛译，译文出版社 1982 年版，第 187 页。

③ 鲁迅：《论现在我们的文学运动》，载《且介亭杂文末编》，人民文学出版社 2006 年版，第 101 页。

④ 周扬：《对旧形式利用在文学上的一个看法》，《中国文化》创刊号，1940 年 2 月 15 日。

族形式问题的争鸣不仅关系到文学书写什么，更关系到如何书写的问题，因而对此问题的争鸣，既是文学革命发生以来新文学与传统文学论争的一个延续，也关系到五四后新文学选择的发展方向问题。延安时期，随着大众化文艺运动的蓬勃兴起以及新的文化领导权的形成，民族形式问题在文学的现代性与民族性的博弈中最终浮出水面，成为新文学发展中的一个主导性和关键性问题。

三、走向民间与文学范式的建构

延安文艺承续和发展了五四新文学的启蒙精神，在左翼文艺运动理论建设的基础上，进一步深入讨论和实践了文学的大众化和民族化问题，通过对民族形式和民族语言的创造性运用，不仅在真正意义上实现了近现代以来文学为大众的目标，而且使新文学的发展重新与民族传统文化的血脉接续。

新文学实践经验的必然要求是现实的凝聚力以及相应的整合功能，而对民族凝聚力量的重视是传统文化发展的内在逻辑，并且催促着中华民族的全面觉醒；同时，文艺的本民族问题的讨论，以及民族文学如何生存和如何自立于世界文学范围内，也是现代中国作家需要思考的问题。我们可以把这些统称为文学的民族性问题。民族性本质是一种族性力量认同框架下的凝聚和追认，同时民族性仍是文明对抗中对本土文化的情感认同。从某种意义上说，民族性体现的是一种文化力量的凝聚。可见民族性是在外部环境压抑下不断自我收缩的过程，但民族性又是一个自我力量不断积累的过程。

民族性的存在就是复兴中华民族所具有的优越特性，而文艺从根本上深化了这种复兴动力，强化了民众之间的认同感。在解放区，延安文艺形成了具有高度认同感的民族性力量，并由此带来全面性的社会发展动力。文艺留下了民族性生长的具体痕迹，从根本上呈现了文化发展的深刻动力，也激活了民族发展的活力。民族自觉意识的觉醒使得文艺工作者的归属意识增强，同时艺术家能以更宏观的视角进行文艺创作，也能使作品的内涵更丰富和深刻。甚至可以说，在文艺民族性的追求和感召下，文艺知识分子自觉放弃了文学中浮躁的夸饰来直面民族的未来。民族使命感和责任感让知识分子放下文人身份的羁绊，在自我总结和自我推陈的层面助力于民族文化的弘扬和民众民族意识的觉醒。而文艺工作者这样的思考立场和文化姿态也得到了社会的回应，那些有着鲜明的民族特色的文艺作品受到大众广泛的欢迎。因此，可以这样认为，解放区的文艺民族化运动成了文艺生产的特殊推进力量。

当然，艺术民族性的追求也有其内在的矛盾，当民族性成为社会发展的动力时，民族性必然会从内向外地强力伸展出时代的价值属性。从这种意义上看，民族性具有一定的排他性。国外文化势力以高压姿态向中华民族强势渗透，面对文化与国土的双重民族危亡，民族的觉醒首先需要民族文艺率先觉醒。也可以说，民族性是中华民族在外敌入侵时率先觉醒的那一部分，而且它与外族进行对抗之时，也在一定程度上激发了民族内部的自我团结。

文艺的民族化倾向则将民众以及文学的大众化运动逐步加以整合，形成一种凝聚国家民族的合力。而不断恶化的外部环境，也让这种族性力量的增长有了现实合理性，从而，民族性便不可能再被时代所不容。在延安文艺的框架下，民族性不只体现在大众化、民族化等层面，而且还体现在文化建构层面。文艺的工农兵方向得以确定，整个解放区民众的文化水平在普及中得以提高，由此彰显了文艺的民族凝聚力。文艺与社会生活的紧密结合，使得延安文艺具有了广泛的传播力，而这种传播力与民族文化发展通常相得益彰，进而产生强大的社会力量和现实影响。民众参与，知识分子的引导，社会生产与文艺生产相融，突显了文化在民族性力量的整合之间的关联，从而丰富了文艺的多元性和共生性，以至于它在更深广的历史空间中，这种多元共生的可能得到了实践证明。

与现代文学的本土性相对应的是其世界性。现代中国文学的诞生发展与世界文学的发展是不可割裂的。五四新文化运动最有力的思想资源就是西方人文主义思潮，而文学革命就是在欧洲文艺复兴的影响下而发生。正如陈晓明所认为的，五四文学革命以"科学"与"民主"为口号，"才使新文学站到了与世界文学对话的起点上，初步完成了从古典文学向现代文学的整体转换"①。其实"文学革命"向"革命文学"的转变，以及革命文学在中国的兴起，不仅有着现代中国文学自身寻求发展和突破的内在要求，更有着深刻的国际社会政治、文化因素。正如郭沫若所言："文学是社会上的一种产物，她的生存不能违背社会的基本而生存，她的发展也不能违背社会的进化而发展，所以我们可以说一句，凡是合乎社会的基本的文学方能有存在的价值，而合乎社会进化的文学方能为活的文学，进步的文学。……真正的文学是只有革命文学的一种。"② 可以说，革命文学是五四新文化运动乃至晚清以来，作家强烈的建构民族国家使命发展的必然结果，从而制约文学流变长达半个多世纪，是研究延安文艺和当代文学必然要深入探讨的文学阶段。

从文学地理学的角度考察，在现代中国的文化版图中，延安不只是一个纯粹的地理坐标，更是耸立在人类文明史册中的文化地理高地，具有深厚的文化内涵和思想气质。仅就延安文艺所表现出的内容和主题而论，延安文艺局限于 20 世纪三四十年代中国，是区域性质的；但就延安文艺的现实意义以及所具有的影响力来看，延安文艺自然又是世界性的。延安文艺的创作主体是延安文艺知识分子群体，它们自集群开始便形成了一个具有持续影响力的文艺流派。与此同时，延安文艺知识分子群体的形成本身就包含了地理迁徙的过程，其中许多就是左翼文学作家。在受限的区域内，延安文学延续了革命文学所具有的特定气质，继续在个性解放、人格独立等议题上展开了深入的研究和讨论。延安文艺集中发出共产主义的革命声音，注定了它本身具有的强大的生命力，而这种影响正在不断扩张，于是，延安文艺首先要突破的便是地理界限，即在文化版图上扩大自己的影响力。在这个意义上看，延安文艺首先要站立在广大劳动人民的立场，将黄土高原的声音和黄土培养的文化体验加以扩大，进而打破国民党统治的界限，播散到全国，甚或与苏联联系进而产生世界性的影响力。因此，延安文艺在某种意义上来说也蕴含着

---

① 陈晓明：《现代中国文学思潮流变论》，《学术研究》1998 年第 3 期。

② 郭沫若：《革命与文学》，《创造月刊》第 1 卷第 3 期，1926 年 5 月 16 日。

中共中央与苏共中央以及共产国际之间联系的可能性，这说明了延安文艺在诞生之日起，就具有了世界性的元素。而美国记者埃德加·斯诺在《西行漫记》中对延安的特意关注，也成为延安文艺世界性影响力的明确证据。世界性的目的是彰显新文学的审美价值，同样也成为延安文艺思考的主要内容之一。文艺的主要功能是其审美价值，而且艺术审美又是现代人的心理需求。那么，从审美的视角去思考和观照延安文艺，比如说作为延安文艺的典型代表，赵树理的作品如何体现其世界性的？这究竟是一种什么样的审美，它对五四新文学传统是一种怎样的延续呢？五四解决文学的审美问题，主要是在内容上强调用西方的民主、平等的观念帮助大众走出"牢笼"，在形式上彰显小说、诗歌、戏剧、音乐等多种文体的价值功能等。然而，每一个时代的审美风潮是随着时代的变化而变化，五四时期文艺的审美对象主要是知识分子，而延安文艺要求文学创作者深入到人民大众，显然，艺术审美的追求和风格是不同的。虽然在《讲话》中，毛泽东并没有对利用和改造旧形式为大众服务的问题进行过多的阐释，只是强调了继承文艺传统的重要性，以及对旧形式的改造与运用。延安时期的文艺工作者们也认识到了文艺与人民大众关系问题的重要性，他们在创作时，"把民族的，民间的旧有艺术形式中的优良成分吸收到新文艺中来，给新文艺以清新刚健营养，使新文艺更加民族化、大众化"[1]，出现了一大批运用民族传统形式来写新人新生活题材的，具有大众化风格的优秀作品。1943年春节期间，延安掀起了一股新秧歌剧的热潮，出现反映解放区大生产运动的《兄妹开荒》等深受群众欢迎的新秧歌剧。在新秧歌剧取得巨大成果的基础上，艺术家们又根据1940年流传在晋察冀边区一带"白毛仙姑"的民间故事加工改编而成了大型新歌剧《白毛女》，成为解放区的文艺标志物，迅速风靡各个解放区。诗歌方面，出现了李季、艾青、何其芳、柯仲平等著名诗人，尤其是李季采用陕北民歌"信天游"的形式和手法创作了民歌体叙事长诗《王贵与李香香》，给新诗的大众化、民

---

[1] 周扬：《对旧形式利用在文学上的一个看法》，载北京大学主编：《文学运动史料选》第4册，上海教育出版社1979年版，第414—415页。

族化树立了典范。

延安文艺之所以在形式上特别注重传统章回体小说和戏剧，是因为解放区文艺工作者的创作依据是老百姓的喜好。赵树理作为土生土长的边区革命作家，他的成功既有偶然性，又有必然性。1943 年赵树理发表了中篇小说《李有才板话》，这部作品在借鉴传统的评书体小说的基础上，形成了独特的"板话"语，而非传统的"诗话"或者"词话"。"板话"的形成作为赵树理创作的一个独特标志，将旧形式与民族形式，大众语言与欧化语等问题的争论通过对民间文化和语言的巧妙改造形成了新的语言风格。之后他相继创作了中短篇《小二黑结婚》《地板》《孟祥英翻身》《福贵》《催粮差》《邪不压正》《传家宝》《田寡妇看瓜》，以及长篇《李家庄的变迁》等小说。赵树理的文学创作被作为方向确立之后，文学创作从整体上向大众化倾斜，一方面这种创作的转向使得文学的大众化进程加速；另一方面文学对民间文化和传统文化的再发现和利用使得文学在审美表现上越来越追求民族化与大众化。赵树理对文学创作者与接受者之间构造的平行的对话关系，尤其是将大众的接受，将农民作为主动的反映主体，使得文学与大众的关系发生了根本性的变革。在以赵树理为方向的解放区小说创作带动下，柳青、欧阳山、孔厥、周立波、孙犁、马烽等新老作家，各有一批具有中国作风、中国气派的佳作问世。

老百姓就喜欢看有表演性质的歌剧，解放区就开展戏剧运动，促进戏剧文学的创作，通过戏剧表演发挥其宣传、鼓动和教育的作用。也就是为了让识字不多的工农兵大众能够看懂并接受审美教育，这就是当时戏剧盛行的原因之一。《白毛女》《兄妹开荒》《夫妻识字》《赤叶河》等一大批备受欢迎的现代歌剧在解放区被文艺工作者创作出来。如果说戏剧是较为原始的艺术形式，而这种原始艺术形式的盛行，就是因为延安文艺在劳苦大众与知识分子之间形成了一种密切的文化关联。戏剧从某种角度上看是具有原始生命力的，因为中国农民庞大的数量和多样化形态又增强了审美体验的独特性，解放区的戏剧等较为原始的艺术也就蕴含了人类学的价值内涵，而这些具有独特形式的艺术，加快塑形了延安文艺的世界性话语形态。再说，民族性与世界性并不矛盾，正如鲁迅所言："现在的文学也一样，有地方色彩的，倒容易成为世界的，即为别国所注意。"① 只有深入地体会当地民俗风情和具体生存环境，才能深入发现解放区文艺的价值功能。解放区，就需要这样的文艺来鼓舞民众，唤起大众改造社会的热情。与国统区喜欢张爱玲的审美情趣不同，解放区文艺首先得展现土地的问题、产权的问题，在一个生产滞后，民生艰难的现实困境中，奢靡和过度消费都是一件不道德的事，而生存需要的紧迫感强化了这种需要。但是，我们同时也要认识到，在劳动生产的大环境下，解放区文艺所具有的自觉性和能动性以及文艺在社会革命中的调动作用，无疑是世界性的。在此，民族性与世界性既不冲突也不矛盾，而是有着很好的延续。史家是这样评价《讲话》后民间文艺创作的历史功绩的："1942年毛泽东《在延安文艺座谈会上的讲话》发表之后，专业作家与群众文艺运动结合，中国传统民间文艺在现代新文艺的启迪下得以蓬勃复兴，反过来，民间文艺的创造活力又补充丰富了现代新文艺。对于自诞生以来就主要受外国文学影响的新文学来说，这种来自民族传统和民间文化的推动力，是具有特殊的意义与价值的。"② 这个观点可以说是对延安时期文艺吸收民间传统价值的客观准确的评价。

温儒敏在《新文学现实主义的流变》中认为："这一时期文学的'寻根'极大地震动并改变了新文学作家（包括现实主义作家）的思想、感情和审美趣味、文学追求，并由此形成一个自觉的文学潮流：几乎所有解放区的作家，不管以往的'艺术个性'怎样，这时都将目光转向曾作为我国民族文化摇篮的黄河流域'黄土地'，以及生活在这土地上的作为民族主体的广大农民；作家们以前所未有的热情，认真体味、研究中国农民的思想、心理、感情与审美情趣、形式，刻苦发掘钻研中国传统文艺与民间文艺形式，力图创造出具有民族风格，为中国老百姓(首先是农民)所'喜闻乐见'的艺术形式，

---

① 鲁迅：《340419 致陈烟桥》，载《鲁迅全集》第十三卷，人民文学出版社 2005 年版，第 81 页。

② 钱理群、温儒敏、吴福辉：《中国现代文学三十年》（修订本），北京大学出版社 1998 年版，第 349 页。

去充分反映与表现中国农民的生活、命运与思想、感情。"①解放区文艺对传统民族文化的继承是显而易见的，那些认为解放区文艺背离了五四新文学传统的观点，显然没有认识到解放区文艺实质是对五四精神的承续和发展，而且解放区尤其是延安文艺创作中对民族形式、民族语言也就是大众语言的运用当然也属于现代化的要求，而不是背离或者中断了中国文学近代化进程。

纵观中国新文学的历史演进过程，无产阶级革命文艺思潮其实在五四新文化运动时期已初现端倪。然而，中华民族并没有像启蒙者所设想的那样国富民强，而是面临着更为严重的内忧外患。五四过后，"新文化运动"和"文学革命"的号召力也开始式微，整个社会的思想、文化、价值观陷入迷茫和虚无，在这个生死存亡的转折时期，左翼文艺思潮成为国人激励自己走出彷徨的最终选择。可以说，左翼文学是在五四新文化运动和国内外进步文艺活动的实践基础上发生的，它和五四文学革命一样，自发生起就有着鲜明的介入社会和人生的意识形态性质，它能够逐渐发展起来，就是因为它从底层民众的利益出发，并在艺术形式上持有一定的探索和革新精神。

延安时期，在革命和救亡的制约下，解放区文学追求的目标不仅是承继五四文学所开拓的现代性发展路径，更为重要的是迎合民族国家的革命事业和现代民族国家的新的需求。无论是文学民族形式问题的论争、大众化的文学实践，还是文学方向由"鲁迅方向"向"赵树理方向"的转换，以及新的文学规范的设定，都在不断探索本民族文学现代性和民族性并重建构的新的可能性。即便是 20 世纪 30 年代的左翼文学显然也并不成熟，可以说进入延安解放区之后，中国的无产阶级文艺运动才逐渐成熟起来，开始将马克思主义文艺理论中国化，并在与抗战现实的结合中，在与大众的结合中，进行理论探讨和创作实践，创作出了大量"为中国老百姓所喜闻乐见"的艺术形式，开创了"民族的，科学的，大众的"新文化。也就是说，延安时期文学追求的目标不仅是承继五四所开拓的现代性，更是为了迎合民族国家的革命事业，因而无论是文学形式的论争，还是大众化的创作实践，抑或是思想启

---

① 温儒敏：《新文学现实主义的流变》，北京大学出版社 2007 年版，第 167 页。

蒙，都渗透着浓厚的民族情结和民族情绪。因而文学在民族化道路上的探索，不仅代表了作家向传统文学学习，更是对本民族文化工作的清理和温故知新，而这一过程正是现代中国文学在现代转型过程中不能绕过的阶段。正是在对传统文化和五四文化的质疑、反思、领悟中，解放区文艺不断探索本民族文化现代性建构的方向和路径。正如"中国新文学大系·文学理论卷"中对延安解放区文学的描述："文学服务于这样一种特殊性质的战争，就必然地将文学与人民（在中国特别是农民）的关系，文学的民族性问题置于十分突出的位置；文学的大众化与民族化，也就自然成为这一时期文艺理论与文艺思潮的另一个中心课题。"① 解放区文艺作为新文学走向纵深发展的一个里程碑，它从弱小到强大的过程既是不断地承继新文学前二十年所开创的文学传统的一个历史过程，同时又是对新文学传统的总结、反思、超越、创新的一个实现过程。

因此，以整体性的新文艺发展眼光来看，解放区文学在 20 世纪中国文艺发展史上起到了承前启后、继往开来的重大作用。它继承和发展了五四新文学传统，在左翼文艺理论建设的基础上，将文学大众化、民族化讨论和实践进一步深入，是马克思主义文艺理论中国化的重大成果。新中国成立后近三十年，延安文艺经验一直是中国当代文艺创作的唯一指导思想，新时期以来文学所呈现出的种种表征，大多也与延安文艺内在精神有着深层联系。在新的时代语境下，探讨延安文艺对新中国文艺体制的建构，研究延安文艺与中国当代文学的发展演进历程，可以借鉴和吸收其宝贵经验来解决当下文学所面临的种种诸如文艺的大众化、民族化、本土化，作家与民众结合等问题，有利于进一步发展符合中国国情的、具有民族特色的文学艺术。

延安解放区文艺是在现实与民众的结合中走出了一条"中国化"的道路，从这个意义上讲，中国当代文学要走向世界并被世界文学所认可，同样应该从解放区文艺中汲取成功的经验。如果我们将延安时期开创的"人民文艺"

---

① 　王瑶：《文学理论卷一·序》，载《中国新文学大系（1937—1949）》第一集，上海
　　文艺出版社 1990 年版，第 9 页。

与其他时期、其他派别的文艺进行比较，就可以发现，"人民文艺"既不同于传统的中国古典文艺，也不同于西方国家的任何一种文艺样态，它是最切近中国经验而又最适应中国民众的审美趣味的，完全是一种新的创造。不仅如此，我们还可以从新中国文学推行延安文艺的大众化、民族化等"人民性"方面的要求，建构当代文学所取得的成果来进行了解。在 20 世纪 50 年代至 70 年代，那些在"当代文学"中被推崇并受到"高度评价"的长篇小说，如梁斌的《红旗谱》、知侠的《铁道游击队》、李英儒的《野火春风斗古城》等，或多或少借鉴了民间形式并再现了民族精神。不仅如此，赵树理开创的"山药蛋派"，周立波的"方言体"，以及闻捷、郭小川、贺敬之等人的"民歌体"，都是作家们在文学"大众化""民族化"方面作出的创造性贡献。1958 年的"新民歌运动"，是在毛泽东的倡导下，由各级党委、政府组织发动的一场群众性运动，毛泽东提出的探索中国新诗出路要注意搜集民歌的观点，对诗歌的民族化产生了巨大的影响。尽管"新民歌运动"中的诗歌创作以政治抒情诗为主，用直白的语言甚至标语口号来表达诗人的政治信仰和道德情操，但也有不少诗作借用和改造了传统文学的民间形式，这种具有民间形式的意识形态话语在客观上或多或少弘扬了民族精神和传统文化。如郭小川在形式上提倡民族化和群众化，用"民歌体"创作出了《祝酒歌》；贺敬之用"信天游"的民歌体形式创作了诗歌《回延安》；闻捷创造了柔和、轻快、明朗的牧歌风格，紧扣少数民族特有的风土人情，创作了《吐鲁番情歌》《苹果树下》等诗歌，对 20 世纪五六十年代诗坛产生了很大的影响。因此，中国文学要想走向世界，必须立足于本土，在表现本民族独特的生活特征和精神面貌的同时，自觉融入人类普遍价值和审美情感，这样才能得到世界读者的认可。作为本土经验的延安文艺，是在继承了中国民间传统和国外文艺理论的基础上，与社会现实与广大民众密切结合，可谓是切近中国社会现状而又适应中国民众的审美趣味的文艺形态，其本土性和民族性特征鲜明。从中国当代文学发展的趋势来看，延安文艺给我们的启示是学习和吸收国外创作理论和技巧，自觉地把自己的创作纳入世界文化现代化的潮流之中，同时要坚持发扬能体现本民族特征的文学传统。

我们知道延安解放区文艺是在战时条件下形成的，文学为政治服务是为了最有效地发挥文学的宣传鼓动功能，在当时的环境中具有历史必然性。在"文艺为工农兵服务"的号召下，延安作家们深入底层，创作出了大量深受老百姓欢迎的、反映民众生活的作品，客观上起到了服务工农兵、发动民众的作用。延安文艺的这些政策和举措为抗战的胜利以及新政权的诞生作出了不可磨灭的历史功绩。为了推动当代文学的发展和创新，激发作家的创作热情，我们应该总结解放区文艺传统的正反两方面经验，并能与时俱进地对现有文学体制进行全面革新，以促进文艺事业的进一步发展。

自近现代以来，中国知识分子为探索文学的大众化进行了深入的讨论和实践，尤其是自《讲话》确立了文艺为工农兵大众服务的方向后，文艺才开始真正与大众结合，底层民众才开始参与到文学活动中来。延安文艺突出的成就是较为成功地解决了自中国新文学诞生以来一直困扰作家们的大众化的问题。反思延安文艺中历史局限性和某些偏向，借鉴其成功经验，有助于探求在大众消费文化盛行的当下解决文艺与大众关系的办法。

延续中国现代作家与底层大众的融洽关系，建构为生活在最底层的弱势民众写作的目标，作家只有坚持人民本位的立场，用平民叙事的风格和民族文艺形式书写大众的生存状态，表达他们的情感和愿望，反映他们的思想和诉求，才能受到大众的欢迎。其实在延安时期，赵树理取得成功，并得到大众的认可，并不仅仅是因为其作品的通俗，而是作品的内容与大众息息相关，作家的创作态度与大众融为一体。只有大众感受到了作家是在关注他们、理解他们，写出了他们的生存状态，并替他们道出了心声，大众才会真正接受。因此，我们认为，为大众服务，为底层民众写作，应该是中国文学未来的发展方向。21世纪以来，以曹征路、陈应松、胡学文、刘继明等为代表的平民写作，以关怀和同情普通民众的态度，揭示现代化进程中出现的新问题，如农民在失去赖以生存的土地之后的窘迫，进城打工的农民工在困顿中谋生而且正当权益还得不到保障，城市中的下岗职工在生活和精神方面的双重焦虑，等等。尽管平民写作还存在着叙事方法和主题表现等稍显陈旧的种种问题，但对普通民众命运和情感的关注是难能可贵的，至少平民写作重新回到了文学大众化的探索上，也体现了知识分子的正义感和责任心。

不可否认，文艺的大众化必然要求文艺工作者向普通民众靠近，创作出大众能接受并乐于接受的作品，但不能认为作家就应该去毫无原则地迎合大众，甚至取悦于大众，如果作家真那样去做的话，那就是鲁迅所说的"迎合和媚悦"。如果在创作时只为追求时尚或者时髦的东西，或者仅考虑到读者的阅读兴趣，就可能会因过分迎合有些读者比较低俗的喜好而降低作品的格调，而且这种投其所好的行为也会导致作家丧失了自己的创作个性和主体意识。要解决大众化过程中出现的文学"雅""俗"难以把握的现象，我们可以从《讲话》中"普及"和"提高"的有关论述中得到启示。尽管《讲话》强调了"普及"的重要性，即"第一步最严重最中心的任务是普及工作"，但又认为"普及工作与提高工作是不能截然分开的"，"我们的提高，是在普及基础上的提高，我们的普及，是在提高指导下的普及"。① 如果说作家创造出大众易于接受的作品是为了普及，那么也同样有另一个目标就是提高大众，而不是仅供大众作为消遣和娱乐的消费品。也就是说，作家不能因为大众接受水平较低就一味地俯就大众，那样只会将作家与大众等同视之，也不利于大众的提高。如果文学沦落为民众消遣娱乐的工具，文学就丧失了其存在的价值。因此，作家应通过艺术的手段，润物细无声地引领大众接受能力和审美情趣，从而助推整个民族文化的提高。作家在创作时要把握好"雅"与"俗"的度，在保持必要的思想性和文学性的同时融入大众，从大众实际生活中发掘素材，以大众易于接受的方式进行写作。

四、启蒙立场与民间文化的复归

对乡土文明的回望和对民间传统文化的回归可以说是京派和解放区这两个不同时空的作家们的一致选择，因此有研究者会将"京派"文学和解放区

---

① 毛泽东：《在延安文艺座谈会上的讲话》，解放社 1949 年版，第 23—24 页。

文学纳入到现代中国乡土文学序列之中，这显然是有一定道理的。但不可否认的是，正如上文所说"京派"文学无论在文学追求、审美情趣以及文化旨趣等方面均与解放区文学有很大的差别，于是也有研究者将包括"京派"在内的现代乡土文学与解放区文学进行区分，认为 20 世纪二三十年代形成的乡土文学，到 20 世纪 40 年代以后，特别是毛泽东的《在延安文艺座谈会上的讲话》发表之后，这一文学形态开始向农村题材转变；并特意指出："乡土文学与农村题材不是一回事。乡土文学与乡土中国是同构对应关系，是对中国社会形态的反映和表达，如果说乡土文学也具有意识形态性质，那么，它背后隐含的是知识分子的启蒙立场和诉求。……农村题材是一种政治意识形态，它要反映和表达的，是中国社会开始构建的基本矛盾——地主与农民的矛盾，它的基本依据是阶级斗争学说。"① 这种观点非常准确地指出了二者之间意识形态内涵的区别，可谓一针见血。通过阅读作品，我们可以明确地感知到，无论是注重审美的"京派"文学，还是有着明确功利目标的解放区文学，二者都在一定程度上继承了五四新文学的现实主义书写传统。对五四精神中最核心的启蒙思想，"京派"和解放区的作家们是抱以何种态度在进行创作呢？我们对现代启蒙思想追根溯源并对其内涵进行辨析，而且也认识到了"京派"作家主张的人性书写与五四新文化运动中的启蒙思想并不矛盾。以沈从文为代表的"京派"作家，不仅在文学创作中批判了都市"阉寺性"，而且还构造了一个健康理想的人生形式和乡村美景，并以此对受到现代物质文化浸染的民众进行启蒙。那么，作为现代中国文学有机组成部分的解放区文学，是否也同样继承五四新文化运动的思想启蒙传统？学术界对这个问题可谓莫衷一是，因此很有必要进行辨析。

20 世纪 20 年代末，中国的左翼文学运动肇始。为了强调这场运动的特殊性，左翼文艺理论家将其与五四新文学进行了"质"的区别，分别用"文学革命"和"革命文学"来指称。即便如此，"革命文学"也改变不了脱胎于"文

---

① 孟繁华：《依然强劲的乡土文学——当下长篇小说创作的一个方面》，《长篇小说选刊》2017 年第 2 期。

化批判"的特质。这些"革命文学"的倡导者们，站在革命的智识阶级的精英立场上掀起了一场"新启蒙运动"的讨论。显然，"新启蒙运动"的"新"是为了与五四新文化运动的资产阶级启蒙运动的"旧"进行区别。正如张申府在《五四纪念与新启蒙运动》一文中说："如果把五四运动叫做启蒙运动，则今日确有一种新启蒙运动的必要；而这种新启蒙运动对于五四的启蒙运动应该不仅仅是一种继承，而应该是一种扬弃。"[1]但是绝大多数论者承认左翼文学运动是五四新文化的继承者，继续和推进着五四未完成的启蒙运动的事业。如齐伯岩就认为："我们当前的文化工作，正是继续着'五四'未完成的工作，而展开一个更新的更伟大的文化运动——新启蒙运动。"[2]左翼文艺理论家们之所以把五四新文化运动与"新启蒙运动"联系在一起，是因为他们启蒙大众的目标和反封建愚昧的指向是基本一致的。

尽管社会时代的变革会使文学主潮产生相应的变化，但那些在五四新文化运动中成长起来的作家们坚持以启蒙的姿态进行创作。在国统区，胡风、冯雪峰等左翼作家继承了五四传统，将启蒙思想纳入到特殊年代的民族救亡和人民解放的历史潮流中。而在解放区，自从毛泽东在《新民主主义论》中高度评价了鲁迅的价值和地位，提出"鲁迅的方向，就是中华民族新文化的方向"[3]后，延安解放区出现了一大批具有强烈启蒙意识的作品，以丁玲的《我在霞村的时候》《在医院中》《"三八节"有感》等，以及王实味的《政治家·艺术家》《野百合花》等为代表。但是，这种以暴露和批判为主要倾向的创作风潮，与延安所处的战时环境极不和谐，也给解放区政权带来了不利影响。在这种情况下，解放区中共领导人召开了以整顿文风、统一思想为主要内容的文艺座谈会。延安文艺界整风的目的是为系统回答文艺运动中许多有争议的问题，阐明革命文艺的根本方向，强调革命文艺工作者必须从根本上解决立场、态度问题。

《讲话》发表后的延安解放区文艺运动表现出明显的为工农兵服务的特

① 张申府：《张申府散文》，中国广播电视出版社1995年版，第298页。
② 齐伯岩：《五四运动与新启蒙运动》，《读书月报》第2号，1937年6月15日。
③ 毛泽东：《毛泽东文艺论集》，中央文献出版社2002年版，第8页。

征，不少研究者就将其与五四追求个性解放的文学进行区别。但是《讲话》
并不排斥文学的启蒙功能，在"整风运动"之初，当知识分子通过《轻骑队》
和《讽刺画展》来暴露延安的现实社会弊端的时候，毛泽东并没有表示反对。
毛泽东在《讲话》中对工农兵的缺点也毫不掩饰："无产阶级中还有许多人
保留着小资产阶级的思想，农民与小资产阶级都有落后的思想，这些就是他
们在斗争中的负担。我们应该长期地耐心地教育他们，帮助他们摆脱其背上
的包袱，使他们能够大踏步地前进。"[1]并且也明确表示，"他们由于长时期
的封建阶级和资产阶级的统治，不识字，愚昧，无文化，所以他们的迫切要
求就是把他们所急需的与所能迅速接受的文化知识和文艺作品向他们做普遍
的启蒙运动"[2]。

　　为了突出文学服务于政治的观念，毛泽东在《讲话》中强调了知识分子
向工农兵学习的重要性，虽然知识分子被人为规定为被启蒙者，但在文艺创
作中这种启蒙意识却始终没有抛弃。我们还可以从《讲话》后解放区的创作
情况来说明这个问题。就以自称为老百姓写作的解放区作家赵树理为例，其
作品也有着浓厚的为民众启蒙的意识。"农民在经济、政治、文化上的提高，
是赵树理终生的心愿。正是因为想要改变低俗、封建、愚昧的思想和观念，
他才写了小说和剧本。"[3]可见，赵树理用文学来改变农民低俗、封建、愚昧
思想的创作意愿与五四新文学作家们的启蒙思想有着某种传承关系。赵树理
之所以用农民的语言和民间形式进行创作，显然也是出于启蒙的目的："我
应该向农民灌输新知识，同时又使他们有所娱乐，于是我就开始用农民的语
言写作。"[4]所以，在他的小说中所塑造的那些与旧社会完全不同的，具有崭
新面貌的人物形象以及生活方式，其主要目的还是在于对农民的启蒙。因

---

[1]　毛泽东：《在延安文艺座谈会上的讲话》，解放社 1949 年版，第 4 页。

[2]　毛泽东：《在延安文艺座谈会上的讲话》，解放社 1949 年版，第 23 页。

[3]　[日] 荻野修二：《访赵树理故居》，载中国赵树理研究会编：《赵树理研究文集》下
　　卷，中国文联出版公司 1998 年版，第 107 页。

[4]　[美] 杰克·贝尔登：《中国震撼世界·赵树理》，载中国赵树理研究会编：《赵树理
　　研究文集》下卷，中国文联出版公司 1998 年版，第 11 页。

此，从启蒙层面上来说，"京派"文学与延安解放区文学有着共同的文化指向和价值取向，对民众启蒙成为自五四以来的一个光荣的传统，从 20 世纪 30 年代的以"京派"为代表的乡土文学一直延续到解放区文学。

我们知道，乡土中国的文化积淀不仅孕育了中国作家们不可释怀的乡土情结，成为作家书写乡土中国的强大动力，而且独特的乡土生活方式和文化习俗也为作家们提供了丰富的创作资源。因此，现代以来，作家们的乡土书写，其实是一种自觉或不自觉的选择。无论是五四时期的现代乡土文学的草创，还是寓居在北平的"京派"作家们对故土的回望，或者是解放区作家们书写黄土地以及生活在其中的人民，大多是表达了自己对乡土中国的情感和体验。

当然，"京派"作家笔下的乡土，与 20 世纪 20 年代的愚昧落后的破败乡村以及 30 年代那些充满民族和阶级矛盾的农村不同，"京派"文学不仅有极具地方特色的风景和风俗，还表现了带有浓厚乡土气息的平民生活和风土人情，当然还有对未受现代文明侵袭的、乡土的原初状态的赞美。可见，"京派"作家们赞美古朴醇厚的民间风物，歌颂自然恬美的牧歌生活，是为了营造一个与现代都市生活完全不同的乡村田园世界。废名笔下透露出青涩气息的黄梅，沈从文所营造的伤感优美的湘西，还有芦焚的小城，完全可以说是中国传统农村的缩影，是中国传统文化的代表，尽管是落后的，也是贫困的，但故乡的一草一木、一山一水，还有隔断不了的血缘亲情，都是能温暖游子孤寂之心的精神资源。

在中国现代化进程中始终伴随着异质文明的冲突，在文学创作中都市题材和乡村叙事分别成为现代与传统的代名词。综观"京派"作家的全部小说创作，虽然写都市生活小说的成就不容忽视，但故土风物题材才是寄寓"京派"作家文化态度、生命理想与艺术追求的"神庙"。古都北京虽然有着悠久的文化氛围和深厚的文化底蕴，然而，外乡人身份始终使他们无法认同都市文明，在感同身受都市文明的人性缺失后，"京派"作家们将笔触深入到对人性美的发掘，对自然美的展示。出于皈依自然人性的思想倾向，"京派"作家们势必在题材取舍上偏重乡村，并在道德价值取向上走向民间，而时常在作家心中魂牵梦绕着的故土文化。这种创作理念不仅批判了作为参照对象的都市文化，而且还寄托作家对理想人生、美好人性的向往。在此，我们可以清楚地感觉到，"京派"作家们表现出对乡村生活和村野文化回归的热衷，显然出于他们对传统的顶礼膜拜，并欲以之与现代抗衡。尽管"京派"作家们回归精神家园是在超越阶级纷争和社会矛盾后的选择，但民族国家文化重建一直是他们从事文学创作的基本理念。不可否认，废名的黄梅系列，沈从文的湘西系列以及汪曾祺的高邮系列文章，尽管表达的是一种对传统文化的依恋心态，所讴歌的是淳朴原始的人性，所描绘的是一种理想的生命状态，但是他们正是以这种美好的人生形式去抗拒现代社会的病症，以艺术美的熏陶和人性美的感化来拯救中华民族的精神病相。

总的来说，"京派"文学中的这种自觉的"寻根"意识表现为作家们通常会对乡村中优美的自然景物进行描写，通过对纯朴的乡土文明之根的探寻来批判现代文明的弊端，用沉浸在唯美状态之下的理想书写来追求精神家园的回归。与此同时，"京派"文人在创作中表达了对中国社会现代化进程中逐渐消逝的淳厚朴实的人性以及善良美好的伦理道德的呼唤，用以寄托他们重建民族淳美人格和伦理道德的理想。那么，相比较之下，解放区文学所寻之根是什么呢？作家们又是采取什么样的方式来"寻根"的呢？

通过上文对解放区文学在《讲话》指引下的"寻根"意识的论述，再结合温儒敏对"寻根"的理解："我们可以从'寻根'的意义上去理解处在我国民族文化的摇篮——黄河流域北方文化中心的解放区的作家，与生活在这块'黄土地'上的农民的'对话'。"① 也正因为新文学开始了与广大中国农民具有历史意义的对话，所以"农民从新文学中得到现代文明、民主、科学的新思想、新文化、新的伦理道德观念以及新的审美趣味的启蒙和影响，促成了他们新的觉醒；农民的觉醒带来了解放区群众性文艺创作的热潮，以及中国民族、民间传统文艺的复兴；而民族传统与民间传统又反过来有力地推

---

① 温儒敏：《新文学现实主义的流变》，北京大学出版社 2007 年版，第 167 页。

动与影响着新文学的发展"①。由此可见，与"京派"以疏离现实为代价，避开社会矛盾和民族危亡的书写，追求静穆、优美、健康、安适的价值取向不同，解放区作家不仅自觉地将农民的觉醒、社会的变迁融入到农村题材创作之中，而且还主动借鉴、改造民间文艺形式与民族传统小说形式，开拓了现代乡土文学的题材领域，也创作出了诸如新章回体、新评书体等现代通俗小说形式以及新歌剧、民歌体叙事诗等艺术形式。尤其是对政治、经济上获得解放后的农民，展示其思想变化和精神面貌，这种转变不仅仅具有题材开拓上的价值，也通过文学大众化确立了解放区文学的立身之本。因此，可以说在《讲话》指引下的解放区文学强调本土资源，突出民间传统，这种"中国作风"与"中国气派"体现了自近代以来中国人民追求民族独立的一种努力。由此可见，解放区的这种新型的民间化文学形态是乡土文学在 20 世纪 40 年代特殊的地域中的变体，是对五四现实主义文学传统的一种传承和发展。

但不可否认的是，乡土仍然还是一个民族文化心理素质之根本。因为只有回归到乡土，才能找到民族文化存在的根基。作为一种古老的社会结构，有着几千年历史的乡土中国可以说是比较稳定的。但随着社会的变革和时代的更替，这种稳定的社会结构也随之发生巨变，如果说 20 世纪 30 年代"京派"的乡土依然是基于亲缘关系和地缘纽带搭建起来的人伦关系，那么 40 年代的解放区文学则将目光投向了农村的阶级斗争、政权建设和移风易俗，尽管土地革命成为农村题材的主旋律，表现的也是农村新生活和新人物，即使是风土人情和稼穑劳作也带上了强烈的意识形态色彩。显然，当 40 年代的社会政治、思想文化都在往西北地区的黄土地以及工农兵倾斜的时候，作家们自觉地用作品回应时代的要求，从思想情感上同工农大众打成一片，而且在深入工农兵的生活后体验到了他们的生活喜好，也了解到了他们的艺术趣味，于是创作了一大批为老百姓所喜闻乐见的作品。在这种意义上来说，解放区文学又是对现代乡土文学传统的继承和进一步发展。

---

① 温儒敏：《新文学现实主义的流变》，北京大学出版社 2007 年版，第 166—167 页。

第 四 章
个人超越与民族认同：新时期文学寻根热潮

20 世纪 80 年代中期，韩少功、郑万隆、李杭育、阿城、郑义等作家纷纷撰文，发表探寻民族文学与文化之根的创作宣言，以及在此前后出现了大量与之相近倾向的言论和作品，这一现象引起了文化界和评论界的关注，被认为一个新文学流派面世并把它命名为"寻根"文学。围绕"寻根"文学的讨论可谓热闹非凡，不仅规模从文学评论扩展到文化批评，而且观点不一，毁誉皆有。给予"寻根"文学高度评价者认为其具有突破性意义，例如陈平原就认为："文化寻根意识不但在人生态度上突破了传统，而且在文学创作的思维形态上也带来了重大的突破。"① 更有甚者，有评论家把"寻根"文学与五四新文化运动的价值等同视之，是第二次"小说革命"。② 而质疑者则从"寻根"的态度和内涵方面予以否定，如著名的现代文学史家唐弢先生就曾对"寻根"发表过这样的看法："我以为'寻根'只能是移民文学的一部分，'寻根'问题只能和移民文学同在"，"除此之外，先生们，难道你们不是中国人，不是彻头彻尾地生活在中国大地上的吗？还到哪里去'寻根'呢?"③ 但如果我们仔细分析这些貌似激烈的论争，就会发现尽管双方观点针锋相对，但产生此类观点有一个共同的前提，即他们都是把"寻根"文学视为新时期横空出世的文学流派，把"寻根"现象视为一种全新的文学思潮。正因为"寻根"文学被视为横空出世的文学流派，才会被论者认为它具有"突破"

---

① 陈平原：《文化·寻根·语码》，《读书》1986 年第 1 期。
② 李庆西：《寻根：回到事物本身》，《文学评论》1988 年第 4 期。
③ 唐弢：《一思而行——关于寻根》，载《唐弢文集》2 (杂文卷下)，社会科学文献出版社 1995 年版，第 553—555 页。

意义，才会把它与五四新文化运动的成就并列；但也正因为对"寻根"精神实质缺乏清醒的认识，才容易引起人们对其真正内涵的误解，甚至被简单粗暴地贬斥为"玩物丧志，是一种致命的庸俗，造成了笼罩整个中国文艺界的庸俗气氛"①。

一、暗潮涌动与时代大潮的呼唤

"寻根"文学作为一个流派确实有横空出世、一鸣惊人的发展态势。在此之前悄无声息，即使是学界一致认为 1984 年 12 月的"杭州会议"为其"预备"会议，但据与会者回忆，会上并没有谈及"寻根"问题，直到翌年 4 月韩少功的《文学的"根"》一文的发表，以及稍后阿城、郑义等人在《文艺报》撰文展开与民族文化相关的讨论，"寻根"文学作为一个流派才正式亮相于新时期文坛。那些认为"寻根"文学"似乎是一夜之间从地平线上冒出来的"②的观点倒也符合当时的情形。作为一个有着明确创作宣言，并有着特色鲜明的创作理念的文学流派，肯定会受到评论界的关注与推崇，众所周知的"伤痕文学""反思文学""改革文学"等名号都是敏感的评论界针对文学创作中的新现象而冠名的。由评论家提供理论阐释，作家们用创作共同营造新的文学现象，这在百废待兴的"亢奋时代"是可以理解的行为，更何况作家们也希望在当时异彩纷呈的文坛中抢占一座高峰，极力配合评论界共同推新。然而，任何一种文学流派的产生都有其"暗潮涌动"时期，于是就有评论者把"寻根"文学的产生，追溯到汪曾祺的《受戒》《大淖纪事》风俗小说或者王蒙的《在伊犁》系列小说；也有人认为是受到了杨炼的《诺日朗》、江河的《太阳和他的反光》等具有浓重文化史诗意味的诗歌创作的启示。李陀写给鄂温克族作家乌热尔图的信中，提到的"寻根"是指寻找自己的民族之根，并认

---

① 高尔泰：《当代文学及其部分评论印象》，《中国》1986 年第 5 期。
② 南帆：《札记：关于"寻根"文学》，《小说评论》1991 年第 3 期。

为："一定的人的思想感情的活动，行为和性格发展的逻辑，无不是一个特定的文化发展形态以及由这个形态所决定的文化心理结构的产物。近几年来我国有些作家开始注意这个问题，如汪曾祺、邓友梅、古华、陈建功。"① 这些观点都很有道理，但是如果我们再进一步去思考，汪曾祺等人为何创作此类不同于当时文坛流行的"伤痕""反思"的作品？他们创作与风俗和文化相关作品出自何种文化心理，又有何用意？但非常可惜的是，学界并没有对此问题进行过多追问和思考，而是仅关注 20 世纪 80 年代前期有限时间阶段，未能将整个现代以来的文学和文化思潮进行全面考量，出现了上述争论不休的局面也不足为奇。

不可否认的是，在韩少功等人的"寻根"宣言正式提出前就已经有一批作家开始了方向明确的创作，后来文学"寻根"的提倡也得到了广泛认同，试想为什么"寻根"提出后作家和评论家会热烈响应？而且，文学"寻根"运动早已消退，但当下与文学"寻根"相关的创作仍热度不减。其实，只要把对"寻根"文学的追问回溯到现代以来中国文学历史流变中，就可以发现"寻根"并不是一个新鲜的文学思潮，也不是仅在新时期才会出现。由上文所述的种种迹象就说明，在"寻根"文学之前，这个本已存在的思潮只是尚未被大张旗鼓地提出，也还没被评论界命名和阐释，但并不能因其没被命名就否认或者漠视它的存在，只是它以一种自发的形式出现在创作中，被归以其他名号存在于现代中国文学发展的历史进程中。

由于历史客观原因，现代中国文学是以左翼文学思潮为主导，那些与时代保持一定距离的文学思潮与流派不可避免被边缘化和遮蔽，不少作家也主动进行创作转型或者被动放弃创作。自 1942 年毛泽东《讲话》的发表，解放区文学界展开了一场大规模的思想整风运动，文学艺术的政治宣传功能，被以严厉的纪律约束性加以反复强调，左翼文学的政治精英意识也被转化为解放区文学的政治实践意识，像赵树理的《小二黑结婚》、李季的《王贵与李香香》、草明的《原动力》、马烽和西戎的《吕梁英雄传》、周立波的《暴

---

① 李陀：《创作通讯》，《人民文学》1984 年第 3 期。

风骤雨》等作品，都是以革命"亲历者"的身份，向广大社会读者提供了政治意识形态色彩极浓的艺术史诗叙事。解放区文学创作的规范，是为了奠定坚实而统一思想基础最终实现革命胜利的宏伟目标。新中国成立以后，文学创作的政治意识形态化，被以法律制度的形式赋予了它唯一存在的合理性，政治运动很大程度上限制甚至消磨了作家作为知识分子身份和独立思考写作的权利。无论作家自觉或不自觉地加入到这一行列中，他们都成为功利文学的直接推动者。新中国文学带有较典型的政治符号性的文学，是艺术化的革命历史复述，如红色革命经典中的"三红一创、青山保林"，就是很好的文本样板。尤其是"文革"时期，文学艺术的政治叙事被发展到了空前绝后的巅峰状态，文学艺术的英雄想象也演变成了政治神话的主观虚构，先后涌现出《艳阳天》《金光大道》《牛田洋》《虹南作战史》等严格遵守"三突出"和"高大全"原则的典型作品。从五四新文学的"为人生"，到左翼运动的"革命文学"，再到解放区文学乃至新中国文学，虽然在社会价值的认同方面侧重点有所不同，但在追求文学艺术的实用功利方面却基本一致。这在一定程度上，直接决定了现代文学的意识形态色彩大于审美趣味的艺术品质。

20 世纪 70 年代末，政治体制的"拨乱反正"和"正本清源"为重建新的文学体制提供了宽松的社会环境，文学创作的个性话语环境渐趋宽松，艺术审美脱离极端政治意识形态制控的客观条件已经形成。当客观理性、怀疑精神、反迷信权威等品质成为医治"文革"创伤的一剂药方时，新时期文学也开始从"文革"的政治迷狂状态向理性反思回落，文学价值观也朝着书写真实的方向强烈倾斜。"伤痕文学"率先揭示了极"左"政治对于中国人的思想伤害，"反思文学"则进一步分析了新中国成立以来政治狂热的人性缺陷，而"改革文学"则以现代性商品经济下改革开放意识去对抗历史形成的政治权利意识。——应该说，用文学解构政治已经成为一种势不可挡的时代潮流。不过，我们在重新审视新时期文学的发生与发展时，也必须充分注意到这样一种奇特现象的客观存在：80 年代的知识分子话语尽管失去了以往一呼百应的权力效应，但广大作家仍然力图借助于文学手段，去重新获取思想启蒙的主体地位，担负起代国家立言、替民族反思的历史重任。"伤痕文学"尽管强烈地表达了对极左政治的血泪控诉，却明确向人们传送着政治信仰合理性的信息；"反思文学"虽力图肃清引发现实悲剧的传统文化心理根源，然而形而上的哲学思考仅把视角限定在历史的维度；"改革文学"虽然表现出挣脱政治束缚的强烈意向，但却是以另一种虚幻的政治理想去纠正历史的政治弊端。故无论是"班主任"张俊石、"犯人"李铜钟，还是"人到中年"的陆文婷、锐意改革的乔光朴，他们身上无不闪耀着强烈的社会使命意识。正是在这种历史背景下，80年代中期的中国文坛，开始涌现文化"寻根"的迹象，这类被称作"寻根"文学的作品，就是从民族文化的角度重新思考中国的社会问题，是对自左翼文学运动以来的文学意识形态化倾向的一次自觉反拨。

对文学的艺术审美与政治功利性二者的思考和选择，一直是困扰着新时期作家的普遍现象，尤其是从"文革"中过来的知青作家。韩少功就曾经处于文学的政治与艺术的两难选择之中，他承认文学离不开政治："我写《西望茅草地》和《回声》等，主要动机十分明确，希望以此配合党和人民所进行的政治改革，歌颂真理，抨击时弊，紧紧盯住政治不放。形式的选择，也基本上是从利于政治宣传这一考虑出发。我以为这是完全必要的，也为自己能尽微薄之力而欢欣。"但同时，在文中他又认为作者无须太讲究政治功利，"政治思想不是思想的全部，政治内容也不等于艺术形式"。① 这种两难处境一直到新时期国门逐渐打开后，在西方文学的触发下，中国作家找到了文化这个突破口，才得以解决文学的政治功利与艺术审美追求之间的两难问题。作为"寻根"文学的领军者，韩少功在21世纪回想起"寻根"的文化背景时是这样说的："当时大家对外国文学很感兴趣，有的模仿苏联作家艾特玛托夫，有的模仿美国作家海明威的短句型，有的模仿塞林格的《麦田里的守望者》那种嬉皮风格，作为学习的初始过程，这些模仿也许是难免的，也是正常的。但以模仿代替创造，把复制当做创造，用我当时的话来说，叫'移植外国样板戏'，这就很让人担心了，其实也失去了西方现代文化中可贵的

---

① 韩少功：《文学创作的"二律背反"》，《上海文学》1982年第11期。

创造性精神。还有一种现象，就是某些批'文革'的文学，仍在延续'文革'式的公式化和概念化，仍是突出政治的一套，作者笔下只有政治的人，没有文化的人；只有政治坐标系，没有文化坐标系。'寻根'话题就是在这种语境下产生的。"① 正如韩少功所说的那样，以单调的"伤痕""反思"为主要特征的新时期文学面对丰富多彩的西方文学世界，中国作家肯定会表现出一种焦虑的心态，应该说这是一体化制约下的中国文学在与世界文学长期隔绝后的一种必然现象。但是如果中国作家仅仅只是对西方文学顶礼膜拜或者复制模仿，那么无根的中国文学想要走向世界就只能说是一厢情愿。因为要想走向世界并自立于世界文学之林，只能以本民族的文学传统为根基。或许拉美文学的崛起就给中国当代文学提供了一个很好的例子，更何况在国内也早已有了汪曾祺、邓友梅等文化小说的面世。在感同身受了中国文学的困境后，以韩少功、阿城、李杭育等为代表的"知青"作家开始发掘民族传统文化资源，希望能够从中为新时期文学寻找到创作根源，以重树中国文学的自信心，为中国文学走出困境探寻出路。所以，韩少功在被称为"寻根"文学的宣言书《文学的"根"》中就说道："文学有根，文学之根应深植于民族传统文化的土壤里，根不深，则叶难茂。"② 阿城也强调了本民族文化之于文学崛起的重要性："中国的小说，若想与世界文化进行对话，非有体现出自己的文化不可。"③ 他们的观点发表后立即得到了其他"知青"作家的声援和赞同，"知青"作家们被压抑已久的情感在文化"寻根"中得到一次集体的释放。

有不少评论者认为，文学"寻根"运动是在 20 世纪 80 年代拉美魔幻现实主义文学的崛起，以及中国思想界对传统文化的重评热潮的触发下应运而生的。如季红真就认为，"寻根"文学是在东西方文化大冲撞、大交汇的总

---

① 王尧：《1985 年"小说革命"前后的时空——以"先锋"与"寻根"等文学话语的缠绕为线索》，《当代作家评论》2004 年第 1 期。
② 韩少功：《文学的"根"》，《作家》1985 年第 4 期。
③ 阿城：《文化制约人类》，《文艺报》1985 年 7 月 6 日，第 5 版。

体背景下，"此一时代的人们在被动的局面中，所作的主动反应"①。从"寻根"文学产生的时代环境来看，这两个因素确实对文学"寻根"运动在 80 年代中期一度成为影响中国文坛的重要文学现象起着推波助澜的作用，但却不是"寻根"思潮产生的直接原因。韩少功在回忆起那段历史的时候是这样表述的："在 1984 年杭州会议之前，我们已经从报纸上看到了拉美作家加西亚·马尔克斯获诺贝尔奖的消息，看到了有些新闻中对他的评价。不过，当时他的作品还没有中译本，我想没有任何中国作家读过他的作品。在杭州会议上，据我的记忆，谈论马尔克斯的并不多，更没有什么人提到美国小说《根》。参与者当时主要感兴趣的还是海明威啊，萨特啊……退一万步说，如果几条消息能够引发一个新的文学浪潮，那也只能证明中国已经有了足够的内部动力。"② 韩少功所说的"内部动力"，既是中国知识分子自古以来的社会责任感，也是现代中国文学与传统美学之间不可阻断的内在联系。面对新时期这种剧烈的社会文化转型，忧国忧民的中国知识分子对古老民族的文化处境产生了一种深刻的"焦虑"，所以说"寻根"文学的兴起既是中国知识分子感时忧国情怀的全面展示，也是中国当代作家对现代以来的文学艺术审美追求一种自觉。

二、个体确认与民族文化的认同

讨论"寻根"文学，就不能不谈到韩少功，正是他发表在 1985 年第 4 期《作家》上的《文学的"根"》一文，明确提出"寻根"口号，"寻根"文学这才作为一个正式的文学流派出现在新时期文坛。评论界一般认为韩少功的文章《文学的"根"》以及他的小说《爸爸爸》是 20 世纪 80 年代中期"寻根"

---

① 季红真：《历史的命题与时代抉择中的艺术嬗变——论"寻根文学"的发生与意义》，《当代作家评论》1989 年第 1 期。
② 王尧：《1985 年"小说革命"前后的时空——以"先锋"与"寻根"等文学话语的缠绕为线索》，《当代作家评论》2004 年第 1 期。

文学流派的理论宣言和代表作品。但如果仔细研究作家们所倡导的相关"寻根"理论，韩少功的《归去来》似乎比《爸爸爸》《女女女》等小说更能代表新时期"寻根"作家们的复杂心态和价值取向。尽管韩少功在《文学的"根"》中指出文学有"根"，并且文学之"根"应深植于民族传统文化的土壤中，但文学之"根"到底是什么，民族传统文化的土壤究竟是什么样的土壤，作家在文章中却未能明确，我们只能从开篇作者所追问的"绚丽的楚文化到哪里去了"来推测作家所要寻的根应该是民族传统文化的精华，而非"劣"根。果然，在"寻根"宣言发表翌年，韩少功在《寻找东方文化的思维和审美优势》一文中对"寻根"做了明确界定，即所谓"寻根"就是力图寻找一种东方文化的思维和审美优势，以促进中国文化的重造和再生。可见，寻根不仅要找到传统文化的"优"根，而且还要找到使传统文化精华能延续和发扬的内在动力。但《爸爸爸》塑造了一个有着先天缺陷、永远也长不大的丙崽形象，并在作品中极力展示其痴呆疯傻、愚顽丑陋的行为，而鸡头寨的民众也是愚昧不化，麻木迷信，这种劣根显然不是作家想要寻找的；而《女女女》中的几个有着不同程度的生理和心理缺陷的女性也无法承担起民族文化重生的重任。《归去来》可以说是韩少功的第一篇"寻根"小说，小说表现出了高度自觉的"寻根"意识，而且所寻之根是与《爸爸爸》《女女女》的民族"劣"根截然不同的"优"根，正如韩少功所说的是追求"一种对民族的重新认识，一种审美意识中潜在历史因素的苏醒，一种追求和把握人世无限感和永恒感的对象化表现"①。

《归去来》的主题正如标题所示，小说的主要情节是在梦幻中归去，又回到现实的寻找过程中展开，"我"也是在黄治先和马眼镜二者之间游移徘徊不定，这种在归去来的梦幻中寻找的行为正是源于作家无法明确认定自己身份的焦虑。"重新确认自己的认同，这不只是把握自己的一种方式，而且是把握世界的一种方式，也是我们获得生存理由和生存意义的一种方式。""新的信仰和自我认同需要新的社会制度作为实践条件，因此，寻找认

---

① 韩少功：《文学的"根"》，《作家》1985 年第 4 期。

同的过程就不只是一个心理的过程，而是一个直接参与政治、法律、道德、审美和其他社会实践的过程。"① 也就是说，"寻根"作家的个人身份认同的焦虑与民族文化认同的宏大叙事是紧密联系的，正如韩少功在《归去来》中始终无法解脱的"大我"。根据小说的情节显示，黄治先是为了买香米和鸦片来村寨里的，但在小说的结尾却又说"其实我要香米或鸦片干什么呢？似乎本不是为这个来的"。只要结合黄治先之前的生活状况，就可以明显地读出作者给我们展示的民族寓言的宏大叙事框架。黄治先在城里过的是像他朋友那样在牌桌上无所事事的日子，为了满足其奢靡堕落的生活，他来到村寨寻找香米和鸦片。因为相貌与以前在此插队的知青马眼镜相似而被村民们误认，在与村民把他当作马眼镜的聊天中也不禁勾起了他自己当知青时候的回忆，在这种共同的情感体验和生活经历的基础上，"我"把自己当成了村民眼中的马眼镜，并主动承担起马眼镜应该担负的责任，为曾经相恋过的女青年的妹妹打听自学成才考试的事。之所以说这篇小说是一篇有着深刻寓意的宏大叙事结构，是因为其中有很多暗示和巧合。"我"走在村寨，觉得环境很熟悉，似曾相识，暗示"我"也是一个有着与马眼镜相同经历的返城知青，后来连"我"也产生了自己就是马眼镜的幻觉；"我"与马眼镜相貌的相似的巧合，是"我"能重新体验村寨中村民的热情和纯朴的前提；而在这几天内我在村寨的情感体验使"我"已不再以香米、鸦片和牌桌为念；尽管"我"最后"潜逃"般离开了村寨，却时时梦见自己还在那"皱巴巴的山路上走着"，甚至不管在哪里都做着同样的梦，"我"感觉到自己永远也走不出"那个巨大的我"。那么黄治先所说的那个永远也走不出的"巨大的我"到底指什么呢？根据以上分析，可能是他永远也不可能磨灭的乡村生活记忆，也可以是以乡村为代表的民族情感和传统文化，更有可能是存在于作家观念中的那种为民族和全人类未来不懈努力的"大我"价值观。但是不管是何种理解，"大我"是在时代召唤下的民族文化身份的确认。我们知道 20 世纪中国

---

① 汪晖：《现代思想的悖论：〈汪晖自选集〉自序》，载《死火重温》，人民文学出版社 2000 年版，第 404 页。

文化经历了两次"被殖民化"的过程，一次是 20 世纪世纪之初，还有一次是 80 年代。之所以这么认为，是因为这两个时期是中西方文明交锋最为激烈的时期，也是以城市为代表的现代文化与以乡村为代表的传统文化碰撞极为剧烈的时期。在 60 年代，知青作家在单纯的政治信仰支持下离开城市来到乡村，返回城市的知青作家正处于信仰和情感的断乳期，其茫然不知所措的心态可见一斑。新时期社会政治体制的变革和西方社会思潮的传入，促使他们对曾经拥有的崇高理想萌生质疑，理想的幻灭可以说是对知青作家们思想体系的致命一击，而且他们在经历了千辛万苦之后返城，然而不被城市所认可和接纳，陷入迷惘和困惑之中也不可避免。无法融入现实社会，而知青作家们又不想放弃言说的权利，那就只能远离现实返回内心，离开城市而复归乡土，"利用起自己曾经下乡接近农民的日常生活的经验，并透过这种生活经验进一步寻找散失在民间的传统文化的价值"①。知青作家经历了从个体自我的寻找到民族之根追寻的过程，完成了从知青作家向"寻根"作家的身份转变。因此，"寻根"作家致力于寻找的，既是他们这一代人的身份认同的焦虑，也是民族"大我"重铸的社会担当，这两方面在"寻根"作家的创作中得到了较为完美的统一，用李庆西的话说就是，"寻找自我与寻找民族文化精神并行不悖地联系到一起了"②。

其实这种"归去来"的情感体验不仅只是韩少功才有，可以说这是知青身份的"寻根"作家普遍存在的心理状态。20 世纪 80 年代，面对复杂的社会文化语境，中国知识分子身份认同成为整个时代问题，对个人价值和民族"大我"的追问，成为包括"寻根"作家在内的所有知识分子思考的命题。同样是在 1985 年，曾经在安徽插队的王安忆，从美国旅行回国后也写了一篇名为《归去来兮》的随感，抒发她在异国他乡对自己的亲人和国家的思念之情，在回到熟悉的土地上时才觉得亲切和习惯，"我越发觉出了我是我"。可见王安忆的《归去来兮》与韩少功的《归去来》尽管内容和体裁完全不同，

---

① 何言宏、杨霞：《坚持与抵抗：韩少功》，上海人民出版社 2005 年版，第 72—73 页。
② 李庆西：《寻根：回到事物本身》，《文学评论》1988 年第 4 期。

但我们能发现其中有某些共通的情感。小说中黄治先觉得自己永远也走不出那个"巨大的我"，随感中王安忆也觉得自己很难从自身的情感和经验中"脱身而去"。如果我们结合他们在 80 年代中期的创作，可以明显地感觉到他们对"大我"的情感是一致的，那就是不约而同地表达了对民族传统文化的认同与回归。王安忆此后不久创作的《小鲍庄》是公认的"寻根"文学代表作之一，小说中的"仁义"村处处都是仁义精神的体现，尤其是那个叫捞渣的小男孩更是"仁义"的化身，作者以此表达了对民族传统文化的核心价值"仁义"的景仰。

如果说韩少功的"寻根"是离开现代城市，转向乡村文化的寻找，那么王安忆则是从西方异质文化向民族文化母体的回归，他们"归去来"的情感历程，生动地再现了有着同样生活经历的知青作家的真实内心，以及他们"寻根"意识产生的心理过程。"寻根"文学的创作主体是知青作家，作为新时期"归来"的作家，他们的身份与"右派"作家存在差别。尽管他们都是经历了十年"文革"后进入到新时期的，而且都有着在乡村生活劳动然后返回城市的人生经历，但是不同之处还是很明显的。"右派"作家在 1957 年"反右"运动中落难，又是十年"文革"的受迫害者，他们被下放到"干校"劳动改造、遭"批斗"或者被"流放"，苦难已经成为他们成就高尚情操的助推剂。当历史再次给予这些知识分子以重新言说的话语权时，荒诞历史造成的创伤成为"右派"作家共同的叙事视角，他们通过对苦难经历的诉说来抚慰饱经沧桑的心灵，他们需要对曾经被称为"臭老九"的知识分子的价值进行重新塑造和评价。从王蒙的《布礼》《蝴蝶》《春之声》开始，包括陆文夫的《献身》、鲁彦周的《天云山传奇》、张贤亮的"唯物论者的启示录"系列小说以及从维熙的"大墙文学"等等，都是以知识分子为主人公，对在历史冤案下知识分子的政治人格作清白辩护和无辜证词。就拿王蒙的《布礼》中的钟亦成来说，他因一首诗被错划为"右派"并开除了党籍，但他始终对党报以一片赤子之心，即使被遣送到农村接受强制改造，饱受精神的折磨与肉体的摧残。二十多年来，他没有被苦难击倒，一直保持着对党的坚强信念，主人公"钟亦成"的姓名，显然意味着对党无比的"忠亦诚"。"右派"作家新时期"归来"时，每个人肩上都扛着一面旗帜，旗帜的一面写的是苦难和厄运，而另一面写的是忠诚和信念，只有历经苦难才能考验出对党的忠诚，而只在厄运中坚守的信念才是最崇高的信念。他们的苦难书写此刻的意义就不仅仅是为了宣泄情感或者抚慰创伤，更主要的是苦难能帮助他们建构知识分子受难者的英雄形象，从而获得自己在新的历史时期个人价值被承认。"右派"作家的自我认同与党的价值认同是一致的，即便是受到党内极左势力的迫害，他们也无怨无悔，所以才有了"归来"作家的那个颇有代表性的比喻"娘打儿子"的说法。这种"虽九死其犹未悔"的节操观是"右派"作家新时期写作普遍弘扬的道德情操。

暂且不论"右派"与"知青"之间文化背景和生活经历的差异，就说他们在返城后的待遇就很不同："右派"是受难者，"文革"结束后被当作文化知识界的英雄受到社会的尊敬；"知青"虽然说也是"文革"中的受害者，但他们的历史定位却是模糊不清的，对于"知青"政策以及"上山下乡"运动的意义，还没有明确的结论。同样是乡村生活经历，但对于这两类群体来说却有着不同的意义。"右派"是遭受了历史的不公平待遇被流放到农村乡下的，他们的农村劳动经历是作为一种苦难叙事进入创作中，而且"右派"作家也乐于写苦难，这是因为组织上已经为他们"平反"，对他们来说苦难史也是光荣史。但是对"知青"作家们"上山下乡"时的苦难生活，被归结于一个时代留下的遗憾。"知青"除了给自己的人生道路留下创伤外，没有任何组织上给他们的身份进行任何形式的"平反"，因为他们的"上山下乡"是政治激情号召下的"革命"行为，然而支撑他们这一行为的政治信仰被历史证明是一次失误。所以相对来说，"右派"作家们恢复了名誉也补偿了相关的物质待遇，而"知青"作家不仅面临着理想幻灭的虚无感，还要承受返城后生存的压力，这种痛苦和茫然又是难以用创作表达出来的，这是因为他们苦难的意义是非常空洞的。

"右派"作家和"知青"作家的作品中有个相同的现象就是"返乡"主题的出现，也就是小说的主人公在返城后又回到以前生活劳动过的乡下。王蒙的《蝴蝶》中张思远重返山村访友，从维熙的《雪落黄河静无声》返回流放地，李国文的《月食》伊汝千里迢迢返回乡村，等等。这些"右派"作家的返回乡村与韩少功的《归去来》、史铁生的《我的遥远的清平湾》、郑万隆的《那条记忆的小路》、张承志的《黑骏马》等"返乡"是不是一样的呢？我们以王蒙的《蝴蝶》为例进行探讨。张思远，在流放之前是一市之长，平反返城后被任命为副部长，为了寻找他丢失了的"魂儿"，故地重游去寻访老友，表现一个党的高级干部与人民群众血肉相连的情谊。但是有论者也指出：当张思远重回权力中心之后，他在"归乡"中的种种表现，总是透出一种"自我优越感和强大感"①。可见这些"老干部"回到旧地寻访的往昔记忆，是一种"英雄落难"的记忆，那么这种"返乡"也是一种类似"荣归故里"的衣锦还乡，他们生活劳动了20多年的流放地确实可以作为他们的第二故乡。相比之下"知青"作家的"返乡"之旅就有着本质的区别。如果说"右派"作家的返乡体现了"归来"作家的政治身份认同，那么"知青"作家的返乡却是出于一种无可奈何的选择。知青作家原本就是在城市出生成长，他们与城市本来有着亲缘关系，他们虽然凭着满腔热血"上山下乡"，进入乡村但却一直未能真正融入乡村，而是把乡村作为暂居之地。后来，知青们各显神通千方百计想要回城的行为，其实就表明了城市才是他们真正的家，是他们最终的身心栖息之所。然而，当他们历经二十余年的磨难带着归家的兴奋回到城里时，却发现他们再一次地被生活抛弃，城里已不再是记忆中温情脉脉的家园。喧嚣杂乱的生活环境、冷漠残忍的生存竞争和物欲横流的价值观念，对他们来说城市的现实生存环境更为恶劣，他们面临着比乡村更为严重的生存困境。本以为返城能使自己作为一个"流放者"的精神焦虑得到抚慰，谁知再次被生活"流放"，无所归依的灵魂仍在继续漂泊之中。在这种急于寻找人生存在价值愿望的驱使下，知青作家也包括一些严重不适应新时期社会环境的"归来"作家，开始了以"归去"的形式，在曾经生活过的乡村寻找精神寄托，使漂泊的灵魂能得到慰藉。

我们知道伴随着新时期开始的是中西文化的碰撞与冲突，这种冲突还有

---

① 曾镇南：《王蒙论》，中国社会科学出版社1987年版，第343页。

另外一个表现形式就是城乡文化之间的矛盾，这应该是"寻根"思潮产生的最直接的原因。就"寻根"文学的主体来说，"寻根"首先是一种精神救赎行为。"归来"的作家如何在社会中确立自己的价值，在哪里才能找到自己的身份归属？既然在现实中找不到，那就只能在想象中去寻找；既然在城市中不能实现个人价值，那就回到以前生活过的乡土世界中去找到自我。在感受到了城市的冷漠和文化的隔膜后，作家们自然会萌生一种怀旧情绪，他们回到或者在虚构中回到插队所在的乡村，描述地域风情来抚慰返城后所遭受的拒斥，重回乡村用田园怡情来疗治被时代抛弃后的精神施虐。"寻根"行为同样也是为释放一种文化焦虑情绪的必然，"寻根"作家把寻找的焦点聚集在乡村，就是为了在传统文化中寻找精神的动力，在中西文化的冲突下用传统精神来重建文化本体。

文化是一个民族物质和精神生活的积淀，代表着人们的价值取向和精神追求，因此建构新的民族文化形态是提高本民族自信力和竞争力的精神支柱。相对于西方社会的开放和富足，"十年浩劫"给中华民族带来的是精神和物质的双重劫难，但在不可阻挡的全球化浪潮的裹挟下，中华民族也势必融入现代化进程。现代文明进程在很大程度上是以解构传统文化所塑造的民族心理模式为代价的，这无疑会引起拥有民族自尊心和自豪感的作家们焦虑。相对保守的传统农业文明在向现代工业文明转型的过程中，人们在憧憬现代化美好未来的同时，也伴随着文化取舍两难处境的痛苦抉择。在物欲横流的现代语境中，城市文明和现代工业属于强势话语，在一切以科学技术为衡量标杆的时代，构建何种文化形态不能不成为心系民族未来走向的作家们所倾力思考的问题。中华民族有着古老而质朴的文化沉淀，中华民族传统的文化形态更典型地体现在乡村。为寻找到一条中华民族文化重构之路，回归传统发掘原始纯朴的文化形态成为新时期"寻根"作家的共识。从新时期初的"文化"小说开始，到80年代中期的"寻根"文学，这股文化"寻根"思潮已成为席卷中国文坛的重要现象，张承志、贾平凹、韩少功、阿城、李杭育等作家先后不约而同地聚焦于传统文化之根的艰难探寻的书写之中。在他们笔下，不管是山川河流、草原大漠，还是乡村民俗、风土人情，都作为民间文化载体和传统文化象征出现，共同营造了一种浓厚的乡土气息和传统文化氛围。这种文化"寻根"意识是从乡土中发掘出中华民族深厚的文化积淀，用民族精神进行民族文化的重构。然而，"寻根"作家在叙事中阐释了对传统文化的全新认识，着力于寻求民族传统之根来重构现代人的文化心理结构，而不是借回归传统来拒绝现代文明。在"寻根"作家中，不管是自发"寻根"的张承志、贾平凹，还是高举"寻根"大旗进行有意识创作的韩少功、阿城等人，在他们的创作中对传统文化处境的焦虑情绪与忧患意识可以说是有着异曲同工之处，他们一致认为凭借现代工业文明和科技理性并不能从根本上解决文化冲突问题，传统文化的传承才能从根本上建构民族心理结构。对文化传承的存在状况的关注，可以说是在现代文明肆虐的处境中，"寻根"作家对传统价值的认同以及对重建民族文化形态的赤子之心。

"寻根"作家们的理论宣言可谓旗帜鲜明，那就是审慎地对待现代西方文明，从"非规范"文化和民族传统文化中寻找精神资源。所以在大部分的"寻根"小说，如贾平凹的"商州"系列小说、李杭育的"葛川江"系列小说、郑万隆的"异乡闻"系列小说以及莫言的"高密"系列小说等，其审美倾向都是对乡村中民间传统文化的挖掘，以及对原始人生遭到侵袭被迫发生变革的忧虑。但是我们应该明确的是，20世纪80年代的"寻根"思潮也不是一种简单的对传统文化的认同和回归，例如韩少功在追问和寻找灿烂的楚文化过程中，就对传统文化中的某些愚昧迷信部分进行了批判。我们知道，"寻根"作家们往往把乡村或者民间作为中国传统文化的代表，把现代化进程中城市的变迁作为西方文化侵入的象征，那么就可以考察他们对乡村民间和城市生活分别所持的情感，以及对二者不同的态度进行探讨。

贾平凹的"商州"系列小说追求的是一种古朴悠然的境界，可以说尽管商州比较落后，但溢美之词总是多于批判。他曾这样描述商州："实在是一块神奇的土地。它偏远，却并不荒凉，它瘠贫，但异常美丽……人民聪慧而不狡黠，风情纯朴绝无混沌。"① 可见，商州这片神奇而又美丽的土地是作家

---

① 贾平凹：《在商州山地》，《中篇小说选刊》1984年第2期。

灵魂的栖息地，古朴原始的文化也是贾平凹所认同的民族文化精华之所在。同样，莫言在"高密"系列小说中营造了一个歌颂故乡祖辈的"高密东北乡"，在对"我爷爷""我奶奶"等祖辈的赞美中，表达对原始生命力的崇拜。但除了依恋之情外，作家们也表达了他们对故乡一种爱恨交织的复杂情感。贾平凹这样说到家乡："我恨这个地方，我爱这个地方。"①莫言记忆中的故乡也是充满着复杂情感："对高密的爱恨交织的情愫令我面对前程踌躇、怅惘"②。再比如郑义的《远村》《老井》，王安忆的《小鲍庄》，作家们力图向读者描绘展示乡村生活和传统文化的魅力，但往往在赞美的同时总伴随着不容忽视的批判态度。这种"寻根"的理论宣言和创作实践的不一致，至少表明作家们并没有完全拒斥城市的现代化，相反他们是站在城市的立场上，以现代文化为参照，对乡村文化进行审视。在"寻根"作家们的创作中，乡土只是作为象征物存在，很大程度上是一个虚幻的形象。贾平凹在《浮躁》的"序言"里，就他作品中的商州作出特别声明："是我虚构的商州，是作为一个载体的商州，是我心中的商州。"莫言也对小说家的故乡表达了类似的观点："小说家、诗人的故乡是一个虚幻的东西，我小说中的故乡同真实的故乡相去甚远。"③虚构乡土并不仅是"寻根"作家创作上的一种艺术手法，而是建构一个与现代化的城市能够对抗的载体，来作为一种情感的寄托。

　　美国学者列文森这样一段话或许能有助于我们理解"寻根"作家们的这种自我矛盾的复杂心态，他认为中国知识分子在中西文化碰撞和冲突中处在两难处境："在感情上，他们不能接受所面临的由西方文化所带来的事实，常常回到传统特别是儒学上去，但在理智上，则是完全西化的。他们在与传统决裂时所进行的理智思考，往往言之有理、持之有故，而他们的生活、行为又深受传统文化的影响。"④"寻根"作家显然不能全盘接受西方文化思潮，

---

① 贾平凹：《〈古堡〉介绍》，《中篇小说选刊》1987年第3期。

② 莫言：《高密之光》，《人民日报》1987年2月1日。

③ 周罡、莫言：《发现故乡与表现自我——莫言访谈录》，《小说评论》2002年第6期。

④ 转引自薛涌：《文化价值与社会变迁——访哈佛大学教授杜维明》，《读书》1985年第10期。

因为这样就会导致与传统的彻底决裂，这是任何有着民族自尊心和社会责任感的知识分子都不能接受的，但是面对乡村的贫穷和落后，以及传统文化的封闭与愚昧时，又不得不承认现代化带来的巨大变化。在对外开放的意识形态导向下，这种两难处境也不再成为知识分子所要面对的首要问题，而且不少"知青"作家们也逐渐融入到城市生活之中，也开始享受现代生活和文化带来的愉悦。在这种情形下，尽管整个社会仍然存在中西文化的交流，也仍然有不少作家继续在执着地"寻根"，但已经不能左右整个文坛的主导潮流了。

三、话语转型与艺术审美的传承

早在 20 世纪 80 年代，季红真就指出，新时期伊始，作家们普遍获得了一种"寻找意识"，这种"寻找"包括两方面，即"寻找自我"与"艺术的寻找"。[①] 那么，"寻根"作家们的"寻找自我"，实际上既是作家对自我主体的确认，同时也是对文化身份的认同，这二者是合二为一的。而所谓"艺术的寻找"，则是针对文学创作本身来说的，也就是作家面对自身创作困惑和新时期文坛不尽如人意的状况，所进行的文学艺术探索。显然，在新时期不少作家仍然有着像王安忆早期那样的苦恼："近几年经济的比较迅速发展，这种多印象、多声响立体交叉的包裹更加复杂，层次增多，头上、脚下、四面八方围拢过来"，结果"我们既不会质朴地叙述故事了，却又没有找到新的、适合于我们自己的叙述故事的方式，这真是十分糟糕的事"。[②] 王安忆非常形象地描绘了自己在新的历史时期所遭遇到的写作困惑，相信这也是其他作家，尤其是亟待证明自己价值的"寻根"作家都面临的问题。但是，如何找到一种所谓质朴的、新的，适合于自己叙述故事的方式呢？

---

① 季红真：《文化寻根与当代文学》，载《忧郁的灵魂》，时代文艺出版社 1992 年版，第 263 页。

② 王安忆：《致陈村》，《上海文学》1985 年第 9 期。

不可否认，"寻根"作家们在不同程度上都受到西方现代艺术的影响。高旭东就认为一部《百年孤独》影响了一代中国作家，其实不仅是"寻根"作家，其他现代主义作家也有不少受到加西亚·马尔克斯的影响，这确实是一个毫不夸张的说法。高旭东认为拉美魔幻现实主义"对莫言的《红高粱》和《丰乳肥臀》、韩少功的《爸爸爸》、王安忆的《小鲍庄》等小说都有不同程度的影响"①。评论家张韧也认为米兰·昆德拉和加西亚·马尔克斯这两位外国作家对新时期文学影响相当大："他们两位所影响的不是哪一个作家，而是八十年代中、后期出现的文学流派。1985 年张起文学旗号的'寻根'派及其它一些青年作家，所以注意吸收马尔克斯的创作特点，显然是因为中国与哥伦比亚有着某些相似的历史背景，但他于 1982 年走上世界性荣誉的诺贝尔文学奖台，怎能使中国作家淡然置之而不怦然心动？他们想，既然地域传统文化营养给马尔克斯铺垫了成功之路，我们为什么不可以也选择这条路？"②显然，造成这种现象的原因与 20 世纪 80 年代"寻根"作家所面临的文化处境有关。随着中国社会的逐步对外开放，西方现代思潮、流派和文学作品不断被介绍进来，并在新时期初期的中国文坛广泛传播。这种西方现代文化和现代主义思潮大量涌入的现象，其规模更甚于 20 世纪初期，给封闭了四十多年的中国文学艺术界带来了强烈的冲击和极大的吸引力，尤其是在 1982 年哥伦比亚作家加西亚·马尔克斯获得诺贝尔文学奖之后，拉丁美洲文学在中国可谓风靡一时。在强烈的诺贝尔情结的刺激下，新时期作家们接受了西方现代主义思想观念，并借鉴其技法进行模仿创作。

从事"寻根"文学创作的作家大多数都明确承认了拉美魔幻现实主义文学对自己创作的影响或启示。贾平凹在《答〈文学家〉问》中表明，他特别喜欢拉美文学，喜欢马尔克斯和略萨。所以，贾平凹对像刘绍棠那样坚持乡土文学只能用现实主义传统的观点不很认同："我对刘绍棠当年那一类的

---

① 高旭东：《比较文学与二十世纪中国文学》，人民文学出版社 2002 年版，第 176 页。
② 张韧：《新时期文学现象》，文化艺术出版社 1998 年版，第 26 页。

乡土文学是绝对反对的。那种东西没有更多的人类意识，没有现代意识。"①
扎西达娃也承认："拉美文学对西藏文学影响很大。除了文化有相互参照
之处外，还有作品中的隐晦、变形、扭曲等表现手法，比较适于西藏文学
创作。"② 莫言在他的一篇"自白"里写道："在 1985 年我写了五部中篇和十
几部短篇。毫无疑问它们的世界观和艺术手法很大程度上受到外国文学的影
响。在这些西方作品中带给我最大震撼的是马尔克斯的《百年孤独》和福克
纳的《喧哗与躁动》。"③

　　我们知道加西亚·马尔克斯的代表作《百年孤独》是以魔幻现实主义为
主要创作手法，将拉美本土印第安人的神话传说、原始玛雅文化的巫术文化
与野蛮的社会现实生活结合起来，这种独特的艺术探索以及对本土文化的发
掘都获得了巨大的成功。拉美文学的成功，不仅为"寻根"作家提供了可资
借鉴的"魔幻现实主义"，同时拉美作家对本土文化之根的寻找，也与"寻根"
作家们发掘和重建民族文化并与世界对话的愿望契合。郑万隆在他的寻根宣
言《我的根》中认为，"魔幻现实主义"的实验在西方成功了，我们要反省
自己的艺术把握世界的方式，用开放性的眼光进行研究，并用未曾有过的观
念与方法进行创作尝试。于是郑万隆就一头扎进黑龙江边的那个汉族淘金者
与鄂伦春猎人杂居的山村，"利用神话、传说、梦幻以及风俗为小说的架构"
去寻找生命的根、小说的根。④ 李杭育也是在魔幻现实主义文学的启示下开
始关注民族文化并开始自己的文学"寻根"之旅，在《理一理我们的"根"》
中他就说到自己受到了两个极深刻例子的启示，其中一个就是拉美的魔幻现
实主义作家胡安·鲁尔弗。在"葛川江"系列小说中，李杭育运用象征和神
话的叙事手法，将原始而神秘的"葛川江"的历史人文与现代城市文明进行
对比，尽管在现代文明面前莽荒的历史最终不可避免地失败，作为历史殉道

---

① 贾平凹、王尧：《在传统与现代之间的新汉语写作》，《当代作家评论》2002 年第 6
期。

② 陆丹：《文代会上的年轻人·西藏作家：扎西达娃》，《文艺学习》1981 年第 2 期。

③ 莫言：《红高粱家族》，解放军文艺出版社 1988 年版，第 2 页。

④ 郑万隆：《我的根》，《上海文学》1985 年第 5 期。

者的"最后一个"在现实生活中是失败者，但是在精神上却是胜利者，这种胜利是对信仰的绝对忠诚，是人性中力与美的展示。

可见，20世纪80年代中期的"寻根"作家们在进行文化寻根时，选择了魔幻现实主义这个易于将历史与现实合为一体的创作手法。那么，为什么会出现这种一拥而上，集体借鉴拉美文学的现象呢？其主要原因在于拉美文学能将西方现代派的艺术手法和本民族的文化传统糅合在一起，造成一种十分独特的艺术境界。这一点使"寻根"作家深受启发，他们清楚地意识到，我国文学要想走向世界，必须重视本民族的传统艺术与文化，绝不能跟在西方现代派后面亦步亦趋。因此，"寻根"文学中的魔幻色彩并不是对拉美魔幻现实主义的简单模仿，而是出于对民族传统文化和审美观念进行深入理解后的一种创造，是一种植根于本民族审美特征的魔幻现实主义。

然而，"寻根"文学中的魔幻色彩尽管是带有民族特征的魔幻，但"魔幻现实主义"毕竟还是来自国外的创作思潮，这对于克服新时期文学那种狭义的功利观和政治意识形态浓厚的"主流文学"的局限没有任何帮助。于是就出现了很多评论家所认为的"寻根"文学就是在拉美文学的影响下出现的这一说法。我们在梳理"寻根"作家与国外文学的关系时，发现了这样一个不寻常的现象：在不少"寻根"作家承认自己的创作与拉美或者西方文学有某种传承关系时，有一个作家却始终否认这种关系，他就是"寻根"文学运动的发起者韩少功。尽管韩少功多次发表声明否认，但还是有不少评论家认为韩少功的创作受到了"魔幻现实主义"的影响，并以其小说为证。那么韩少功究竟是不是在拉美文学的影响下进行"寻根"创作的呢？讨论这个问题也仍然需要从其文本入手。韩少功在文学中建构自己的湘楚魔幻世界的过程中，大量运用象征、神话、寓言等艺术手法，并且小说中人与神不分，现实与虚幻交错，尤其是其代表作《爸爸爸》确实很有拉美"魔幻现实主义"风格。既然如此，韩少功为什么拒绝承认呢？我们从韩少功在提出"寻根"命题的言论中或许能找到真正原因。从《文学的"根"》中，我们可以觉察到韩少功"寻根"的目的并不仅仅只是寻找楚文化，他谈论更多的倒是新时期的文学现状。他认为青年作家不要只是"盯着海外，如饥似渴，勇破禁区，大胆引进"，或者"隔断传统，失落气脉，老是从内地文学中'横移'一些主题和手法"，如果这样的话，势必会使创作成为"无源之水，很难有新的生机和生气"，因此他认为"寻根"是"一种对民族的重新认识，一种审美意识中潜在历史因素的苏醒，一种追求和把握人世无限感和永恒感的对象化表现"。① 后来韩少功在一次座谈会上也是这样说，寻根"只是寻找我们民族的思维优势和审美优势"②。所以，如果我们换一个角度，从中国传统的审美艺术来思考韩少功的"魔幻"手法，问题也就迎刃而解。韩少功对他受到人们误解的"魔幻"手法，他是这样解释的："即便我尝试过一些写意的作品，运用过空白、神幻、虚拟、错接等手法，以便表达一些特别的感受，但这决不等于玩虚活。一般来说，即使一个作家战略上写意，战术也必须写实。不管什么感受都需要准确表达，需要逼真描写，这就是写实的广义性运用。"③评论家眼中的韩少功的"魔幻现实主义"只是他尝试中国传统写意的手法，是在楚地巫卜文化的濡染下，继承了楚文化中人神合一、亦真亦幻的思维模式。韩少功的《爸爸爸》中的丙崽形象，寄予了作者对中国传统文化的真实感受。丙崽这个永远也长不大又死不了的呆傻白痴形象，其实就是希望中华民族走出文化的封闭与愚昧，然而丙崽奇异的生命力更是意味深长、引人深思，这种连剧毒也毒不死的生命力除了让人们震惊外，更多的是作者对中国传统文化的信心以及对其未来走向的忧虑。

其实不只是韩少功，其他"寻根"作家为了突破旧的文学规范对新经验表达的束缚，都在努力进行着探索。除了借鉴西方现代派技法，本土文学传统也是他们进行创作不可或缺的资源，尤其是在文化"寻根"的命题下，民族的思维优势和审美优势是作家们在历经了一番痛苦和困惑后才寻找到的文学之"根"。所以我们在"寻根"文学中，文学不再承担传达政治意识形态的功能，而是在作家的主体性支配下重新建构的新的审美认知体系。也就是

---

① 韩少功：《文学的"根"》，《作家》1985 年第 4 期。

② 韩少功：《关于文学"寻根"的对话——中国作协湖南分会中短篇小说座谈会侧记》，《文艺报》1986 年 4 月 26 日。

③ 韩少功、李建立：《文学史中的"寻根"》，《南方文坛》2007 年第 4 期。

说，"寻根"作家在以一种深切的反思精神进入民族传统文化的时候，也在其中找到了超越意识形态、显示民族艺术审美形式的叙述方式。

在新时期普遍流行的现实主义创作倾向之外，汪曾祺、张承志、贾平凹等作家都把焦点转向传统文化，并不约而同地创作出了一批类似诗化小说或者散文化小说，以及具有强烈抒情性的写意小说。所谓"写意"就是把中国绘画艺术的技法与中国古典文论中的意境说结合起来，从而产生了非常独特的艺术效果。在新时期，首先将古典美学传统精神运用到创作中去的是汪曾祺。这位与 20 世纪 30 年代"京派"有直接师承关系的作家，不可否认受到了"京派"皈依民族传统文化、崇尚艺术唯美的影响，以"复兴中国本有的用极简的笔墨摹写人事的传统"①，以"复兴温柔敦厚的传统诗教"②为要求来创作《受戒》。尤其是在《回到现实主义，回到民族传统》一文中，汪曾祺提出了如何继承民族传统和吸收外来文化精华的问题，并认为应该从传统的文艺理论中寻找、发现和继承民族文化与审美艺术的独特魅力。③ 这一言论对"寻根"文学创作的兴起应该有着极大的启示。与汪曾祺的复兴古典美学精神有着惊人相似的是，"寻根"也强调了寻找和重造民族传统文化审美思维的命题，"寻根"作家正是借助了民族审美思维，才在古典美学精神中发现了本土文化对于文学创作的重要性。如果说汪曾祺与 80 年代中期的"寻根"文学没有直接的传承关系，那么至少他们思考问题的角度是不谋而合的，都提出并且思考了如何对待外来文化和民族传统关系的问题。

贾平凹也是非常注重作品中意境的营造，这一创作倾向与他进行的文化寻根小说创作实践的初衷完全一致："以中国的传统的美的表现方法来真实地表现当今中国人的生活、情绪。"④ 那么贾平凹所说的"中国的传统的美的表现方法"指的是什么呢？贾平凹在读了美学家宗白华先生的著作后，觉得

---

① 汪曾祺：《〈晚饭花集〉自序》，载《晚翠文谈》，浙江文艺出版社 1988 年版，第 18 页。

② 汪曾祺：《认识到的和没有认识的自己》，《北京文学》1989 年第 1 期。

③ 汪曾祺：《回到现实主义，回到民族传统》，《北京文学》1983 年第 2 期。

④ 贾平凹：《平凹文论集》，青海人民出版社 1986 年版，第 30 页。

有几句话与他的心境颇为契合："一方面多与自然和哲理接近，养成完满高尚的'诗人人格'，一方面多研究古昔天才诗中的自然音节，自然形式，以完满'诗的构造'。这话于我极合心境。"① 我们可以从贾平凹20世纪80年代中前期创作的"商州"系列小说来探讨其作品中的传统文化审美倾向。在《商州初录》《商州又录》《商州再录》中最鲜明的特征是，作品描绘了远山秀水、明月奇石等审美意象，与生活在此美景中纯朴善良的人们，共同构成了一个有着古朴民风和乡野情趣的和谐整体。贾平凹的作品具有古典白话小说的神韵，即便是普通的乡村琐事和粗朴的风俗民情，在其笔下只需稍微点染就显得颇具情趣。这种效果当然还得益于贾平凹深厚的文字功底，他在小说中将古典白话小说的句式运用得如鱼得水，文言句型和成语俗谚相映成趣，无需特意布局就立显诗情画意，而独具特色的叙述语言也成为小说文化韵味不可或缺的组成部分。

阿城、何立伟等作家也喜欢在自己的小说中营造意境，他们的文章写得自然从容，颇有古代文人闲适趣味。阿城的小说《棋王》将朴素的生活素材与老庄哲学、禅宗公案融合在一起，营造出一种虚实相生的叙事风格，一种完全有别于自新时期以来渐趋僵化的写实文学的叙事话语。再如湖南作家何立伟，与废名有着相似的风格，同样也采用唐人绝句的艺术手法来进行创作。他喜欢在作品中留下诸多空白，让读者有一个想象其中丰富意蕴的空间。何立伟的《小城无故事》中开头部分：

> 护城河绕那棋盘似的小小古城一周，静静蜿蜒。即或是夜黑风紧，也不惊乍一叠浪响，因此就同古城中人的日子一样，平平淡淡流逝，没有故事。好多年前，天一断黑，就要把那无数座青山，关在城门外头。夜里隐隐听得有狗吠，有更鼓；与那月色溶在一起，沿青青石板路四处流。梦呢？或有或无；可有可无。某年，守城门兼打更鼓的老人死了，子遗下不足岁的一个细孙女。

① 贾平凹：《平凹文论集》，青海人民出版社1986年版，第33页。

　　何立伟的文字宛如他笔下的那条护城河，绕着小小古城默默地流淌，没有波澜却让读者心绪随之牵扯流连。这个小城似乎有着沈从文"边城"的影子，而守城门的老人子遗下的孙女也不由得让人联想起了翠翠，那个纯朴的湘西少女在爷爷去世后生活得怎样呢？她是否已经等来了那个人？其实读者不用担忧，翠翠和这位标致美丽的癫子一样，会得到淳朴善良的小城人们的照看。再如结尾部分：

　　　　远山淡淡如青烟。月亮正浮起。护城河粼粼闪闪绕城流。

　　　　三个陌生客，有几多迷惑，有几多疑云，又有几多怅惘同归思，在河边散步不说话。明天一早即要离别这小小古城了。难得再来。小小古城似乎不是小小谜语。不远不近有虫鸣，有水响，有萤火灯笼在草里头移，找寻那已流逝的岁月同故事。

　　　　忽然看到河边蓝幽幽地坐得一个人影如雕塑。有一种幽香迤逦过来。

　　　　啊！在什么地方闻到过呢？……

　　小说到这里结束了，然而言有尽而意无穷，小说没有直接贬斥三位陌生客对癫子的取笑逗乐行为，但在不动声色的写景抒情之中，已经表明了这三位陌生客遭到冷遇的原因，这就是何立伟小说的独特之处。正如汪曾祺在《小城无故事·序》中所说："立伟的小说不重故事，有些篇简直无故事可言，他追求的是一种诗的境界，一种淡雅的，有些朦胧的可以意会的气氛，'烟笼寒水月笼沙'。与其说他用写诗的方法写小说，不如说他用小说的形式写诗。"[1]

　　所以，在"寻根"作家们的抒情写意小说中都有这样一个倾向，小说的意象几乎成为叙事的中心，相比之下情节倒在其次。"寻根"文学就是在寻找民族文化传统的同时，继承了民族文化传统的审美感受性，把对民族文化

---

① 何立伟：《小城无故事》，作家出版社 1986 年版，第 7 页。

的思考用传统审美方式表达出来，实现新时期文学范式的当代转型。王光明对"寻根"的意义曾这样评价，他认为"寻根""寻回被历史边缘化了的小说美学传统，即重视从个人意识、感受和趣味出发想象世界的传统，而不是在对中国民族文化的发掘和想象性重构方面取得了什么了不得的进展"①。尽管该评价有些过于绝对，但有一点是应该肯定的，就是客观评价了"寻根"文学找回了被边缘化的小说传统美学，促进了当代小说的美学观点的转变，并带动了新时期小说在思维模式、叙述语言、形象塑造等方面的全面转型，而其中的重要意义恰恰是以往的作家和评论家所忽视的。

四、时代语境与文学形态的差异

学界所认为的"寻根"文学一般指的是在 20 世纪 80 年代中期出现了以韩少功、李杭育、阿城等作家发起的寻找民族文化之根的创作宣言以及在此前后围绕"寻根"理论进行的文学创作。其实，纵观现代以来的中国文学，就可以发现这种以寻找民族文化之根为目标的文学创作，贯穿了整个现代文学史。也就是说，"寻根"并不是一个孤立的、偶然才出现的文学现象，而是在不同时期的作家创作中均有所体现。如 20 世纪 30 年代的"京派"文学就是由一批担当文化重建和创造职责的自由知识分子，所创作出的具有传统美学特征的作品；再如解放区文学将文学之"根"深扎在曾作为民族文化摇篮的黄河流域以及在这片土地上生活的劳动人民之中，用中国老百姓"喜闻乐见"的传统民间文艺形式去表现中国农民的命运和情感。30 年代的"京派"文学、40 年代的解放区文学，以及 80 年代的"寻根"文学都可以理解为是"寻根"思潮在不同空间地域、不同历史时期表现出来的文学形态。尤其是"京派"文学与"寻根"文学作家在某种程度上还存在师承关系，最后一位"京派"作家汪曾祺，就被认为拉开了新时期"寻根"文学运动的序幕。既然二

---

① 王光明：《"寻根文学"新论》，《文艺评论》2005 年第 5 期。

者在审美艺术风格和文化价值取向上有诸多相似，那么就有必要对这两个文学形态进行比较研究，对它们的异同有了明确的了解后才能揭示这种反复出现的"寻根"现象在文学史上的意义。

新时期的文学思潮将"寻根"文学推向前台，学界开始关注到"寻根"现象，并对该现象进行深入、全面的探讨时，尤其是将其置入现代中国文学历史进程中进行整体观照，我们就会发现"寻根"现实是中国文学，甚至世界文学中的一个创作"母题"，而且现代中国出现了有着同样价值取向的文学流派——"京派"文学。以往的研究者之所以没有发现"寻根"文学与"京派"文学的关联，是因为"京派"文学延续了现代乡土文学的创作风格，并把它归入了由鲁迅开创的乡土文学系列。其实，只要我们阅读了废名、沈从文、汪曾祺等"京派"代表作家的作品，就可以明显地感觉到他们的创作完全不同于以鲁迅为代表的乡土作家。王任叔、许钦文、蹇先艾、王鲁彦、台静农等乡土作家是在启蒙主义思想的指导下，用现实主义表现手法描写乡土的落后，对乡土社会持一种批判与拒绝的态度。而"京派"作家们尽管也怀有对故乡种种落后的失望情绪，但更多的是对乡土进行诗意的展现，温情脉脉地追怀遥远的乡村生活，其中夹杂着温柔、感伤的怀旧与抒情。可见，20世纪30年代"京派"的创作与以鲁迅为代表的乡土文学可谓风格迥异，倒是和80年代的"寻根"文学有着更多的相同之处。我们知道"寻根"文学通常指80年代中期出现的具有鲜明的文化寻根倾向的文学创作，它与"京派"文学一样，都是"寻根"母题在不同时代不同语境下出现的文学变体。

首先，从"寻根"姿态来看，"寻根"文学在现代中国文学中具有"先锋性"。所谓"先锋"，本身具有开拓者、探索者之义。如果从文化角度把它理解为是对现存秩序的反抗，那么"先锋"这个词就不仅仅指20世纪80年代中后期出现的"先锋派小说"，而是一个可以出现在任何时代，可以用来命名那些质疑并反对旧的规范的行为。而我们这里所认为的"寻根"文学具有的先锋性，就是以一种全新的文学形式来反对被规范的文学叙事。我们需要明确的是，不管是30年代的"京派"文学还是80年代的"寻根"文学，都是以一个自由知识分子的身份主动参与民族文化和民族精神的重建，都在以一个独立追求艺术审美的文人身份坚持自己的文学创作，都是以一个有民族责任心的作家身份来反思文学所面对的困境，探索文学未来的走向。尽管30年代"京派"的寻根以及自由主义的呼唤很快淹没于政治救国的浪潮中，但其在现代中国文学史上却留下了深远的影响，余味无穷。而80年代的"寻根"文学也很快被另一股先锋思潮所代替，但其文学的精神文化影响同样延及至今的文学。如果说30年代京派"寻根"的文化救国理想很快被民族解放的巨大政治浪潮所替代，那么，80年代从某种意义上看是再现了历史，形成了现代中国文学史上两次极重要的文化现象，产生了两个在中国现当代文学史上不可忽视的文学流派。

其次，"京派"文学和"寻根"文学一样，有着很深的原乡情结，乡村经验成为"寻根"文学叙事的源泉。只要对"京派"作家和"寻根"作家的生活经历进行考察，就可明白为什么刻骨铭心的乡村经验是他们始终无法释怀的创作情怀。"京派"作家几乎都是外乡人，他们虽然生活在北平和天津这样的北方城市，但始终以"乡下人"自居。20世纪80年代"寻根"文学作家与"京派"作家的乡土生活经历的文化背景有相似之处。"京派"作家青少年时期的乡村生活经历是他们创作中"原乡"情结不竭的精神源泉，而"寻根"文学中的"知青"作家和"右派"作家，他们都有长期在乡村生活劳动体验然后返回城市的经历。这三类作家各自的文化背景大不相同，并且他们的成长历程和知识结构也有着很大的差异，创作所描写的家乡风情也因人而异，然而"京派"作家和"寻根"文学作家为什么都在创作中有着同样的创作倾向？这显然是一个值得思考的问题。他们把曾经生活过的乡土作为情感的庇护所，在信仰危机和精神困顿时，不约而同地用温情的笔触抒写对过往乡村体验的回忆，最终踏上了个人精神返乡之旅。正因为他们在思想情感、面临处境以及文化取向上的共通，才使他们的创作形态和文化姿态表现出高度的一致。然而，如果仅仅是出于抚慰个人精神创伤的心态，那么"京派"文学和"寻根"文学也不会在现代中国文学史上留下如此让人们热切关注的印迹。其实，在某种意义上来说，返乡其实质是回归传统生活方式，"寻根"就是重新找回文化母体。"京派"作家和"寻根"文学作家的目标就是以现代性的视角重构传统文化图景，用文化的重构来设计民族未来走向。"京派"文人忧虑民族文化即将被现代西方文明湮没，于是提出并实践了自己重构传统文化的理想，他们在创作中以乡村叙事来传达重建文化乡土的意向。废名唯美思想的渗透，沈从文人性美的阐扬，汪曾祺的自然风貌书写，等等，可见"京派"文人的创作中都饱含着作家个人的乡村生活体验和中华民族传统的伦理道德要求。因此"京派"的皈依传统倾向与世界范围内的"反现代性"思潮相比，有本民族乡土文化意识和传统审美情趣两方面的独特性。

再者，"寻根"文学体现出了作家们努力担当重构民族文化重任的情怀。"京派"以艺术审美的文化观与"左翼"的政治文化观以及"海派"的商业文化观相颉颃。也正因为"京派"作家们主张文学应具有独立品格，反对文学依附于政治，也避免文学世俗化，于是就被认为是不关心现实，对祖国和民族的前途命运"冷淡"，这种评价在今天看来有失公允。只要翻开他们的创作，即可看到这群有着独立审美意识的作家们，并没有放弃作为有社会责任感的知识分子所承担的重任。正如沈从文所说："我们实需要一种美和爱的新宗教，来煽起更年青一辈做人的热诚，激发其生命的抽象搜寻，对人类明日未来向上合理的一切设计，都能产生一种崇高庄严感情。国家民族的重造问题，方不至于成为具文，为空话！"[1] 所以，我们认为"京派"并不是像左翼批评家所批评的那样，完全逃离现实或者超越在时代之上的，而是深深担忧着灾祸频仍的现实社会，是探索民族精神及文化重建道路的先行者。只不过他们是用文学创作来实践其文化理想，而不是谋求社会制度的变革。汪曾祺的《受戒》等故土风情小说一面世就备受关注，曾被认为"是一种对'超功利的率性自然的思想'的有意追求"[2]。这种评价自有其合理之处，但也可以认为这是他在经历了 40 多年的以阶级斗争为主要矛盾的社会现实生活后，致力于营构一个人际关系和谐而有序的社会理想图景的表现，否则为何"文革"刚一结束汪曾祺就创作了此类讴歌仁爱、自然、和谐的作品。"知青"

---

① 沈从文：《美与爱》，载《沈从文全集》第十七卷，北岳文艺出版社 2005 年版，第 362 页。

② 陈思和：《中国当代文学史教程》（第二版），复旦大学出版社 2006 年版，第 250 页。

作家就更不用说了，他们发表的一系列"寻根"宣言不外乎一个指向，即探寻民族文化之根，重树民族文化精神，有着明显的忧国忧民情怀。

　　作家之所以把民族文化的重构作为创作旨归，其中知识分子的社会担当意识是主要因素，民族文化所面临的危机是一个很重要的客观因素。有论者认为："'寻根'，正是在东西方文化、现代文明与古老传统的比较、碰撞所产生的惶惑、痛苦中所作出的反应与采取的对策的一种。"① 尽管这个观点主要是针对 20 世纪 80 年代所言，显然也适合 20 世纪初期的社会文化状况。新时期以来，中国文化思想领域逐步开放，带来的直接结果是西方现代文化和现代主义思潮大量涌入，其规模不亚于 20 世纪初期对国外文学与文化思潮的引进，给封闭了四十多年的中国文学艺术界造成强烈的震撼，这种文化的冲击是不容小视的。西方物质文明被国人推崇备至，西方现代文化在国内被不加辨析地接受宣传，在西化之风大行其道时，民族传统文化被贬得一文不值，成为落后愚昧的代名词，显然这是一种舍本逐末的行为。如果一个民族"被现代化"，可能会以本民族传统的迷失作为代价，这种现象也势必会激起部分具有保守倾向知识分子的民族情感，他们把对社会和文化的忧思通过适当的创作方式传达出来。而"寻根"就是在东西方文明、传统与现代的碰撞文化背景下，作家们把他们刻骨铭心的乡村生活体验与博大精深的传统文化相联系，把皈依乡土，寻找民族传统文化作为应对异质文明冲击的策略。因此，可以认为，"京派"和"寻根"的创作是作家们面对西方思潮与本土资源激烈碰撞时，出于强烈的社会责任感发出的重构民族传统文化的呼声，是"寻根"母题在不同历史时期的文学表现形态。

　　通过上文的分析，我们认为"京派"文学和"寻根"文学是"寻根"母题在现代中国文学发展过程中的变体，是"寻根"思潮在社会不同历史时期的文学形态。然而有个奇怪的现象是："京派"文学在诞生了近一个世纪后，呈现出历久弥香的奇怪现象，不论在普通读者群，还是学术研究中都热度不减；与之相较，"寻根"文学运动在 20 世纪 80 年代中期备受关注后就宛如

---

① 　洪子诚：《作家的姿态与自我意识》，陕西人民出版社 1991 年版，第 58 页。

昙花一现烟消云散，如今也仅在中国当代文学史中才可见些微印迹。为什么这两个同属"寻根"思潮的文学流派，学术评价以及社会反响会出现如此之大的反差呢？这显然是一个很值得探究的文学现象。

文学创作的生命力取决于作品本身所具有的魅力，而这又与创作主体的文化心态密切相关，文化是讨论"寻根"思潮无法绕过的关键词。文化是一个绝大的命题，然而颇有意味的是，"京派"文学和"寻根"文学的作家们所言说的文化并非包罗万象、广博复繁，而是带有较为单纯的民间色彩。其中原因，除了文化本身的概念难以界定外，还应与他们对待文化的态度有关。无边的文化概念不是我们讨论"寻根"思潮应深究的话题，而是要思考作家在创作中为什么要表现文化以及怎样来表现他们所理解的文化。只有对"寻根"思潮的特征准确把握后，才能真正看清"寻根"现象和"寻根"文学的实质，才有据此进行比较的范畴。由上文的分析，一个显而易见的创作动因是，"寻根"作家们之所以选择民间，是因为相对现代城市文明，民间更能代表民族的传统文化。那么，是不是所有的"寻根"作家，都以同一种心态来对待传统文化呢？其实并不尽然。

"京派"作家是在新文化思想的感召下，离开家园故土来到北京，他们来到新文化的发源地显然是出于对来自西方现代文明的向往。然而，因其自身知识储备与传统文化有着千丝万缕的联系，作家们在感受西方文化、体验现代物质生活时，不可避免地会产生顾虑和游移。在现代物质文化的强大冲击之下，本土文化以及传统价值体系正在逐渐地消失甚至崩溃，这种情形也不能不引起对民族传统有着深厚感情的知识分子的忧虑。正如沈从文在《边城·题记》中所说的："我将把这个民族为历史所带走向一个不可知的命运中前进时，一些小人物在变动中的忧患，与由于营养不足所产生的'活下去'以及'怎样活下去'的观念和欲望，来作朴素的叙述。"① 不仅沈从文，废名、汪曾祺等，其他"京派"作家也是如此，他们在目睹了物质和精神都极度贫

---

① 沈从文：《边城·题记》，载《沈从文全集》第八卷，北岳文艺出版社 2005 年版，第 59 页。

乏落后的乡村生活之后，在对现代性的憧憬中来到城市，但在感同身受现代文明的弊端后，虽然身处其中，但情感上却与城市格格不入，通过追忆故土的乡情民俗，来表现出皈依传统文化的倾向。因此，"京派"作家的创作中鲜明的民间色彩，其意并不在于简单地复归传统乡土生活，而是在怀旧中来挖掘传统文化的精华，在传统文化和现代文明相互作用下建构新的现代民族文化的未来。

如果说"京派"文人的创作是为了表达知识分子的一种文化重构理念，希望用文学去重建民族文化传统，那么20世纪80年代的"寻根"作家们却恰好相反，他们的着眼点更多的是在文学，即把传统文化当成文学走向世界的推动力和载体。与"京派"文学比较，"寻根"文学运动显得松散无际，而且作品也旨趣各异，但都有一个相同的愿景，就是期待中国文学能与世界文学平等对话。阿城的一段话应该代表了全体"寻根"文学作家的心声："中国文学尚没有建立在一个广泛深厚的文化开掘之中。没有一个强大的、独特的文化限制，大约是不好达到文学先进水平这种自由的，同样，也是与世界文化对不起话的。"[①] 在有着"寻根"文学宣言之称的《文学的"根"》里，韩少功也同样关注的是文学："文学有根，文学之根应深植于民族传统文化的土壤里，根不深，则叶难茂。"[②] 郑万隆在《我的根》中把小说内涵分为三层，其中文化背景是最深的一层，发出了作家们都应该开凿自己脚下的"文化岩层"的号召。在拉美作家马尔克斯摘得诺贝尔文学奖桂冠的刺激下，"寻根"作家们也在思考中国文学的未来走向，他们借鉴了拉美文学成功走向世界的经验，认为中国文学也应该有本民族文化的内涵。于是他们把文化当作解决创作中存在实际问题的一剂药方，在疗治文学病症的同时，也有通过发掘传统文化中的精华来重振民族文化的良好愿望。

对于重建人类文化的未来，"京派"作家与"寻根"文学作家表现出一种不同寻常的默契，把地域风俗的描绘与人文心态的展示融为一体，成为作

---

① 阿城：《文化制约人类》，《文艺报》1985 年 7 月 6 日。
② 韩少功：《文学的"根"》，《作家》1985 年第 4 期。

家们共同的追求。然而，出于以上两种不同的创作心态，"寻根"文学作家们创作中的文化也呈现出两种形态，各有侧重的书写体系。"人的解放"思想使他们成为具有独立意识的作家，"人的文学"观念使他们主张文学为自我表现的性灵文学，于是"京派"作家们自觉地将笔触深入到对纯朴人性的发掘，对人性真善美的展示，对人道主义的自觉弘扬，追求人性的永久价值成为"京派"作家的共识。在"京派"作家们看来，不管是封建专制还是现代文明，都是非人性和非人道的，因此为了展示人性的纯美，作家们在题材取舍上势必偏重于乡村，并在道德价值取向上走向民间，回到魂牵梦绕着的故土，书写纯朴的乡野文化成为"京派"文学与其他乡土小说不同的突出特征。沈从文的湘西系列正如他自己所说的那样在构筑"人性的神庙"；废名的《竹林的故事》《桃园》等小说，在乡村平凡的人事中写出了人物的人性美和人情美；汪曾祺也认为"美首先是人精神的美、性格的美、人性的美"①，他们的作品充盈着对乡村美好人性的崇尚，对现代文明侵袭下人性缺失的忧虑。"京派"作家们之所以把人性的自由和美好作为创作的核心内容，是因为他们始终把人性美作为人类文明最完美的特征，作为传统文化最精髓部分的体现，是文化重构中最重要的组成部分，也是民族新生的希望。

　　同样，"寻根"文学作家在创作时也有开掘广泛深厚的民族文化的愿望，用小说承载民族文化建构的重任，期望使之能与世界文学、世界文化平等对话。但与"京派"作家从人性美的角度重构民族文明不同的是，"寻根"文学作家并不着力于用提倡人的自身修养来提高民族素质，也无意于用宣扬传统伦理道德以弘扬民族精神，而是寻找所谓的已经"失落的文化"。他们把不为正统文化所重视的边缘文化和少数民族文化作为自己的创作之根，视为民族文化重生的希望。在这种创作思想的指引下，"寻根"文学作家不约而同地选择了地域文化，尤其是把一些远古蛮荒之地的奇风异俗和神话传说作为民族文化之根，这已成为"寻根"文学创作普遍存在的现象。"寻根"文学作家的这种热衷于奇闻逸事的叙述确实能吸引读者的眼球，尤其是满足了

---

① 汪曾祺：《晚翠文谈新编》，生活·读书·新知三联书店 2002 年版，第 11 页。

文化差距较大的西方读者的猎奇心理，但如果一味地搜寻民间奇闻逸事，介绍偏僻原始的民风民俗，可能会剑走偏锋使创作陷入歧途。原始风俗并不能对中国传统文化进行全面表现，也就更谈不上发扬民族文化的精髓了，因为一个有生命力的文化不是故步自封、停滞不前的，而是与时俱进，能以广博的胸襟容纳其他文明成果的。

作家的文化心态和审美价值取向，不仅与时代氛围有关，而且与创作主体的文化内涵密切相关。"京派"作家普遍有着深厚的传统文化的积淀，深知一个民族的文化内涵不仅是物质的，更主要体现在人的精神方面。于是"京派"作家所寻找的传统文化之根不是器物形态的，而是民族精神，往往从民间发掘一种刚性血气以重塑民族精神。例如，沈从文认为，作家"努力从事于艺术"，是为了"使这个民族增加些知识，减少些愚昧，为这个民族的光荣，为这个民族不可缺少的德性中的'互助'与'亲爱'，'勇敢'与'耐劳'，加以铸像似的作品的制作。"[1] 正是在"京派"作家的身体力行地实践和倡导下，才形成了自20世纪30年代的以探索传统文化重构为主要价值追求的作家群。这使我们看到，三四十年代的作家如萧红、芦焚、沙汀、汪曾祺、赵树理等人的创作中都有着明显的"寻根"意识。

相对于"京派"来说，"寻根"文学作家的传统文化的根基就显得有些欠缺了。对当代作家文化内涵普遍缺失的现象，作家陆文夫深有感触："有人提出要我们争取成为大作家，成为鲁迅和茅盾。……你看鲁迅和茅盾他们多渊博！中外古今，人文地理；能创作，能翻译；能写小说，能做学问；一手毛笔字在书法中也是上乘的！环顾我们的同龄人，没有一个人的文化基础有他们那么雄厚。"[2]20世纪80年代高举"寻根"大旗的作家大多由"知青"作家组成，他们是出生在新中国，成长在红旗下的一代，从小接受的是革命理想和传统教育，形成了以共产主义为核心理念的文化价值体系，不像"京派"文人那样自幼就在传统文化氛围下熏陶成长，相对来说，他们没有"京

---

[1]　沈从文：《禁书问题》，载《沈从文全集》第十七卷，北岳文艺出版社2005年版，第63页。

[2]　陆文夫：《艺海入潜记》，上海文艺出版社1987年版，第121页。

派"文人功底深厚的传统文化积淀。这些"50后"的作家们只是长大后在上山下乡运动中，到农村插队后，才真正接受到传统气息相对浓厚的乡村文化的影响，而且他们所认为的传统文化就是他们在农村乡下耳闻目睹的民间古老的乡村习俗，因此对传统文化的接受和理解并不像"京派"文人那么深入理性。尤其是在回到城市后，"知青"作家在文学创作和人生道路的选择方面，都面临着理想与现实的矛盾。"知青"已成为城市的外来人口，陌生的城市生活和隔阂的城市文化让他们感到一种被时代抛弃的失落感，这时他们熟悉的乡村才成为他们创作的最好素材，然而这些带有鲜明民族色彩的文化形态，在人类现代文明进程中一样面临着即将失落消亡的处境。重回乡村，寻找民间"失落的文化"，不仅是他们摆脱创作尴尬处境的一条出路，也是他们饱含复杂心情回顾过往的体现。当社会承认了他们存在的价值，文坛也对他们青睐有加时，达到了预期目标的"寻根"文学作家也就失去了创作的原动力，成为了新时期的文坛绝唱。既可以说是这种急功近利心态造成了自80年代起则轰轰烈烈、落则烟消云散的"寻根"文学现象，也可以说这种情感仅是对逝去青春的凭吊，还不能重要到影响社会的发展。

相对来说，"京派"作家较少功利心态，他们的创作显得从容大度，很少有"寻根"文学作家的张扬和批判。批判献媚于商业的"海派"作家，反衬出"京派"文人执着于艺术审美的精神品质；对主导时代潮流的左翼文学的反思，亦显示出"京派"文人自觉远离政治文化的个性意识。正是这种卓尔不群的姿态，才使"京派"文人和"京派"文学成为中国现代文坛的别样景致。只要存在着文化冲突，就面临着本土文化重构的问题，"京派"作家在寻找民族文化之"根"时所讴歌的人性美立足于民族品质的塑造，而这一问题不仅在当时，可以说只要有民族或者人类存在，就应成为有责任心的知识分子思考的重要问题。这也是为什么"京派"文学能在将近一个世纪后的今天仍然具有其独特魅力的真正原因。

第 五 章
乡土情怀与世纪焦虑：后寻根时代的文化书写

　　20世纪80年代中期轰动一时的"寻根"文学运动，在当代文坛经历了短暂的辉煌时期后迅速归于平静，对此现象前文也略有探讨，作家们的急功近利的心态以及自身文化根底薄弱等应该是"寻根"文学难以为继的内在原因。当然，时代大环境的影响，如中西文化的冲突已不再像改革开放初期那样成为社会的焦点，作家主体性增强逐渐瓦解了政治化文学传统，新时期文坛和评论界又共同推出了新的文学思潮——"先锋"文学——来追逐新潮等等，这些都构成了"寻根"文学昙花一现的外部因素。那么，"寻根"思潮是不是也在80年代的"寻根"文学的偃旗息鼓后随之烟消云散了呢？在通观世纪之交的中国文坛后，我们就会发现"寻根"文学作为一个文学流派虽然已经成为历史，但作为一个文学思潮，"寻根"仍然存在于当下的文学创作之中。不仅仅80年代的"寻根"作家，而且越来越多的作家仍然沿着文化"寻根"的思路继续前进，创作出了大量思考和书写民族文化现实境遇与未来走向的作品。张承志在80年代初期发表了《金牧场》《北方的河》《黑骏马》《黄泥小屋》等有代表性的"寻根"作品，经历了从大地和民间寻找民族的精神家园，其后又继续向民间宗教文化寻求寄托的精神"寻根"之后，最终在90年代初出版了震撼文坛的《心灵史》，达到了他所追求的灵魂皈依的终极境界。贾平凹、莫言等是至今仍然活跃在21世纪文坛的作家，他们的作品一直保持着对乡村文化的情感认同。贾平凹从继"商州三录"后陆续出版了《土门》《高老庄》《怀念狼》《秦腔》《古炉》《带灯》《山本》等以乡村生活为体裁的作品，一如既往地关注着时代变革中的乡土中国，表达其对民族未来走向和传统文化命运的忧虑。莫言是凭借80年代中期的一系列乡土作品在中国当代文坛崛起的作家，并被评论界归入"寻根"文学作家。在"寻根"文学走入低谷后，莫言怀着复杂的"原乡"情感继续书写着他的高密东北乡，继《红高粱家族》之后，《丰乳肥臀》《檀香刑》《生死疲劳》《蛙》等，都在探讨人种的退化和人类繁衍的问题，而在他看来原始生命力才是中华民族的生命力。还有高建群的"大西北三部曲"（包括《最后一个匈奴》《最后的民间》《最后的远行》），迟子建的《伪满洲国》《额尔古纳河右岸》，赵德发的《缱绻与决绝》《天理暨人欲》，周大新的《第二十幕》《湖光山色》，姜戎的《狼图腾》，杨志军的《藏獒》等大量的带有"寻根"倾向的长篇小说问世。

于是，研究者将继 20 世纪 80 年代"寻根热"之后出现的一些仍然继续从表现和思考民族文化以及具有传统美学风格等倾向的文学现象命名为"后寻根"或者"后寻根主义"。如陈思和就认为中国当代文学史中存在"后寻根"现象："作为文学创作现象的'新写实小说'与'先锋小说'同时产生在 80 年代中期，大约是在'文化寻根'思潮以后，可以看作是'后寻根'现象，即舍弃了'文化寻根'所追求的某些过于狭隘与虚幻的'文化之根'，否定了对生活背后是否隐藏着'意义'的探询之后，又延续着'寻根文学'的真正的精神内核。"[1]尽管二者之间有些许不同，但正如陈思和所言，它们的"精神内核"是完全一致的。如朱大可的一篇论杨争光作品的文章标题为《后寻根主义：中国农民的灵魂写真——杨争光作品之印象记》，认为其作品"母题、叙事和风格则完全是 80 年代'寻根小说'的某种延宕与回旋。这种母题起源于韩少功（《爸爸爸》）、贾平凹（《商州》）和刘恒（《伏羲伏羲》《狗日的粮食》），并且在风格上保持了'寻根文学'的一些基本元素：对农民的深层劣根性的痛切关注、草根写实和民间魔幻的双重立场、戏剧性（突转）的结构以及鲜明的方言叙事，等等。"[2]称之为"后寻根"，是为了区别于 80 年代的"寻根"文学，当然更为重要的原因是表明了这种文学创作意识与 80 年代的"寻根热"有着某种内在联系。

---

① 陈思和主编：《中国当代文学史教程》，复旦大学出版社 1999 年版，第 306 页。
② 朱大可：《守望者的文化月历：1999—2004》，花城出版社 2005 年版，第 67 页。

"寻根"和"后寻根"的内在联系一目了然，那么二者到底有何不同呢？南帆曾根据字面意思进行过简单的辨析："'寻根'具有回溯的涵义。也许，'后寻根'的称呼可以召唤另一种姿态——正视本土的当下经验。这不仅包含了传统文化的再现，而且清晰地意识到传统文化与现代性以及全球化之间的紧张。"① 南帆认为传统文化与现代性以及全球化之间的紧张的关系是"寻根"与"后寻根"的差别，其实20世纪80年代的"文化寻根"也同样面临这种紧张关系。也就是说研究者们在强调"寻根"与"后寻根"的联系时并没能给出明确的回答。当然，这也情有可原，本来二者就属于同一社会文化思潮，而且很多作品都是出自同一作家。韩少功在发表了《文学的"根"》之后就很少参与"寻根"的讨论，也很少写关于"寻根"的后续文章，但他明确表示："这种沉默并不表示我放弃。一场讨论降温，也不意味着讨论所指涉的问题从此删除。如果有人说我的《爸爸爸》是'寻根'之作，那么后来的《马桥词典》《暗示》《山南水北》是否都属于非'寻根'之作？"② 于是，有研究者说："从根本上来说，张承志的《心灵史》和韩少功的《马桥词典》应当放在'寻根文学'的脉络上来加以理解。张承志和韩少功沿着'寻根文学'的轨迹与'现代化'的主流价值分道扬镳，一步一步地走向边缘和深入底层。"③ 也就是说张承志、韩少功自80年代中期以来一直都没有放弃他文学"寻根"的目标，仍然无怨无悔地在寻找文学之"根"。除了这些"寻根"作家还在用创作继续他们的文化寻根之旅外，也还有不少作家陆续加入其中，共同探寻着"寻根"这个古老而又永不过时的话题。张炜、史铁生、陈忠实、红柯、北村等作家也是在文化"寻根"思潮的影响下，运用各种表现形式自觉地进行着对传统文化和民族精神的寻找。

正如有研究者认为的："文学的文化寻根从八十年代初开始萌生一直延续到新世纪，是一个跨文化、跨族群、跨地域、跨体裁的文学、文化现象；如果我们再将其与更广泛的文化领域的相关情况联系在一起的话，完全可以

---

① 南帆：《传统与本土经验》，《文艺报》2006年9月19日。
② 韩少功、李建立：《文学史中的"寻根"》，《南方文坛》2007年第4期。
③ 旷新年：《张承志：鲁迅之后的一位作家》，《读书》2006年第11期。

说在二十世纪末叶，中国文学和文化领域，形成了一股绵延不绝的泛文化寻根思潮。"①"后寻根"不是一种文学现象，也不是一种创作方法，更不是一种新的文学流派，而是一种文化姿态，那些20世纪80年代末90年代初以来的具有浓厚文化意味以及传统审美意蕴的写作姿态。所谓的"后寻根"文学其实是在文化寻根思潮影响下的一种文学形态，其关注传统文化、还原民间立场的姿态是80年代"寻根"文学的自然延续。

文化是一个民族物质和精神文明的积淀，如何对待传统文化的态度，涉及作家的民族文化身份认同。尽管在20世纪80年代后期，对"文化热"的讨论业已退潮，中国社会的文化形态在全球化进程中逐渐呈现出多元化趋势，但传统文化仍是一个国家和民族的集体意识和精神寄托。现代中国文学史中沉潜着的"寻根"思潮昭示了中国知识分子对民族传统文化传承的担当。世纪之交的中国文学在探求传统文化走向和传承民族文化精华等方面显示出了更为深入而又理性的思考，是20世纪中国社会中的文化寻根思潮在新的历史时期更为广泛而深入的发展。

一、乡村书写与文化身份的认同

中华民族有着深厚而质朴的文化积淀，而民族传统的文化物质形态更典型地体现在未被现代文明浸染的乡村。为了重铸传统文化之精魂，回归传统原始纯朴文化形态成为作家们的共识。当"寻根"思潮在20世纪80年代中期席卷中国文坛时，面对着多方面探索民族传统文化的出路，"寻根"作家们不约而同地聚焦在对文化之根的艰难探寻上。在他们笔下，不管是草原河流，还是乡土民俗，都是作为民间文化的载体和传统文化的象征出现在作品中。在这种文化寻根意识的支使下作家们自觉探索民族传统文化的深层心理

---

① 姚新勇：《多义的"文化寻根"——广谱视域下的"寻根文学"》，《暨南学报》（哲学社会科学版）2008年第4期。

结构，在历史阵痛中重构民族文化，在传承中重铸民族文化精魂。

在"寻根"作家中，贾平凹非常有代表性地表达现代语境下对民族文化传承的忧虑，以及对传统文化没落的无奈。可以说，传统文化的重构意识一直是贾平凹创作的重心。20世纪80年代，贾平凹的"商州"叙事有着浓厚的传统乡土气息，后来的《土门》《高老庄》《秦腔》等更是将这种创作倾向推进到新的层面。贾平凹在"商州"系列中认为乡村的和谐被社会的现代化变革打破，人们精神的迷失以及人性的变异是不良的社会生存环境所致。在深感人性的退化和人文精神的缺失后，贾平凹开始采取了对物欲横流的城市文明进行批判的文化策略。所以，他小说中的乡村总是作为城市的对立面而出现，因为乡村承载着纯朴的人性美，而城市则是欲望的聚集地。从商洛农村进入现代城市的贾平凹对此可谓是深有体会，我们可以从他的小说中明显地感受到他对现代城市文明反人性自然的弊端的忧虑，以及他对人们疏离乡村的批判。其实评论界颇有争议的《废都》，如果从文化学角度来解读，是一篇立足于农耕文明的基点，对城市文明和现代生活方式进行批判的典型读本，被不少评论者视为败笔的牛其实就是作家借农耕文明来传达对都市生存的忧思。

贾平凹对城市文明的失望与感叹，对渴望回归自然乡土的迫切心情在《土门》中得到了全部体现。《土门》中的仁厚村在西京城改造旧城扩大新城的城市化建设的包围下，最终还是被夷为平地，祖祖辈辈在此栖居的人们丧失了休养生息的家园，更可悲的是精神家园的丧失。"城市出现了，人们觉得文明了。但人越来越多，美丽的原始风景线越来越远，楼越来越高，汽车越来越豪华，虚伪假劣的人和事也越来越高超，城市越来越在扩大，这时候出现了一个词：污染——环境污染，精神污染。"于是，"人们面对着浮躁、不安，以及各种传染疾病，开始回念自然了，人们休息日便到田野山间，回到家里又养了花，在街道上建起草坪，交叉口建起花圃、以高价格收买早被逐走的飞禽走兽，放进城市的公园里"。① 离开了自然之后人们也感觉到了

---

① 贾平凹：《土门》，春风文艺出版社1996年版，第327—328页。

缺乏精神家园的遗憾和悔恨，为了弥补自己的过失，人们开始重新亲近自然。在《土门》中，作者也构想出了生活便捷、环境优美，完全没有像西京那样被城市污染的神禾塬，神禾塬就是作者理想中的诗意栖居地。

如果说贾平凹之前的小说主要渲染了现代文明对乡村文化的侵蚀，那么《高老庄》和《秦腔》就是他在民族传统不可挽回地走向崩塌之后，追寻和重建民族文化的思考。《高老庄》的故事主要围绕子路、西夏和菊娃这三个有着相互联系的人物展开。子路有着复杂的身份，他是大学里研究方言土语的教授，生活方式与现代人无异，但一旦返回高老庄，其言行思想又与村民没有两样了。显然子路的身份是一个从乡村进入城市的，虽然接受了现代生活方式，但骨子里仍然脱离不了乡村旧习的城乡转型时期的文人形象。子路还乡有两个任务，一是为其父过三周年忌日，这是父亲去世后的最后一个纪念仪式；再就是和西夏生个孩子，原因是先前和菊娃的孩子有着先天的缺陷，希望能跟"大宛马"西夏结合改变族种。对父辈最后的缅怀与希望有个优良的后代这双重任务的重合，显然意味着子路有着与父辈基因决裂的念头。然而回到高老庄的子路已不复是城市里的子路，在高老庄的哺育中长大的子路充满了对乡土的眷恋之情，也难以割舍与菊娃的旧情，更重要的是他所研究的方言土语也不可能与乡村隔绝，否则他就丧失了在大学里当教授的资本。如果我们把子路作为现代化进程中民族文化形象，是不是也意味着弘扬中华民族也不能脱离传统文化，因为如果我们与传统文化彻底决裂，那么我们就会失去自己存在的意义。

贾平凹的《秦腔》被评论家认为是："对传统文化越来越遥远的凭吊，它是一曲关于传统文化的挽歌，也是对'现代'的叩问和疑惑。"[①] 面对流行歌曲等城市文化的冲击，秦腔这古老的民间艺术，以及以秦腔为代表的乡村文化在现代社会进程中不可挽回地被分解消融。作为民间文化载体和传统文化象征的秦腔，宿命般地走向了衰败。痴迷着秦腔的夏天智，最终在秦腔的

---

① 孟繁华：《文化消费时代的镜中之像——2005 年的长篇小说》，《小说评论》2006 第 2 期。

悲鸣中带着脸谱含恨辞世，深爱着秦腔的白雪，却生下了没屁眼的畸形儿，造成他们悲剧的原因就是现代性带来的传统文化的覆灭。夏氏"仁义礼智"四兄弟不能善终，夏风和白雪也最终离异，清风街的年轻人越来越多地离开土地，小说中充满着作者对传统文化惨淡前景的深深忧虑。当然，除了哀叹和凭吊乡村文化的破败和没落外，还有作家对几千年传统文明的深切眷念之情。也正是这种对传统文化的眷念，我们才从中体会到了贾平凹"寻根"的热切和重建民族文化的迫切。

阿来的《尘埃落定》算是"后寻根"小说的代表作之一，这部堪称"民族史诗"的作品以其神秘性、寓言性和独特的美学特征保持着自身的文学价值。评论界也经常拿《尘埃落定》与贾平凹的《秦腔》做比较。确实，两部作品都是乡土小说的扛鼎之作，又同时获得第五届茅盾文学奖，存在不少相似之处，尤其是在叙事视角的选择和构架，叙述者身份的设定上。《尘埃落定》以麦其土司的二儿子"我"作为故事的讲述者，而"我"并不是一个普通人，而是一个"傻子"。一个世纪以来，傻子、痴人、疯癫者等有着独特视角的叙事文学作品也时有出现。贾平凹的《秦腔》，也运用了类似的"傻子叙事"，可以说与阿来的《尘埃落定》不谋而合，这也在某种程度上肯定了这种视角的艺术价值不容忽视。傻子视角仅仅是《尘埃落定》小说叙事特征的一个方面，更为重要的是小说讲述了藏地末代土司制度由盛转衰的传奇历程。我们知道，少数民族文学处于文学版图的边缘地带，藏族作家创作肩负着丰富和发展藏族文学与文化的责任。但阿来并不像其他作家那样，着眼于书写藏文化的神性，而是专注于"人性"的书写，由民间立场进入到嘉绒部族的历史变迁之中。因此，阿来的《尘埃落定》在嘉绒藏区的发展历程中，将民间文化与风土民情、虚幻与现实互相交织，在描绘出充满神秘意味的乡村生活图景的同时，也探索了民族心理习惯与情感表现，试图通过本民族传统文化在现代化进程中的变异和消解，来回溯更本真的民族文化底蕴，以独具生命个性的表达方式进行创作，探寻一条与众不同的民族文化寻根之路。

在世纪之交的中国文坛，对传统文化的现代境遇演绎得较为经典的是陈忠实的《白鹿原》。这部作品不仅全面反映了社会发展的现代化进程对传统文化的深刻影响，还思考探索了重构民族文化心理的种种途径。如果说贾平凹的《秦腔》把象征民间文化和传统文化的秦腔最终宿命般地走向了衰败，作为是对传统文化的凭吊，那么陈忠实的《白鹿原》则把传统文化最具代表性并且影响最为深广的儒家文化，通过完美得近乎圣人的朱先生来进行浓墨重彩的宣扬。面对纷乱的世事，朱先生能排除外界干扰诵读儒家经典独善其身；对于种植罂粟的不道德行为，朱先生能勇于挺身而出，禁烟毁罂粟来抵制邪恶；在饥荒之时，朱先生呼吁开仓放粮以救民于水火；在谢世之后，朱先生还不忘给后人留下"天作孽，不可违；人作孽，不可活"的警世谶语。小说中的朱先生成为儒家文化价值观的化身和代言人，他身上呈现的"仁义道德"理念可以说是儒家文化的精髓。尽管朱先生的"子曰诗云"书院因为教授现代科学知识的新学堂出现而退居郊野，但黑娃、白孝文、鹿兆鹏、鹿兆海等最终还是回到了白鹿书院，预示着以朱先生为代表的传统儒家文化，在与现代知识体系的对抗中最终取得了胜利。尽管小说中出现了儒家传统文化的反叛者百灵、鹿兆鹏以及儒家伦理道德的反抗者田小娥等叛逆者形象，尽管儒家伦理道德也有压抑人性和残暴的一面，但作者在批判和肯定的矛盾中选择了向传统回归。正如南帆所认为的那样："如果说，二十世纪八十年代中期的'寻根文学'可以视为文学对于儒、释、道的第一波试探性接触，那么，九十年代的《白鹿原》义无反顾地皈依于儒家传统。从三纲五常到仁义道德，朱先生走出白鹿书院，指点历史迷津。"① 在主体精神失落的语境中，传统儒家文化的忧患意识和仁义道德，是个人进行内省和精神再造的重要资源。这对民族精魂的重铸和彰显，对民族文化心理的重塑和建构，都有着重要的意义。

不管是贾平凹、陈忠实，还是其他一直致力于传统文化"寻根"的作家们，他们创作的主题和叙事风格虽然不同，但对文化传承的忧患意识和对民族文化建构的努力可以说是完全相通的。他们认为现代工业文明和科技理性不是解决民族身份认同和精神归属问题的根本手段，文化的传承才是从根本

---

① 南帆：《文化的尴尬——重读〈白鹿原〉》，《文艺理论研究》2005 年第 2 期。

上建构民族心理结构。在现代文明恣意肆虐的异质文化碰撞交流的环境中，我们再度看到了作家重建民族文化的信念。

随着全球化和本土化运动的双向发展，不同文化之间的碰撞与交流也日益加强，在多元文化的相互激荡中，产生了一个备受关注的热门话题，那就是文化身份认同。只要存在强势异质文化的冲击，本土文化就会面临被异化或者被取代的境遇，因此身份认同的危机越来越困扰着个人、国家和民族。身份认同已成为当下一个不容忽视的社会问题。如果说 20 世纪 80 年代是一个主体性价值需要被国家和社会确认的时代，那么在全球化日益发展的今天，作家们的民族和时代焦虑感更为强烈。在感同身受了国族与个人身份认同的危机和焦虑后，作家们深刻地把握了这一时代主题，创作了一些思考文化身份、国家民族、个人归属等作品。在现代中国文学史上，与民族文化身份具有同样象征意义的文学意象曾出现在很多作家的作品中。沈从文古老边城中，立在河畔的白塔，不也是经历了坍塌和重建的过程？还有废名的桥，芦焚的果园城，萧红的呼兰河，汪曾祺的江南高邮、张承志的北方的河，张炜的古船，贾平凹的秦腔，莫言的高密东北乡，迟子建的北极村，等等，这些意象都是作家们赋予了特殊内涵的民族寓言。

21 世纪之初，湖南作家王青伟出版了一部乡土题材小说《村庄秘史》。这部小说以南方农村的历史演变为题材，描写了一群在名叫老湾和红湾的村庄里生活的人们，叙述着一个个诡秘而又发人深省的故事，传达着作家对个人、社会和历史的深邃思考。尤其是这部小说对全球化语境中文化身份认同困惑的书写，从全球化和现代化进程的宏观角度，以现代文明与本土文化的冲突为着眼点来探索中华民族历史和命运，实属难能可贵。这部小说之所以引起我的关注，主要是其中有一个非常显见的主题就是寻找和证明自己的身份。在老湾和红湾这两个古老的村庄里，生活着一群弄丢了自己身份的人，他们处于一种身份不被认可的焦虑之中，并且生活中的绝大部分时间都是在忙于寻找和证明自己的身份。小说的第三个故事中有个叫章义的老湾人，早年跟随乡人离开村子外出参加革命，一同出去的二十来人中只有他一个人活着回到老湾。那些死去的十几个人的尸骨虽然抛在各个不同的战场，但他们的名字与老湾的历代先辈英烈们一样被刻在老湾樟树林的那座高高的纪念碑上。而章义不幸做了美国人俘虏，在战俘营里他遭受到了非人的待遇，后背被枪托砸弯成了不能直起腰杆的驼背。因章义曾经做过战俘的历史污点，他一辈子也只能像狗一样活着。后来清理历史问题时，章义被清除出队伍回到老家务农也不被大家承认是老湾人，他只能趁着夜晚没人的时候站在纪念碑旁向战友们致敬。章义从不向人说他的历史，一个没有历史的人，怎么能拥有自己的身份？

不仅章义，小说中麻姑也是弄丢了身份的人。对于老湾人来说，麻姑来历不明。只是在祖辈的传说中得知她和她的祖先们来自一个叫千家峒的地方。几百年来，包括麻姑在内的千家峒十二家族一直在寻找千家峒，尽管到目前为止还没有找到过那地方，但她们并没有放弃这个信念。后来麻姑被章顺勾引，生下了一个儿子。因为千家峒的女人只能带着自己的女儿去寻找，男孩子只能跟着自己的父亲，所以麻姑带着儿子来到老湾。在老湾，麻姑用女书文字记录下了自己寻找千家峒的历史，但这部只有千家峒的女人才能看懂的女书字稿被儿子章天意烧成灰烬。没有了历史，也找不到千家峒的麻姑不仅没有了身份，也没有了生存下来的意义，彻底疯掉是其必然命运。其实何止章义、麻姑，那些生活在村庄里的其他人，如章抱槐、章春、章玉官、章一回等，都面临着没有身份和找不到最终归属的困境。后来，可以证明别人身份的档案室被大火烧毁，包括老湾和红湾所有人都没有了档案，整个村庄的人们都没有了身份，而且都丧失了记忆。

这部小说构思起始于新时期文学复兴亢奋时期，作家王青伟没有专注于社会功利性去创作"伤痕""反思""改革"等之类的主流作品，也没有沉迷于西方现代派理论和技法去创作具有先锋性质的文学，而是在思考中国社会。他选取了村庄这个最能代表中国农业社会形态的载体，讲述其在现代化进程中出现的现象和面临的问题，并且他所关注的不是社会的物质层面，而是人们所处的这种身份迷失的精神困顿。如果我们从这个角度再来探讨为什么王青伟小说中的人物都处于一种身份迷失的状态，我们就会发现这种迷失是一种不被当下生存环境认可的焦虑感，或者在全新的环境中感受到自己处于一种漂浮无"根"的状态。尤其是在近代中国，社会的动荡不安、政权的更替、制度的变革，以及传统与现代的冲突、生存环境的逐步恶化，人们常常会感觉到自己处于一种不安全环境之中，自然会产生一种身份迷失的焦虑感。作家还意识到了身份认同的焦虑不是一个可以简单解决的问题，在小说中很多人直到死的那天也寻找不到自己的身份，用一辈子的时间也无法证明自己到底该是谁，来自何处。既然都不知道自己是谁，那么人们又将如何在这个世界上安身立命呢？

历史的讲述就是一个身份认同的过程。斯图亚特·霍尔所也曾说过："文化身份是有源头、有历史的。"① 生活在这个时代的人们之所以找不到自己的身份，是因为找不到自己的立足之所，没有立足之地当然也就找不到自己存在的印迹。试想，一个没有历史的人怎么会拥有自己的身份？这是从个体角度来讲立足于个人身份认同的重要，同样，如果一个民族没有什么用来证明自己的存在，那么这个民族也将会在人类历史中湮没。因此从这个角度来理解，"寻根"可以看作是一个民族寻找和证明自己身份的过程，民族身份认同的焦虑与寻找民族文化之根的创作母题也一直存在于现代中国文学的创作中。

以回归故土或寻找精神家园为母题的文学作品就已经隐约表示了人们对身份认同问题的思考。所谓哲学原就是怀着一种乡愁的冲动到处去寻找家园，这里所说的寻找家园就是寻找自己的精神归属，也就是一种对身份认同的体现。知道了"我们是谁？我们从哪里来？"才能明确我们存在于这个世上的价值，才能进一步思考"我们到哪里去？"显然，世纪之交是一个让人焦虑的节点，对个体身份的迷失与寻找的思考为探索有关人类终极问题提供了很有价值的启示。"后寻根"文学中人们寻找身份的主题，应该可以从民族文化身份认同的焦虑来理解。对文化冲突影响到文化身份变化的现象，乔治·拉伦有这样的一段论述："只要不同文化的碰撞中存在着冲突和不对称，

---

① ［英］斯图亚特·霍尔：《文化身份与族裔散居》，载罗钢、刘向愚主编：《文化研究读本》，中国社会科学出版社 2000 年版，第 211 页。

文化身份的问题就会出现。在相对孤立、繁荣和稳定的环境里，通常不会产生文化身份问题。身份要成为问题，需要有个动荡和危机的时期，既有的方式受到威胁。这种动荡和危机的产生源于其他文化的形成，或与其他文化有关时，更加如此。"① 这是因为第三世界国家的政治、经济处于弱势地位，面对强势的西方现代文明，本民族文化可能会主动去包容同化，但是更多的是迎合妥协，那样必然导致迷失自我。

在"后寻根"时期的文学中，很多作品就在书写逃离、迷失以及复归之间的纠结、犹豫和思考。这种状态就如莫言的一部小说的题目"生死疲劳"，人们不断地逃离，而后又选择回家。如果把逃离作为一种对自由的向往，那么回家就是对规范的重新体认；如果把逃离当作是对外来文明的迎合和投入，那么回家显然就是对传统家族文化的复归。《生死疲劳》中的蓝解放无疑是作家倾心塑造的主要人物之一。物欲和权力的满足并不能真正解决灵魂的饥渴，40 年来从未享受过真正爱情的蓝解放，尽管历经内心苦痛挣扎乃至皮肉之苦，也忍不住与小他 20 岁的庞春苗私奔。他不要前途名誉，背叛家庭，放弃副县长之职，背负着妻儿、父母的谴责怨恨和人们的讥讽嘲笑，背井离乡逃亡西安。对爱情的执着追求使他忽视了对家庭、社会的责任，他以这种执拗决绝的方式反抗没有爱情的婚姻。但是故乡于他有股神奇的力量，像猫爪似的挠得他日夜寝食难安。这就是刘卫东所说的"思归"，即"出走者对家庭的思念"。② 作家在肯定蓝解放对没有爱情的婚姻反抗的同时，也展示了他离家后的"思归"。青年时把出走当成最好选择，出走后又怎样？尽管他勇敢追求爱情，但他的传统家族伦理孝道观念促使他急切寻求家族对他们爱情的认同和接纳。

"中国是世界上最讲究尊祖、孝道的民族之一，即便是新文学史上最激烈反传统的作家，他们在反叛家族专制、吃人礼教的同时，仍然遵循父慈子

① ［英］乔治·拉伦：《意识形态与文化身份：现代性和第三世界的在场》，戴从容译，上海教育出版社 2005 年版，第 194 页。
② 刘卫东：《被"家"叙述的"国"——20 世纪中国家族小说研究》，中国社会科学出版社 2010 年版，第 145 页。

孝、兄友弟恭的家族伦理。"① 在经历了如残雪的《山上的小屋》这样血缘亲情荡然无存甚至相互监视的敌对关系的挑战后，莫言开始关注家庭孝道伦理。莫言在《生死疲劳》中体现出来的伦理观，首先表现为蓝解放回乡后对先见谁这个问题的回答上。"按着老规矩，还是先看你爷爷吧"，这里的老规矩，自然是民间传统家族观念中的长幼尊卑的行为规约。即使像蓝解放这样一个敢于打破家庭的束缚，追求幸福的"反叛者"，也存在着如此根深蒂固的家族伦理孝道意识。

蓝解放的传统家族伦理孝道观还表现在他企图得到父亲的认可。蓝解放对父亲是一种传统尊祖的家族观。他回家时带着春苗跪在他爹房门口："爹，您不孝的儿子回来啦"，"爹，您开门吧，让我看您一眼……"这是对回归家族的渴望，也是对父亲权威的内在情感认同，这种认同也表现在请求黄合作父亲原谅这件事上。"我跪在他们家门口，为他们磕了三个响头"②。没有得到父亲的认可便以传统方式磕响头，更表现出他的这种孝道尊卑伦理观。他们领结婚证后虽然在法律上是名正言顺的夫妻，但内心深处仍渴望得到父亲的认可和接纳。从蓝解放"跪""苦苦哀求""膝行"等行为中，我们俨然看见一位古代孝子做错事时祈求父权谅解和接纳的形象，感受到他身上散发着浓郁的传统家族伦理孝道的气息。这是在推翻家庭的束缚，打破父权压制，冲出家庭之后冷静思索的结果，是对传统家族中父权的重新认可，对传统意识中"家"的重新回归。

这种对家的复归倾向也体现在庞春苗的言行中。她自主追求比他大 20 岁的蓝解放，与其上演了一场惊天地、泣鬼神的恋爱，并闹出一场轰轰烈烈的私奔，但作者却让她时时处在自责和内疚中。在蓝解放儿子用污泥砸她时，她却说："哥哥，这是我们应该承受的……我很高兴……我感到我们的罪轻了一些……"她把这种与心爱的人一起追求幸福的过程当作是一种"罪"，需要时时刻刻自责和内疚。这种自责和内疚在与病入膏肓的黄合作见面时表

---

① 曹书文：《中国当代家族小说研究》，中国社会科学出版社 2010 年版，第 174 页。
② 莫言：《生死疲劳》，上海文艺出版社 2008 年版，第 512 页。

现得尤为明显，她哭着说都是自己的错，还要留下来照顾病中的黄合作。庞春苗的这种自责和内疚掺杂着主体意识觉醒后的知识女性坚决冲破束缚，投身社会，却仍不能自由立足于社会，向往和追求爱情也仍需要向家庭和家族回归。莫言对众多女性悲剧形象的塑造，也体现出对传统家族回归之路的探索。当然，这种回归绝对不能说是时代倒退的回归，而是作为斩不断的血脉相连的传统血缘家族观念的继承和发展。

中国的传统家族文化源远流长，它以血亲关系为纽带，以土地为生存根本，以振兴家族为己任，以孝道为核心伦理观，尊祖敬宗，有强烈的团体意识。"对血缘的强大力量的肯定意味着对以血缘为纽带建立的家及家族文化的认同，中华民族自古以来就是一个以家为本位的社会，家国同构、忠孝相通成为汉民族的集体无意识"①。无论是对家的复归，还是对土地的尊重；无论是在阶级意识遮蔽下人性对爱情家庭的渴求，还是对父权、族权和孝道的认可和尊重；无论是带着人性的动物对家族的保护，还是兽性的动物世界中营造的秩序井然的家族，无不展现着中国传统家族文化的价值观。现代中国的民族自我意识在人欲、物欲的纵横下，正面临何去何从的问题，莫言正试图在《生死疲劳》中重建一种与传统家族意识相融合的民族自我意识，这是对传统家族文化的认同和情感回归。

其实，早在近代以来，中国知识分子在"别求新声于异邦"文化策略的主导下，身份认同的危机就成为饱受传统文化熏陶的知识分子无法释怀的心病。以鲁迅为代表的五四启蒙文学、20世纪30年代的"京派"文学，还有80年代的"寻根"文学等，这些以民族文化重构为创作重心的文学既是"感时忧国"的知识分子个人情感的依托，也是复兴民族国家和文化想象的寄寓。可以说，整个20世纪，知识分子都在致力于建构新的现代中国形象，在东西方文化碰撞与冲击中作出文化与实践的艰难选择，而这一活动贯穿着现代中国文学的始终。中国作家作为中华民族文明走向的探寻者，把对过去历史的反思和精神家园的寻找倾注到文学创作中，显示出积极参与民族文化建设

① 曹书文：《中国当代家族小说研究》，中国社会科学出版社2010年版，第251页。

的主动姿态。

全球化为世纪之交的文学提供了发展的内在张力，尤其是 21 世纪以来，中国的经济、文化和世界的交融程度越来越充分，彼此依存，互相促进，经济一体化和文化现代化成为时代主题。由于互联网和信息传播的便捷，中国与世界一起分享全球事件带给日常生活的震动，世界文学领域最新成果也通过媒体和出版领域迅速在中国读者中广泛传播。全球化的全面实现为 21 世纪中国文学的发展提供了一个西方文学文化的潜在背景，许多作家的创作从世界文学中直接汲取营养，读者的阅读趣味也相应地受世界文学潮流变动的影响，与此同时，中国文学出于对西方文明同化的警惕，自觉或不自觉地返身从中国悠远的文学传统中寻找精神资源，以建立自己的民族文学品格。全球文明和科技既不断带来机遇，也不断带来挑战，外来的压力反而激起了当代文学的内在自尊，全球化树立了世界文学和传统文学的参照系，中国新世纪文学就是在这两者的张力中获得新的发展契机，形成一种开放的本土化姿态，文学创作的视界显得比传统乡土文学要开阔，获得一种既具本土气质又具现代特质的文体形态。正如雷达所说："在认同并描述各国在宇宙观、道德、心理、社会、语言、审美等领域受到全球化的严重影响的事实前提下，中国文学满怀复杂的心情持守本土，力图既依恃民族化又超越民族化，以全球视界下的本土立场来置换原先的较为狭窄的意识形态内涵，并苦苦寻求着二者之间的价值平衡。"①

二、人性张扬与自然和谐的统一

生活在工业文明高度发展的环境中，都市人群面对的是人群的拥挤和喧嚣，城市的噪声和废气以及生活的高节奏和繁忙，本该自由成长的生命受到

---

① 　雷达、任东华：《新世纪文学初论——新世纪以来中国文学的走向》，《文艺争鸣》2005 年第 3 期。

种种制约。在分工明确、等级分明的社会体系中人类本应自由发展的个性被压抑。巨大的生存压力使现代社会中人的生命力开始变得沉重，作家们对此也深感忧虑，他们的作品很多时候就在反省人类离开传统文化状态下的生活方式后身体的退化和精神的萎靡状态。

由于过分依赖现代科技所提供的物质文明，人的自然生命活力和承受挫折能力经受着考验，与之相应，精神生命力也呈现出多元化发展状况，如审美情趣、价值标准的多元化。对人类自身精神状态的关注，是"寻根"作家们着力思考的问题。只有强调精神的自我提升与超越，人们才能在充分享受现代生活提供给我们的物质享受的同时也能获得精神方面的高度自由，这样民族的精神才能与时俱进。在莫言、张承志、张炜、红柯、北村等作家的创作中，塑造了大量在与艰难逆境的抗争中，在与现代文明的博弈中，为着自己的人格理想，时刻进行着炼狱般的精神救赎者形象。"寻根"作家们的写作策略就是在创作中，把自己漂泊的精神归属寄托在对乡土的描绘之中，把个人的生活体验与民族文化前途自觉联系起来，在乡土书写中寻找传统文化之根，从而来建构民族文化的未来。

五四时期的新文学，对人的性与灵的追求成为文学现代性的核心价值观念之一。郁达夫率先将人的生理欲望毫不掩饰地大胆暴露出来，将矛头直指压抑人性的旧礼教，使那些服膺于旧的性道德的士大夫们感到"作假的困难"[①]；"个人的发见"催生了女性意识的觉醒，女作家们开始以"为女的自觉"来书写女性的性意识，尽管作品中普遍弥漫着情感和理智冲突下的苦闷，但真实细腻地刻画了女性在情欲萌动时的心理活动，带有强烈的女性性别自觉意识。尤其是丁玲笔下的莎菲，她不仅嘲笑毓芳和云霖"禁欲主义者"式的恋爱，而且用非常直白的话语宣泄着无法抑制的本能欲望冲动。此后，对灵肉一致的追求成为新文学创作核心的价值观念之一。

在经历了当代文学一体化的禁欲主义时代，新时期文学重新举起了五四

---

① 陈子善：《逃避沉沦——名人笔下的郁达夫·郁达夫笔下的名人》，东方出版中心1998年版，第5页。

时代人的解放的大旗。张贤亮、张洁、王安忆等作家打破了性爱描写的禁区，将探索的笔触再次深入到人性的最深处。尤其是世纪末大众文化思潮的影响下，作家越来越多地选择将性这个私密的空间融入商品经济浪潮中，最具代表性的是女作家林白、陈染。她们对女孩子的性心理和性意识非常关注，往往借助女性儿童视角，描写女孩子对于自己身体和心理的体验。而当代作家们意识到了现代文明的发展和社会的进化导致了人的生命本能的变化后，在作品中对人性萎靡表示忧虑，并希望寻回重新振作人的生命强力的途径。如贾平凹的作品，生活在"废都"之中庄之蝶的性功能障碍，本是最纯正汉人的高老庄因封闭守旧而导致人种退化，一代不如一代；再如莫言《红高粱》《老枪》等作品中的"我"以及《丰乳肥臀》中的上官金童等就是生命本能退化的典型。对"种的退化"的忧虑，正激发了当代作家们对生命活力的张扬，莫言在《红高粱》中就强力渲染了"我爷爷""我奶奶"身上所爆发出来的原始野性，在《丰乳肥臀》中对上官家的女人们炽烈的情爱追求的赞美，都表现了作家们寻找生命强力的强烈愿望。早在明代，李贽的"童心说"就强调文学艺术要表现人的本能欲望，尤其是他的"自然人性论"，更是肯定了人的本能的自然属性，当封建伦理压制了人性的正常发展后，李贽发出了符合时代的强音，举起了个性解放的大旗。中国当代作家对象征生命力的人性的张扬，在无形之中认同了传统文学，尤其是现代以来书写自然人性的道路。

莫言曾这样给小说进行定义，"小说就是带着淡淡的忧愁寻找自己失落的家园"，并对此观点进行阐释："所谓'写小说带着淡淡的乡愁寻找失落的家园或精神故乡'之说，并不是我的发明，好像一个哲学家说哲学如是。我不过挺受感触便'移植'过来了。此种说法貌似深刻，但含义其实十分模糊。说穿了，文学是一种情绪，一种忧伤的情绪，向过去看，到童年里去寻找，这种忧伤就更美更有神秘色彩。"①莫言带着一种忧伤的情绪，在高密东北乡这片土地寻觅生命的强力，用高密东北乡民风的淳朴和乡民的强悍来渲染他

---

① 张志忠：《莫言论》，中国社会科学出版社 1990 年版，第 31 页。

所渴望找到的生命活力，以此寄托他的文学理想和人生信仰，并完成他对民族精神的塑造。莫言早期的"高密"系列讲述着"高密东北乡"的故事并以之成为20世纪80年代"寻根小说"代表作家。因为莫言早期小说中的人物，不管是承受着不堪想象的苦痛的黑娃，还是冲破伦理制约、在高粱地里相亲相爱的"我奶奶"和"我爷爷"，都只有一个主题，那就是对生命强力的赞美。即便是"寻根"高潮退却，莫言仍然用小说来书写他对旺盛的民族生命力的渴望。

《丰乳肥臀》是莫言生命哲学的最完整的体现：上官家族的两代男人不是性无能就是有着恋乳怪癖的废人，种的退化成为莫言心中不可磨灭的忧伤；母亲上官鲁氏却是一个有着坚韧的性格和旺盛生命力的人，作为女人她忍受了太多的屈辱，承受了太多的苦痛，为了维持上官家族的延续，她在视贞操重于生命的封建社会里忍辱借种，和八个不同类型的男人发生关系，相比之下她的意志和生命力又是多么的坚强。莫言后来的小说如《四十一炮》《檀香刑》等仍然延续了他小说创作所表现的赞美原始生命力的主题。莫言在2009年出版了他苦心经营了三年的小说《蛙》，取名"蛙"，其实就是娃娃的"娃"，和"女娲"的"娲"也同音。"蛙"是一种民间生殖崇拜的图腾，这是因为蛙是多子多育的繁衍不息的象征，于是对这部小说寄予了这样的希望："我希望读者看了《蛙》这部小说后，认识到生命的可贵。"①莫言等作家尽管对于庙堂、精英、主流话语有排斥，但并不代表他们的作品背后没有现世价值信仰的支撑，在生命力的张扬和对性的书写方面，保持着中国民间所保有的朴素良知、信仰和道德操守，也意图通过文学的力量对中国人人性的改造来实现民族现状的改变。

把性爱书写与民族国家叙事进行联系的作家，在现代文学史上不乏其人，如郁达夫、沈从文等。郁达夫在《沉沦》等作品中的性不单单是个人情欲萌动的展示，而是把性置于时代之中，把个人与民族国家联系在一起。因此，郁达夫笔下的性压抑描写与其说个人自然意识觉醒后性的苦闷，还不如

---

① 张英、杨艺馨、莫言：《姑姑的故事现在可以写了》，《南方周末》2010年2月18日。

说是弱小国民内心悲愤的投影。同样，沈从文的性爱书写显然是在感同身受现代文明人性的变异后，对传统文化的深层意蕴重新审视，将笔触深入到性爱书写中发掘其中的人性美和生命力，从博大精深的传统文化中探索民族精神及文化重建道路。因此，沈从文小说中的性爱书写不仅是为了提高青年的品德、民众的生命活力，更是为了民族文化的重铸和民族未来的再造。既然性爱书写与民族国家叙事有着深厚的历史渊源，那么就不能仅仅从单纯情欲方面理解为个体生命的本能行为，或者仅从"人的发现"角度上升为个人价值的实现。莫言与现代时期的作家们相比，个体生命体验不同，所生活的时代语境相去甚远，甚至连艺术风格和表现手法也迥异，但他们面对的中国社会现代化进程的大背景是一样的，都是在中国社会的现代化进程，中西方文明对中华传统文化的冲击中进行创作的，所以其文化立场和文化价值观念是契合的。用性的书写表达对人的原始生命力的张扬，现当代的作家们有着较为一致的文化价值诉求。作家们笔下的性爱都被赋予某种神奇的力量，对个人、文化、民族和国家都具有某种召唤的功能，牵引着读者重新对自身、文化、民族和国家的审视和思考。

传统价值体系是重建民族文化的基础，"寻根"作家在探索民族文化重建的途径时往往表现出对传统价值体系的认同。这种创作倾向看似拒绝进步，实际上是用民族古老的生存智慧来阐述现代社会的种种关系，为建构民族文化提供依据。有一点需要注意的是，作家们在作品中表现出来的传统价值观念是传统资源的现代沿用，而非保守落后的表现。在全球化和举国开放的大环境下，中华民族也逐渐加快了现代化的进程，现代工业文明给人们带来了物质上的享受，但无限膨胀的欲望也会给整个社会带来重利轻义的恶习，造成的直接后果是人与自然和谐关系遭到破坏。

出生并成长在川藏高原的阿来，这个用汉语写作的藏族作家，一直专注并书写着嘉绒藏区在经济发展、社会转型的现代化进程中，藏族乡村传统生产方式和生活现状发生的巨大变化。经济落后的面貌虽然改变了，旧的生活陋习也被改变，但作家敏锐地感知到了随着传统文化的糟粕被摒弃，其中精华部分也一并瓦解崩塌，自然环境也一样遭受践踏。阿来用创作来表达着对民族文化的忧虑，来呼唤人们在改善生活面貌的同时不要肆意地破坏我们安身立命的环境。继《尘埃落定》后，阿来创作了中篇小说《遥远的温泉》《已经消失的森林》来展示原生态文化被现代文明吞噬的现象。《遥远的温泉》中主人公"我"生长于偏僻的藏族村落，从小就对遥远地方的那一汪温泉有着美好的憧憬与向往，但成年后终于真正见到时，却发现这神秘的温泉已被所谓的"开发"破坏殆尽，沦为不伦不类的处所。《已经消失的森林》就是一部直接揭露生态遭受破坏的小说：环绕着村落的森林像一把保护伞，世世代代守护着生活在其中的生灵，村民们享受着森林带来的静谧而舒适的生活。然而森林遭受破坏之后，村子周围的山全都光秃秃了，山坡上裸露出灰黄的泥土与灰白的岩石，四处是被泥石流冲刷过的痕迹。随着森林消失的不仅仅是故乡童话般的气氛和优美的景致，随着温泉消失的也不仅仅是童年时的记忆和梦想，而是伦理的颓败和传统的遗失。

在长篇小说《空山》的三部六卷的篇幅中，阿来展现了传统村落遭受冲击后的破毁，面对藏文化中自然而神秘事物的消逝，作家深切地感到人性堕落的悲哀以及对人与自然如此紧张对立关系的感伤，以此哀悼原生态文化中自然神性的消亡。在第四卷《荒芜》中，因森林被大量砍伐，山体上的石头在雨水的冲刷下滚下山来，村庄和庄稼时刻面临着自然灾害的威胁。在物质欲望的驱使下，村民只热衷于向自然索取，用自然资源换取获取经济利益，而大片田地则被闲置不顾。在第五卷《轻雷》中，当人们看到砍一天树可以抵得上一年的庄稼收成时，机村人开始疯狂地砍树，在挖掘完当年被泥石流吞没的树木后，他们将刀斧伸向了大山更深处的那些葱郁的大森林中珍稀的树木。在最后一卷《空山》中，山上的植被被人们大量砍伐，青山变成了光秃秃的空山，在显露出人类残忍一面的同时，人们也都变得寂寥和孤独。显然，机村是乡土中国的生存之根和血脉的隐喻，阿来不再将自己的思考局限在《尘埃落定》中的嘉绒藏区，而是对整个像机村这样的中国乡村的未来表现出无限的焦虑和恐惧。人类对自然资源肆意索取，无度的开发，密布的森林迟早也会变成一座"空山"。其实，阿来的小说中一直有着这样一个主题，那就是现代社会的利益驱使和物质追求摧毁了传统的生活和价值观念，现代人因为缺少了精神支柱和文化归属感而陷入道德困扰、精神迷失的扭曲状态。

　　但阿来并没有因人类被现代物质文明异化而彻底绝望，他仍然相信有重建和谐生态环境的可能。要使自然生态、社会生态以及人的精神追求向良好的态势发展，人类必须认识自己的过错，心怀善念，保护自然，维护自然界的平衡。阿来在小说情节的设置上，给人物也留有一条后路。如《轻雷》中的拉加泽里支助全部费用号召人们植树造林，准备重新围湖蓄水恢复色嬷措神湖，使人们的精神终于在这里汇聚到一起。可见，阿来作品中的这种强烈的生态意识，应该是受到中国传统思想中的"天人合一"思想的影响。"寻根"作家们这种"天人合一"文化回归理念的出现，很明显源于现代工业文明对自然生态的破坏以及造成人与自然的隔膜。"寻根"作家们在重建民族文化的过程中，积极反思现代工业文明带来的不良后果，他们从中国古老的传统文化中找到了问题症结之所在，即现代工业文明强调了人对自然的占有和使用，忽视了人应该与自然和谐相处的重要性，违背了"天人合一"的传统古训。因此，"寻根"作家们总是有意无意地展示大自然风貌的独特，刻意描摹人文风情的唯美，努力创造天地之间生命万物合而为一的理想境界，极力营造一种未被现代文明涉足的天然纯朴的人文环境。

　　"后寻根"时期的小说以人对自然的亲近以及自然的人格化为主要特征，以回归自然、返璞归真为主要创作倾向，自觉地描绘出人与自然相互交融的画卷。其实，早在20世纪80年代初期，张承志的草原系列小说就明显地表达了人对大自然亲近的情感，因为只有在辽阔的草原和雪山戈壁之中，张承志才可能体会到自己内在生命的力量。同样，在贾平凹早期的"商州"系列作品中，对故乡商州地区自然景物的描写，人与自然的和谐相处以及自然的人化就一直是贾平凹创作的基本母题。贾平凹自然景观描写，深受中国传统文化万物有灵、天人合一思想的影响，他认为大自然的万物和人类应该平等对待，和睦相处，于是他在描写大自然时，往往将自然人格化，赋予自然以人的性格特征，在自然万物中寄寓自己的情思。

　　就如同草原就是张承志心中圣洁的土地一样；商州的自然风物是贾平凹

创作灵感获得的源泉，也是他孤独寂寞的慰藉，更是他忧虑当下人类生存困境的思想资源和精神皈依之所。而在世纪之交，以新疆生活为创作题材进入文坛的红柯，其小说有着更明显的传统文化中"天人合一"的价值取向，这显然是对贾平凹和张承志等关注经济快速发展破坏人类生存环境的深入思考。在远走天山并在那里度过了人生中至关重要的十年后，红柯就一直将人与自然万物的和谐相处作为自己创作的不变主题。因为在红柯的眼里，自然已不是纯粹的自然存在，而是充满了人性和灵性的生命物，和人类有着一样的思想和情感。不管是草原大漠、戈壁雪山，还是牧场湖泊、白桦小草，甚至一块小小的石头，都和人的情感息息相通。而生息在其中的人们，如《乔儿马》中的"他"陶醉在自然中，连睡眠都无比酣畅，"山把胳膊盘在这片开阔的地上，他就很自然地睡在山的怀抱里"①。即使是《哈纳斯湖》中那个来自内地的年轻语文老师，也立即被神秘美丽的哈纳斯湖所折服，躺在湖畔的草地上，让清纯的空气流入自己体内；《金色的阿尔泰》中，桦树皮贴在受伤的营长身上，能让伤口很快愈合，而当妻子被哥萨克兵射中时，营长就将玉米塞进妻子的伤口，他还相信人死后必将在植物中复活；而《树桩》中的男人就干脆和树长在了一起。在红柯笔下，自然已深入人心，融为一体，人亦沉醉其中如水乳交融，描绘出一幅人与自然息息相关，生死与共的和谐画卷。这种"天人合一"的创作倾向，就是在用古老的生存智慧来阐述现代人与自然的关系。

人是自然的产物，在生命走向终结时人最终也回到自然，因此自然既是人生命的起点也是人生命的终点。对自然的亲近之感与渴望回归自然是"寻根"作家们经常出现的主题。张炜的创作中，大地意象一直是他挥之不去的精神之源。就好像是婴儿扑向母亲温暖的怀抱，张炜以一种对母亲般的虔诚融入野地。张炜之所以融入野地，是面对现代城市文明的冲击后寻找精神寄托，是为自己不安的灵魂找到一处和谐安静的家园。正如张炜所说："城市是一片被肆意修饰过的野地，我最终将告别它。我就寻找一个原来，一个

---

① 红柯：《乔儿马》，《人民文学》1999 年第 5 期。

真实。"① 在《融入野地》中张炜认为人实际上是一棵会移动的树，一棵根须紧紧攫住了泥土的树，人们如果离开了丰沃的大地，就迷失了自己的生命之源。张炜也曾经询问：一个知识分子的精神源自何方？它的本源是什么？经过自己不断地追问和思考，他终于明白了，在文中这样写道："很久以来，一层层纸页将这个本来浅显的问题给覆盖了。当然，我不会否认渍透了心汁的书林也孕育了某种精神。可我还是发现了那种悲天的情怀来自大自然，来自一个广漠的世界。"② 对张炜来说，大地不仅仅是人们耕作和栖息之所，更是人们精神家园的守护神。张炜对于大地的回归，不仅是 20 世纪以来在中国作家创作中普遍存在的"寻根"思潮的延续，还是作家对于现代文明的忧虑与应对。在张炜的小说中，大地崇拜和乡村意象是作为在现代文明冲击下的应对手段而出现的，但是他们并不是主张回到小国寡民的时代，而是批判现代文明中贪婪的物欲导致人文精神的缺失，批判全球化对于本土文化的倾覆，批判现代性观念颠覆了传统文化的价值体系，而张炜的"融入野地"就是对传统文化价值观念的建构。

莫言《生死疲劳》中"偏执于一小块土地"的蓝脸，在土改和合作化运动中，顶住各方面施加的压力，牢牢地守住属于自己的那块土地。即使面对劝说入社的"男人们的旱烟把我家墙壁上的壁虎都熏晕了，女人们的屁股把我家的炕席都磨穿了，学童们把我们的衣裳都扯破了"的阵势，县长、省委干部的亲自劝说，身处被游街示众的窘境，甚至被威胁把他吊死在大杏树上，蓝脸依然坚持不入社，死守那一亩六分地。他的坚守并不是因为目光短浅只顾个人私利，他不入社也并非有意识地去对抗农村集体经济制度，而是对缺乏人情味逼迫的不满，对权力威压的反抗。"他们要是不这样逼我，我也许真就入了，但他们用这样的方法，像熬大鹰一样熬我，嗨，我还真不入了"。蓝脸之所以说要让自己成为"全中国的一个黑点"，最根本的原因还是在于他认识到了土地之于农民的特殊意义。这块属于蓝脸的"土地"不单纯

---

① 张炜：《融入野地》，载《忧愤的归途》，华艺出版社 1995 年版，第 19 页。

② 张炜：《融入野地》，载《忧愤的归途》，华艺出版社 1995 年版，第 29 页。

是一个农民生存的必要劳动资料，还是传统民间血缘伦理观的依附物，是一个家庭存在与否的标志。对于几千年前就已经形成的以血亲关系为纽带的中国农村来说，家和家族才是打断骨头连着筋的组织，只有家庭或家族拥有了土地，农民才有立足点。因此，蓝脸说："我就是认一个死理：亲兄弟都要分家，一群杂姓人，硬捏合到一块儿，怎么好得了？"就算是只能在晚上借着月光到地里耕种，可以保有这块土地，他也是满足的。土地不仅作为农民生存的立足之所和生活依靠，也是维系家族血亲关系的载体和见证。由此，我们就能明白为什么蓝脸要坚持守护五十年的一亩六分地了，正所谓"一切来自土地的都将回归土地"①。蓝脸执着地坚守土地的言行，以及让蓝解放把粮食倒进墓穴覆盖身体的安排，正是对自然的回归，当然也包含着作家对以土地为核心的自然界的思考和认识。

中国传统的"天人合一"思想除了倡导人与大自然融为一体外，人和其他有生命的生物平等生存、和谐共处也是其中应有之义。然而，随着工业化城镇化的快速推进，中国不可避免地卷入经济全球化的大潮之中，不仅传统的自给自足的自然经济状态被打破，在经济快速发展的同时，自然资源生态环境很容易遭到破坏。我们知道，自然生态和社会生态可谓唇齿相依，人和动物之间也应该有着非常密切的关系，这样才能构成物种多样性的和谐社会。然而在经济利益和人类中心主义价值观面前，人们在处理与动物之间的关系时，却表现出了无情甚至凶残的一面。阿来《空山》的第二卷《天火》，森林大火摧毁了动物们的栖身之所，为了生存动物被迫逃往村庄，可是人们却毫不留情地赶走它们，动物只能在人与火之间徘徊、逃窜，最终走投无路被大火吞噬。第三卷《达瑟与达戈》，机村人为了赚取金钱，把猴子驱赶下山，然后用子弹射杀猴群并残忍地分尸解体，将猴的皮、骨、肉、胆等拿到市场去贩卖。动物们找不到食物，不得不下山到村民居住地觅食，村民不但没有救济它们，反而用工具射杀这些饥饿的动物，大人们对付大的，小孩子对付小的，场面一片欢腾。动物本是人类的朋友，人们应该善待自己的朋

---

① 莫言：《生死疲劳》，作家出版社 2006 年版，第 513 页。

友，但机村人为了一己私利不顾不管自然界的朋友，甚至还残杀它们，阿来在作品中反映出了人与自然严重对峙的生态形势。如果和谐的生态环境被破坏，人类以及人类文明也将走向毁灭，这不仅是人与自然界的问题，更是人与自身的生存与发展问题。

贾平凹在《怀念狼》中表达了因人类对大自然中其他物种的毁灭性破坏，最终危及人类正常生存与健康发展的忧虑。在捕狼队围剿下，狼群几近灭绝，而这时猎人们因为缺少对手，他们在生存竞争中的能力开始减弱，人也极快地衰老，不仅身体出现莫明其妙的病痛，就连精神也因失去了寄托而神情恍惚，惶惶不可终日。但是人和狼还是可以和平相处的，在作品中贾平凹还特别写到了红岩寺老道士和狼仔之间的深厚情谊。老道士抚养狼崽并为它们治病，在临死之前还惦念着自己一直照料着的狼；而狼也经常回来看望老道士，在他死后狼衔着金香玉前来悼念感恩。红柯的《乔儿马》中被救的母狼和人之间也是有着一种无法言说的融洽，狼也不再是残暴的化身，而是羞涩而美丽的，人也没有去猎杀母狼，而是亲如一家人。这种人狼之间的和谐关系可谓感人至深，人把狼当成自己的子女一样照顾，狼也不乏温情和感恩之心。尤其在红柯笔下，那些以前在我们心目中是凶狠、残忍、野蛮的狼、熊、虎、豹等，也跟人一样有着丰富的感情和强悍的生命力，也可能会与人类和睦相处，它们的生命与人的生命一样受到了颂扬与尊重。

杨志军的《藏獒》可以作为一部以呼唤人性和宣扬和平为主题的作品，也可以作为探索人与动物生态伦理关系的典范之作。在作品中藏獒是忠诚和勇敢精神的象征，是作为人类的朋友而出现，从人与藏獒的交往中，我们能够感受到人与狗之间的深情。而人们也把藏獒作为自己生命中的一个重要部分，给予它们关心和厚爱。父亲被当地人尊为"汉扎西"，就是源于他对藏獒怀有无比爱心。对咬伤自己的大黑獒那日和嗜血成性的饮血王党项罗刹，父亲用宽容之心去化解它们心中的敌意，用悉心照料来化解它们心中的仇视，用温情和信任唤起它们善良的天性。为救上阿妈仇家的藏獒冈日森格，西结古的喇嘛们主动用自己的血挽救它的生命，当人们的血流进狗的体内时，它也感激得泪水汩汩流淌。而藏獒们也用无比的忠诚回报自己的主人和人类，它们勇猛彪悍、忠于职守、出生入死，从不临危退缩。小说写到发生大雪灾时，在积雪压塌的帐篷里，大黑獒那日用它的奶汁给尼玛爷爷一家四口人和四只狗以及它自己的两个孩子提供了五天救命饮食，直到其他藏獒叼来政府空投的救灾物资，但那时它稀薄的奶汁中已经掺杂着血，皮包骨的身体已孱弱不堪，最后大黑獒那日还是因为元气大伤没能恢复过来而死去。在小说中，人类和藏獒共同生存在同一片天地，他们和谐相处，相互关爱，展示了一个充满温暖和友爱的世界。

《生死疲劳》中的西门闹这一角色，被莫言巧妙地安排在轮回变换的不同视角中，在轮回过程中他先后变成了驴、牛、猪、狗、猴五种动物。西门闹的每一次转世，在这个人物身上同时具有人的特征和动物的特征，即使是外形为动物的时候，在他的内心世界也同时存在着作为动物的自然本性和作为人的伦理血缘，两种声音交织。轮回中的西门闹虽转世为动物，但在他的身上，时时刻刻传递出他对于血缘亲情的尊重和眷恋。西门闹刚刚转世为驴时，他身上拥有强烈的人的意识，看到他的二姨太太迎春肚子里怀的是他干儿子（长工蓝脸）的孩子时，他愤怒得直骂人："蓝脸，你这个忘恩负义的畜生，你这个丧尽天良的混账王八羔子！你口口声声叫我干爹，后来干脆就叫我爹，如果我是你爹，那迎春就是你的姨娘，你将姨娘收做老婆，让她怀上你的孩子，你败坏人伦，该遭五雷轰顶。"这时候的西门闹，完全投入到了作为人的西门闹的角色中，已经完全忘了自己就是一头畜生。他的心里惦记着他的一对龙凤胎亲骨血，关心着他的正妻白氏，当他看到杨七的鞭子就要抽打在白氏的脸上时，他想给他一拳，虽然他不可避免地意识到自己只是一头驴，也不忘给他一蹄子，咬他一口。西门闹虽然转世为动物，但从动物的行为传达出的人世间血缘亲情伦理的观念却并未因为人的意识的渐变而减弱，反而在动物的兽性中，发出更为强烈而炽热的呐喊。

作为动物，西门闹有着动物的本能，听从动物的本能而进行的思考，其所做所为同样不容我们忽视。《生死疲劳》中，动物也有着自己独特的生存哲学和思想意识，爱情、亲情和友情，一点儿也不缺。为驴时，他勇敢追求花花驴，为了和花花驴幽会，他勇斗恶狼，他认为，能够和自己心爱的伴侣在一起享受爱情，能够保护心爱的伴侣是幸福无比的。为牛时，他虽为动物，亦不失原则，坚守志向，追随主人，只为他自家的那块土地干活。为猪时，他的兽性更强了，为了争夺交配权，他勇敢地和亦敌亦友的刁小三拼搏，为了种族的繁衍，为了后代的优秀，他要负起作为最优秀的公猪的责任，没有选择，没有挑剔。他与小花猪一起逃出人类的控制，追求自由，在沙洲上当了猪王。他企图推行人类的一夫一妻制，但莫言没有安排众猪赞同，这多少有点遵循物竞天择、优胜劣汰的自然法则的意味。为狗时，他当上了狗王，风光无限。他们开狗会、喝啤酒、唱歌、跳舞、为去世的狗兄弟哀悼、在广场与兄弟姐妹们团聚……他享受着天伦之乐，完全沉浸在狗的世界中。在孤寂的夜里，他思念狗娘温暖的怀抱；狗娘死后，他常去狗娘坟前凭吊；狗二哥死后，他悲痛难忍，心灰意冷……从这些描述中，我们不难从这个狗的世界中看到我们人类家族的影子，兄弟姐妹、舅甥叔侄，辈分尊卑，兄友弟恭，母慈子孝，甚至族长拥有至高无上的权力……在这些动物的本能中，我们分明也感受到了一种追求自然、自由，而又不失长幼尊卑秩序的生活方式。因此，不管是带有人的意识的动物，还是纯兽性的动物，它们都有着对血缘亲情的尊重和眷恋，对家庭和家族成员的保护和依赖。对于这种动物外形掩饰下的以血缘关系为纽带，尊重族权，追求自由和幸福的生活方式的安排，正是作家所希望的，人也能像自然界中的动物一样，拥有人性也能和谐相处。

人与自然二者之间的关系原本就是和谐的，只是随着人类社会的发展，这种"本原性和谐"状况遭到了史无前例的破坏，尤其到了现代社会，生活在以现代物质为中心导向的人们任意地消费自然资源满足自身发展，人为割裂了人类和自然界唇齿相依的联系。面对种种物质文明快速发展所带来的冲击，包括贾平凹、张承志、红柯、阿来等在内的当代作家们，仍在不懈地努力寻找着文明的出路，希望能够再次找回大自然中的这种"本原性和谐"。在他们的创作中，人与自然物象的相互融合，"天人合一"思想得到了很好的体现，能使人深刻地领悟到中华传统文化中人本自然、返璞归真的哲学情致。小说中的自然因融入了人的情感而充满灵性，成为人们精神家园的一个居所，引导和净化着人们的心灵。可以说，传统文化中"天人合一"的智慧，将自然风物作为迷失自我的人类精神家园来表现，这是世纪之交的作家们在传统遭受冲击的焦虑时代中的一种重建民族文化的方式。

人性的张扬，人与自然和谐相处，二者并不矛盾，都是以自然生命力为书写对象，这可以说是"后寻根"文学的一个共同的审美价值追求和创作理念。或许正是这种对人的自然生命状态的关怀和对自然界生态环境的忧虑，才更能表达出这一时期"寻根"思潮与众不同的艺术审美追求和文化价值取向。

三、反思现代与人文精神的讨论

20世纪80年代中国社会思想文化的解放，为文学健康发展开辟了一片新的天地，但这种"繁荣"的背后却几乎由"西方话语"来主导，不仅表现为理论界尚未建构一个具有中国特色的文艺理论体系，而且很多作家亦步亦趋地追随着现代派、后现代派等西方文艺思潮，拿来其理念和手法进行创作，这种趋势自90年代以来愈演愈烈，甚至还出现了一种排斥和解构本土文论的现象。全球化时代的中国已经进入到一个多元文化的语境之中，吸收西方文艺理论本无可厚非，但是如果一味追赶西方"话语"潮流而导致本土资源处于"失语"的尴尬处境，那么中国文学和艺术就丧失了本民族特性。中国文学要想走向世界，除了自觉融入人类普遍价值和审美情感外，还必须立足本土，表现本民族独特的生活特征和精神面貌。因此，当代文学所面临的主要任务是，如何深入认识中国传统文化和文艺思想的历史经验，如何从历史记忆、历史经验或已经形成的巨大传统中呈现或者提取行之有效的精神财富，以促使当代文学的健康发展，这不能不说是一个关系到民族文化和文学繁荣的重要命题。

莫言的《丰乳肥臀》是一部"献给母亲"的书。上官鲁氏，是位典型的传统母亲形象，历经艰辛地操持家务，忍受屈辱去向不同类型的男人借种来传宗接代，在社会动荡时期和饥荒岁月，含辛茹苦地抚育一大帮子孙后代。可以说，《丰乳肥臀》饱含着作者对自己母亲的怀念以及对许许多多母亲的颂扬。但莫言又说《丰乳肥臀》是他"投入感情最多、展示的社会生活面最为广阔、塑造的人物最富有象征意义的一本书"①。莫言曾提到过一个日本和尚对《丰乳肥臀》中的上官金童的解读："他认为这个上官金童是中西文化结合后产生出来的怪胎。他认为上官金童对母乳的迷恋，实际上就是对中国的传统文化的一种迷恋，他认为我塑造这个人物的目的是对在中国流行了许多年的'中学为体、西学为用'的批判。他认为中国的古典文化实际上是一种封建文化，如果不彻底地扬弃封建文化，中国就不可能真正地实现现代化。"② 莫言提到这种解读的原因可能有二：一是比起国内评论界的批判和谩骂，这种解读更为理性；二是日本和尚从文化的角度去解读作品很具有启发性。尽管莫言对这个日本和尚的看法没有表示明确的同意或者反对，但在谈论这部作品的时候也多次提到过上述观点，并毫不掩饰地惊叹这个日本和尚宽广的知识面以及对文学深入的了解，莫言似乎在一定程度上认可了这种视角。但从上文的分析来看，我认为日本和尚的这种理解相当粗浅，是一种想当然的解读，甚至完全误解了作者的原意。小说传达出来的是对中华民族文化之根的认同。我们仍然可以在作家在作品中对待性爱的态度上进行考察，因为性在很大程度上是原始生命力的象征，也是人最本真欲望的写照。上官金童的姐姐们只要是认定了倾心对象，都会不顾一切去追求，而金童和他孪生姐姐玉女的经历，则明确预示着混血儿不是天生软弱、一事无成，就是发育不良、缺乏生机。如果说金童和玉女是中西文化结合后的产物，那么他们的姐姐则是纯正的中华民族血缘，是传统文化的象征。而且小说中也经常看到类似具有象征意义的描写，如有一个描写老百姓撤退的场面，母亲推着木轮车，带着孩子们，裹挟在汹涌的人流中逃亡。但母亲走了一段之后作出了一个果断的决定不走了，掉头回家去，说死也要死在自己的故土上。在

---

① 莫言：《莫言对话录》，文化艺术出版社 2010 年版，第 282 页。
② 莫言：《我的高密》，中国青年出版社 2010 年版，第 185 页。

上官鲁氏模范作用下，许多人都不声不响地，跟随着一起踏上了回故乡之路。莫言说"艰难的逃亡转变成生死未卜的回故乡之路"，"这个回故乡的路是一种象征"。① 显然，这里的母亲形象在文中不仅承载着莫言深厚的情感寄托，还被赋予了抽象的象征意义。这里的"母亲"不仅象征着哺育中华儿女的大地，同样也象征着历经苦难的中华民族。因为母亲的传统女性形象与中华民族传统文化有着血脉相通之处，因此母亲获得了民族传统文化化身的意义。而作品中"我"性格孱弱和病态，可能因为动荡的社会环境和母亲的溺爱，但这并不是主要原因，而是中西混血儿这一独特的身份导致的。这个寄寓着中华民族在现代化进程中，大量吸收了西方文化后形成的混血文化的处境和命运，上官金童的遭遇就是作者对当代中国文化前景的焦虑。

上官金童是母亲上官鲁氏与洋人马洛亚牧师生下来的孩子，是一个"杂交种"，他一生下来就是一个有着诸多弱点的孩子。詹姆森关于第三世界文本有这样一个引用率非常高的话："第三世界的文本，甚至那些看起来好像是关于个人和力比多趋力的文本，总是以'民族寓言'的形式来投射一种政治：关于个人命运的故事包含着第三世界的大众文化的社会受到冲击的寓言。"② 尽管他的"民族寓言"理论备受中国学者的质疑，但对莫言这篇小说的解读还是有所启发的。小说中的上官金童其实就是一个中西文化杂交后产生的新的文化投射，但这种新的杂交文化并不能给中华民族带来活力，反而会使本来渐渐衰退的文化走向衰亡。由此可见，莫言关于"种的退化"的忧虑其实就是对中华民族文化消亡的担忧，他所追求的人的生命力也正是拯救中华民族的良药。

在 20 世纪 80 年代中期，莫言的"红高粱家族"系列小说就以一种原始古朴的阳刚之气为热闹一时的"寻根"思潮推波助澜。待"寻根"热潮冷却后，莫言也开始反思回归原始文化的主张，一个有社会责任感的作家不会逃避现实，而是直面人生，这样才无愧于知识分子的社会良知。新时期以来，

---

① 莫言：《莫言对话录》，文化艺术出版社 2010 年版，第 99 页。

② ［美］弗雷德里克·詹姆森：《处于跨国资本主义时代中的第三世界文学》，载张京媛主编：《新历史主义与文学批评》，北京大学出版社 1993 年版，第 235 页。

中国文化思想领域逐步解放，西方国家的文化思潮大量涌入，给封闭了几十多年的中国文艺界造成了强烈的震撼。出于求知的渴望和对新潮的追逐，西方现代文化被国人不加辨析地全盘接受，难怪有人说新时期浓缩了西方数十年甚至数百年的思想成果。在西化之风大行其道的同时，民族传统文化被贬得一文不值，甚至成为落后愚昧的代名词。这种舍本逐末的行为，必将以迷失本民族的传统和特征作为代价，"被现代化"所带来的后果已经引起了部分知识分子的忧虑。在民族主义情感的支配下，忧思中华文化前途命运的作家们把对社会和文化的思考通过适当的创作方式传达出来。在传统与现代文化的碰撞中，作家们把他们刻骨铭心的生活体验与博大精深的传统文化相联系，寻找民族传统之根作为应对异质文明冲击的策略。在这种背景下，莫言的《丰乳肥臀》正是站在时代的潮头，焦虑民族的前途，思索传统文化命运的立场和高度进行创作的。

在作品中，作者叙述了现代工业文明给都市百姓带来了物质上的享受，但也造成了自然生态环境的破坏。用塑料大棚栽培反季节蔬菜，饲养珍稀野生动物来满足人们的口腹之欲，还有制药厂大烟囱里冒出碧绿的烟雾散发令人作呕的气味，化学染料厂泄出来的污水浸渍了小胡同，以及一栋栋霸道蛮横的建筑物疯狂地吞噬着村庄和耕地，"大城市正像个恶性肿瘤一样迅速扩张着"。"故乡的黑土本来就是出奇的肥沃，所以物产丰饶，人种优良，民心高拔健迈，本是我故乡心态。"① 但如今，高密东北乡却变成了环境恶化、传统伦理道德受到严重冲击的状况，难怪作者会一直缅怀过去，一头扎在自己虚构的故乡中不愿出来。

莫言深入反思了现代工业文明带来的不良后果，从中国古老的民族文化中找到了解决问题症结之所在，在深感人性的变化和人文精神的缺失后，莫言采取了对物欲横流的现代文明进行批判的策略。正如有评论者所认为的："莫言凭他对文学的敏感和某种自我超越的灵魂，发现并抓住了我通过文化

---

① 莫言：《红高粱》，载《莫言文集》卷一，作家出版社 1994 年版，第 6 页。

和哲学的反思所揭示的同一个问题，即我们时代各种症状的病根。"[①]在揭示了我们这个时代的病症后，莫言也为之提供了疗治的方案，也就是莫言所说的之所以把小说命名为《丰乳肥臀》的解释之一："为了重新寻找这庄严的朴素，就是为了追寻一下人类的根本。"[②]从民族精神力量的张扬这个维度来进行的"寻根"，还有韩少功、王安忆、王小波等作家坚持着对人的生存状态的关注以及人的精神状况的探索，以他们各自独特的审美感悟，建构着世纪之交时代语境下的民族精神价值取向。

纵观现代中国文学的发展历程，可谓历尽坎坷。中国文学在向现代文明转型的过程中，以彻底地反传统作为代价，作家与传统文化之间的承继关系几近断裂，传统文学的审美旨趣被启蒙民众思想、谋求社会变革的功利思想所代替。新中国成立后，文学由"现代"步入"当代"，新中国文学为了配合建构新的意识形态系统，再加之各种政治运动的影响，把文学的社会功利性发挥到了极致，导致文学的"概念化""工具化"等弊端越发突出。中国当代文学先是成为政治意识形态的"传声筒"，后来又沉迷于市场经济的大潮中成为大众文化的消费品，始终没能回归到作为审美意识形态的文学自身。那么选择何种方式来创作真正回归到本来面貌的文学就成为当代作家面临的重要问题，而20世纪初的"京派"文艺思想，正好可以为当代文学的重建提供可资借鉴的实践经验和理论资源。"京派"文学强调文艺要用真情来打动读者，反对为了功利目的而矫揉造作，要求作家要从自己的生命体验出发，书写个人的真实情感，可见"京派"的文艺思想与审美非功利主义有着内在的一致。如果当代作家也能保持一颗纯正的"童心"，并坚持个人独立的人格魅力，既不迷信于权威沦为权力的工具，也不沉溺在世俗的纷扰和利益的追逐之中，那么当代文学回归文学自身并非遥不可及。我们知道，文学作品贵在真实，所谓真实不仅要求文学内容的真实，同时情感也必须是真情实感。如果说继承现实主义的文学传统能保证内容的真实，那么只有准确

---

① 邓晓芒：《莫言：恋乳的痴狂》，载杨扬主编：《莫言研究资料》，天津人民出版社2005年版，第257—269页。

② 莫言：《〈丰乳肥臀〉解》，《当代作家评论》1996年第1期。

地反映人们日常生活中的情感才是真实的情感。这对大众文化盛行的当下，解决文艺和大众的关系，这个中国当代文坛面临的重要问题有着一定的启示作用。自新时期以来，中国作家们进行文学创作的理论和方法大多来自异邦，尤其是一些现代和后现代文学难以被大众广泛接受，实质上文学与大众之间的关系仍然没有得到有效的解决。文坛固然需要"阳春白雪"，但"下里巴人"也不可或缺，运用广大读者喜闻乐见的形式，传达与大众息息相关的情感和体验的作品，应该是当代作家们需要努力的方向。

　　然而，盛行于当下的大众文化是消费时代的一种文化形态，是与现代工业文明和市场经济相适应的一种市民文化。当消费经济成为社会发展的"主旋律"后，不仅人们的精神生活呈多样化形态，不少作家也在商品经济大潮中迷失了自我，"他们由产生失落、困惑、焦虑、浮躁、愤怒直到放弃理想、责任、操守、良知、道德，以极其庸俗的精神和相当卑劣的姿态出现在崭新的历史舞台上"①。如果文学创作仅仅只是为了满足大众的消费需要，或者仅仅为迎合大众的欣赏眼光，那么文学就不能称其为文学，而是一种仅供消费的商品。1993 年 12 月王晓明等在《上海文学》上发表了关于"文学与人文精神的危机"的讨论，指出当代文学出现了媚俗和自娱的两种现象，"不仅标志着公众文化素养的下降，更标志着整整几代人文精神素质的持续恶化，文学的危机实际上暴露了当代中国人文精神的危机"②。一场从文学界蔓延到整个知识界的关于"人文精神"的大讨论也由此揭开序幕。如果说当代中国的文学已经沦陷在一片荒芜的"废墟"之中，似乎有点危言耸听的话，那么至少也提出了一个不容忽视的问题，那就是整个社会对文学的兴趣逐渐冷淡，就连作家们也缺少一种忧国忧民和以天下为己任的情怀，更不用说对人类的命运，对人的存在、价值与尊严的关怀。当文学遭遇大众文化，面临着被消费、被娱乐的处境时，"寻根"思潮给精神生活贫乏的人们一个警示：衡量一个人生活质量的价值尺度很多，但精神生活质量的高低绝对是一个重

---

① 陈耀明：《中国文学，世纪末的忧虑》，《齐齐哈尔社会科学》1996 年第 1 期。

② 王晓明等：《旷野上的废墟——文学与人文精神的危机》，《上海文学》1993 年第 6 期。

要维度，因为它不仅反映了人的内在素养，更是一个民族素质高低的重要标志。这就要求当代作家要担负起一种社会责任，在创作中重建人文精神，而不是去创作那些一味迎合大众甚至低级庸俗的作品。

对现代社会中人的精神状态的关注，表现得最突出的应该是张承志，塑造追求者形象一直是其作品人物的精神内核。张承志有感于中国社会人文精神迷失现状，痛惜当代中国人缺乏一种执着的精神追求，就用自己的创作实践来营造一种殉道式的精神世界，并呼吁人们执着坚守自己的理想和信仰。张承志笔下的人物，不管是反抗悲苦命运的普通人们，还是执着追求个体价值的年轻学人，尽管生活层次和追求层面不同，但一个共同的特点是在这些人物身上都彰显了主体性格的坚强和对精神追求的执着。尤其在《心灵史》中，张承志以底层劳动人民的艰辛隐忍和哲合忍耶用热血书写的教史，达到他始终进行的精神探索的巅峰。正如有研究者认为："他的小说在简单的事件躯壳中始终包容了一种固执、甚至不无沉重的精神探索历程，一种对生命终极目的的求索。"①在张承志的小说中经常是对人们默默承受难以想象的苦难的叙述，他们背负着沉重的物质的或者精神的重荷，固守着对生命终极关怀的信念，在绝望中悲壮地追寻心中的理想。也许这就是张承志所一直信奉的："古希腊的美学家是对的，经过痛苦的美可以找到高尚的心灵。"②只有经历不堪忍受的苦难，才能达到精神的自我超越，在体会到了精神的绝望与痛苦后，张承志找到了"哲合忍耶"作为自己生命的归属和灵魂的寄托。的确，张承志的作品有着一种撼人心魄的精神力量，尤其在常人所不能想象的艰辛和苦难的艰难处境面前，主人公们的那种九死而不悔的追寻意识和充满激情的征服意识，曾唤起了整整一代人的生命激情，在人文精神式微的年代跟着他一起进行理想主义的精神漫游。

张承志《心灵史》的出版不仅是一个文学事件，更是一个文化事件，是处于世纪末焦虑之中作家的必然选择，也是民族忧患意识的集中体现。

---

① 南帆：《张承志小说中的感悟》，《当代作家评论》1986 年第 1 期。

② 张承志：《北方的河》，十月文艺出版社 1987 年版，第 247 页。

这种殉道式的精神追求是在文化重构、精神缺席的状况下，有着文化使命感和社会责任感的作家对人文精神复归的呼唤。在当代，热切呼唤人文精神回归的作家还有张炜、史铁生、北村等，虽然我们体会到作品中弥漫着一种世纪末的悲凉，但也让读者深切感受到作家们致力于人类灵魂的拯救，以及探求精神信仰的努力。和张承志一样，张炜也是一位对精神追寻尤其执着的作家，在《古船》中，作者就借隋抱朴发出"人啊，人要好好寻思人"这样的感慨，这种对人的感慨和追问构成了他作品的叙事灵魂，也成为他长期以来一直思考的终极问题。张炜通过他笔下的人物不断地追问"我是谁""我从何处而来""我要往何处去"等此类的关于人生哲学的问题，在小说《九月寓言》《柏慧》中，张炜终于找到了现代人的拯救之路。张炜小说的意义在于他不厌其烦，一遍又一遍地呼唤人性的尊严和道德的力量，为人们寻找能抵抗世俗诱惑、超越物质渴望的精神家园。在长篇小说《九月寓言》中，作者在历经了无处皈依的精神漂泊后，终于发现了一个原始自然、充满自由的"小村"；而在《柏慧》中，作者也寻到了被誉为"大陆架上最后的一块绿洲"的"葡萄园"。张炜作品中反复出现的诸如"小村""大地""葡萄园"之类的意象，就是他所说的未被城市文明修饰过的、自然本真状态下的"野地"。大地就是人的生命之根，人类的生命，包括人的精神也都是大地的恩赐，因此人们要去流浪，去寻找大地，寻找生命的根基和精神的栖息之所。张炜所表达的"融入野地"的愿望，其实就是对现代社会中的物欲追逐、苦难仇恨的否定，对自由自在的和谐生存状态的追求。

20世纪90年代，随着市场经济的高速发展，人们的生活水平逐渐提高。物质条件虽然越来越丰富了，但人的精神追求却逐渐失落。这种情况下，人们开始反思社会，反省自身，希望自己的精神状态得到改善，内心达到一种和谐平衡状态。美国学者弗洛姆曾说过："人无法静态地生活因为他的内在冲突促使他去寻求一种心理平衡，一种新的和谐，以替代那种已失去的与自然合一的动物性和谐。在满足了动物性需要之后，他又受到他的人的需要的驱使，他的肉体告诉他应该吃什么，该躲什么，而他的良心则告诉他哪些需要应该培养、满足，哪些需要应该让它枯萎、消亡。"① 因此，作家对现代化进程中人们的精神处境给予高度的关注，并在如何拯救人们的精神危机，使精神信仰重新回归等问题上提出了自己的设想。由此看来，精神家园的建构是一个作家对于人的终极关怀，在物质享受主义泛滥，而且信仰缺乏、理想失落的社会环境中，有着明显的抵抗平庸低俗、守护精神家园的现实意义。

---

① ［德］E. 弗洛姆：《健全的社会》，孙恺祥译，贵州人民出版社 1994 年版，第 22 页。

结　语
文学"寻根"与民族文化的重构

　　海德格尔说："诗人的天职是返乡，惟通过返乡，故乡才作为达乎本源的切进国度而得到准备。守护那达乎极乐的有所隐匿的切近之神秘，并且在守护之际把这个神秘展开出来，这乃是返乡的忧心。"① 从某种意义上来看，现代中国文学是精神处于漂泊状态的作家"寻找家园"的印记。当然，"寻找"并非时代的唯一主题，但知识分子在中华民族现代化进程中以传统文明为参照，反思现代文明的得失，在全球化时代到来之际寻找民族传统之根，以弘扬本民族文化特色，成为现代中国不可忽视的文化现象。20世纪初，启蒙成为时代主题。在这一核心价值取向的要求下，中国知识分子用西方现代文明来衡量和重估中国传统文化，传统遭遇到了激进的五四新文化运动启蒙者大规模批判，但同时也引起了一些自由知识分子对割裂传统与现代这一行为的忧虑，他们为寻找民族传统文化而返回乡土和民间，以传统文化中的美好道德和人生形式来重建民族文化。每一个民族都有自己的传统文化，这是民族自身赖以生存和发展的根基，如果断裂了文化自身与传统的联系，也就是斩断了自己的"根"，缺乏民族认同的民众就像浮萍在水上四处漂泊一样找不到自己心灵的归宿，纵贯现代中国的"寻根"思潮就是对家园的渴望以及寻找家园所做出的努力。为解决民族身份认同和民众精神归属问题，传统文化的"寻根"无疑是最无奈，但也是最有效的方式。

　　在论及现代中国文学的主题时，黄子平曾提出过这样一个观点："'五四'以来60年的中国现当代文学，它的总主题是'中国何处去'，每一

---

① ［德］海德格尔：《荷尔德林诗的阐释》，孙周兴译，商务印书馆2000年版，第31页。

个作家自己的总主题都是这一时代的总主题制约下展开的。"①的确如此，替民族寻找出路成为中国知识分子无法释怀的精神炼狱，"中国何处去"也自然而然成为中国作家们苦苦思索的问题。因此，现代中国文学总是把关注的焦点更多地投向现实物质社会，而忽视了人类精神生活领域。我们知道，文学既是社会现实的反映，但文学也要关注人们的内心世界，毕竟文学是作家精神生活的产物。尤其是在现代中国，社会大变革大发展，而社会的变革必然会引起民族认同的焦虑，当人的内心遇到认同选择的时候，为自己寻找一个归宿则是首要任务，而文学恰好能为之提供一个可供栖息的精神家园。所以，有论者认为："'寻根'，正是在东西方文化、现代文明与古老传统的比较、碰撞所产生的惶惑、痛苦中所作出的反应与采取的对策的一种。"②在东西方文明、传统与现代的交织碰撞与冲突下，作家们把刻骨铭心的乡村生活体验与博大精深的传统文化联系在了一起，把寻找民族传统文化作为应对异质文明冲击的策略。因此，我们可以认为，"京派"文学、解放区文学和"寻根"文学是作家们面对西方思潮与本土资源激烈碰撞时，出于强烈的社会责任感发出的重构民族传统文化的呼声，是"寻根"母题在不同历史时期的文学表现形态。当作家把"寻根"作为社会文化变革时期动荡内心的精神家园时，文学的"寻根"也就赋予其将会长久地"在路上"的特质，因为在全球化时代，每个民族都会参与其中，自己本民族的文化不可避免会受到异质文化的冲击，引起变革。

"在路上"也是"寻根"思潮最根本的特征。作家韩少功早在20世纪80年代中期就发表了寻找文学的"根"的观点，如今他仍然认为当时的提法仍然没有过时。韩少功在谈到"寻根"的文化背景时是这样说的："尽管当时的文章并不成熟，缺乏理论深度，但这一主旨在时隔十多年以后我觉得依然有效。因为这个问题依然存在，全球化与本土化的缠绕依然存在，模仿与复制依然是创造的大敌，特别是当中国处境越来越显出特殊性以后，更

---

① 黄子平：《沉思的老树的精灵》，浙江文艺出版社 1987 年版，第 128 页。

② 洪子诚：《作家的姿态与自我意识》，陕西人民出版社 1991 年版，第 58 页。

是思想创新和文化创新的大敌。我们对此应该有一个清醒的把握。"① 而永远"在路上"的特质又与人类长期思考的哲学问题"我们将到哪里去?"有着本质上的惊人相同。在探索"寻根"的文化人类学和哲学方面的联系时,本书把现代中国文学中的"寻根"思潮与西方的"恋母"情结、中国的"原乡"情结比照,不仅对现代中国文学中的"寻根"思潮的起源提出了新的看法,而且认为"寻根"是人类普遍存在的一种精神现象。因此,文学家的"寻根"与哲学家对人类精神归属的探寻一样都将长期伴随着人类的发展、社会的进步。

席勒说过:"人永远被束缚在整体的一个孤零零的小碎片上,人自己也只好把自己造就成一个碎片。"② 也就是说,如果我们把思维目标固定在某一个事物或者现象上,那么我们的思想也就永远成为一个碎片;但如果我们的思维对一个不断发展、变化着的整体加以观照,那最终会超越这个整体。既然如此,我们就不应该把"寻根"当作一个孤立的现象来看待,而是全球化过程中普遍出现的文化现象;而且"寻根"也不是中外文学发展中的一个碎片,而是作为文学母题成为永恒的存在。实际上,中外文学史上每次"寻根"思潮的发动和高涨,都昭示着人们在焦虑和困惑中努力寻找出路的困境,同时也展示了知识分子自觉承担探索人类生存和发展的职责,为人类未来走向所进行的一次又一次的精神寻根之旅。

---

① 王尧:《1985 年"小说革命"前后的时空——以"先锋"与"寻根"等文学话语的缠绕为线索》,《当代作家评论》2004 年第 1 期。
② [德]弗里德里希·席勒:《审美教育书简》,冯至、范大灿译,北京大学出版社1985 年版,第 30 页。

参考文献

1. 费孝通：《乡土中国生育制度》，北京大学出版社 1998 年版。

2. 费孝通：《江村经济》，上海人民出版社 2006 年版。

3. 徐剑艺：《中国人的乡土情结》，上海文化出版社 1993 年版。

4. 陈平原：《在东西方文化碰撞中》，浙江文艺出版社 1987 年版。

5. 严家炎：《中国现代小说流派史》，人民文学出版社 1989 年版。

6. 杨义：《中国现代小说史》（第 1—3 卷），人民文学出版社 1986、1988、1991 年版。

7. 杨义：《二十世纪中国小说与文化》，上海三联书店 2007 年版。

8. 陈平原、夏晓虹编：《二十世纪中国小说理论资料》（第一卷），北京大学出版社 1997 年版。

9. 严家炎编：《二十世纪中国小说理论资料》（第二卷），北京大学出版社 1997 年版。

10. 吴福辉编：《二十世纪中国小说理论资料》（第三卷），北京大学出版社 1997 年版。

11. 钱理群编：《二十世纪中国小说理论资料》（第四卷），北京大学出版社 1997 年版。

12. 洪子诚编：《二十世纪中国小说理论资料》（第五卷），北京大学出版社 1997 年版。

13. 钱理群、黄子平、陈平原：《二十世纪中国文学三人谈·漫说文化》，北京大学出版社 2004 年版。

14. 赵敏俐：《文学传统与中国文化》，东北师范大学出版社 1993 年版。

15. 王晓明主编：《20 世纪中国文学史论》（修订版），东方出版中心 2003 年版。

16. 陈国恩：《20 世纪中国文学与中外文化》，长江文艺出版社 2004 年版。

17. 王光东等：《20 世纪中国文学与民间文化》，复旦大学出版社 2007 年版。

18. 杨匡汉主编：《20 世纪中国文学经验》，东方出版中心 2006 年版。

19. 陈国恩：《浪漫主义与 20 世纪中国文学》，安徽教育出版社 2000 年版。

20. 杨春时：《现代性与中国文学思潮》，生活·读书·新知三联书店 2009 年版。

21. 逄增玉：《现代性与中国现代文学》，东北师范大学出版社 2001 年版。

22. 李怡：《现代性：批判的批判——中国现代文学研究的核心问题》，人民文学出版社 2006 年版。

23. 杨剑龙：《文化批判与文化认同》，上海文化出版社 2008 年版。

24. 赵学勇：《文化与人的同构——论现代中国作家的艺术精神》，兰州大学出版社 2000 年版。

25. 宋剑华：《文化视角中的现代文学》，南海出版公司 1999 年版。

26. 朱水涌：《叙事与对话——比较视野下的中国现当代文学》，南京大学出版社 2007 年版。

27. 赵园：《论小说十家》，浙江文艺出版社 1987 年版。

28. 赵园：《地之子：乡村小说与农民文化》，北京大学出版社 1993 年版。

29. 丁帆：《中国乡土小说史论》，江苏文艺出版社 1992 年版。

30. 陈继会等：《中国乡土小说史》，安徽教育出版社 1999 年版。

31. 赵学勇等：《新文学与乡土中国——20 世纪中国乡土文学与西部文学研究》，兰州大学出版社 1993 年版。

32. 张鸣：《乡土心路八十年：中国近代化过程中农民意识的变迁》，上海三联书店 1997 年版。

33. 陈仲庚：《寻根文学与中国文化之根脉》，中国文联出版社 2000 年版。

34. 杨剑龙:《放逐与回归:中国现代乡土文学论》,上海书店出版社1995年版。

35. 赵顺宏:《社会转型期乡土小说论》,学林出版社2007年版。

36. 崔志远:《乡土文学与地缘文化——新时期乡土小说论》,中国书籍出版社1998年版。

37. 丁帆等:《中国乡土小说的世纪转型研究》,人民文学出版社2013年版。

38. 叶君:《乡土·农村·家园·荒野:论中国当代作家的乡村想像》,中国社会科学出版社2007年版。

39. 张志平:《中国二十世纪"四十年代"乡土小说研究》,中国社会科学出版社2006年版。

40. 王庆:《现代中国作家身份变化与乡村小说转型》,华中科技大学出版社2007年版。

41. 庄汉新、邵明波主编:《中国20世纪乡土小说论评》,学苑出版社2001年版。

42. 赵允芳:《寻根·拔根·扎根——90年代以来乡土小说的流变》,作家出版社2009年版。

43. 杨义:《京派海派综论(图志本)》,中国社会科学出版社2003年版。

44. 查振科:《对话时代的叙事话语——论京派文学》,春风文艺出版社2005年版。

45. 高恒文:《京派文人:学院派的风采》,上海教育出版社2000年版。

46. 许道明:《京派文学的世界》,复旦大学出版社1994年版。

47. 黄键:《京派文学批评研究》,上海三联书店2002年版。

48. 刘进才:《京派小说诗学研究》,河南大学出版社2005年版。

49. 文学武:《京派小说研究》,中国社会科学出版社2011年版。

50. 文学武:《多维文化视域下的京派文学研究》,东方出版中心2013年版。

51. 赵学勇:《沈从文与东西方文化》,兰州大学出版社1990年版。

52. 唐小兵编：《再解读：大众文艺与意识形态》，牛津大学出版社 1993 年版。

53. 陈建华：《"革命"的现代性——中国革命话语考论》，上海古籍出版社 2000 年版。

54. 曹文轩：《中国八十年代文学现象研究》，北京大学出版社 1988 年版。

55. 季红真：《文明与愚昧的冲突》，浙江文艺出版社 1986 年版。

56. 雷达：《民族灵魂的重铸》，中国工人出版社 1992 年版。

57. 朱寨、张炯主编：《当代文学新潮》，人民文学出版社 1997 年版。

58. 王铁仙等：《新时期文学二十年》，上海教育出版社 2001 年版。

59. 张学军：《中国当代小说流派史》，山东大学出版社 1999 年版。

60. 贺仲明：《中国心像：20 世纪末作家文化心态考察》，中央编译出版社 2002 年版。

61. 郭宝亮：《文化诗学视野中的新时期小说》，河北人民出版社 2007 年版。

62. 樊星：《当代文学与地域文化》，华中师范大学出版社 1997 年版。

63. 程金城：《原型批判与重释》，东方出版社 1998 年版。

64. 叶舒宪：《原型与跨文化阐释》，暨南大学出版社 2002 年版。

65. 张京媛主编：《后殖民理论与文化批评》，北京大学出版社 1999 年版。

66. 王宁、薛晓源主编：《全球化与后殖民批评》，中央编译出版社 1998 年版。

67. 余英时：《文史传统与文化重建》，生活·读书·新知三联书店 2004 年版。

68. 许纪霖：《当代中国的启蒙与反启蒙》，社会科学文献出版社 2011 年版。

69. 高瑞泉：《中国现代精神传统》，东方出版中心 1999 年版。

70. 周宪主编：《世纪之交的文化景观》，上海远东出版社 1998 年版。

71. 胡逢祥：《社会变革与文化传统——中国近代文化保守主义思潮研究》，上海人民出版社 2000 年版。

72. 王德威:《想像中国的方法——历史·小说·叙事》,生活·读书·新知三联书店1998年版。

73. 王德威:《如何现代,怎样文学?:十九、二十世纪中文小说新论》,麦田出版股份有限公司2008年版。

74. 李欧梵:《现代性的追求》,生活·读书·新知三联书店2000年版。

75. 李欧梵:《徘徊在现代和后现代之间》,上海三联书店2001年版。

76. 李欧梵:《李欧梵论中国现代文学》,生活·读书·新知三联书店2009年版。

77. 钱穆:《中国文化史导论》,商务印书馆2002年版。

78. [美] 孙隆基:《中国文化的深层结构》,广西师范大学出版社2004年版。

79. [美] 刘禾:《跨语际实践:文学、民族文化与被译介的现代性》,宋伟杰等译,生活·读书·新知三联书店2002年版。

80. [美] 克拉克·威斯勒:《人与文化》,钱岗南、傅志强译,商务印书馆2004年版。

81. [美] 埃弗里特·M.罗吉斯、拉伯尔·J.伯德格:《乡村社会变迁》,王晓毅、王地宁译,浙江人民出版社1988年版。

82. [美] 弗里曼、毕克伟、赛尔登:《中国乡村,社会主义国家》,陶鹤山译,社会科学文献出版社2002年版。

83. [英] 托马斯·摩尔:《心灵书:重建你的精神家园》,刘德军译,海南出版社、三环出版社2001年版。

84. [瑞士] 荣格:《心理学与文学》,冯川、苏克译,生活·读书·新知三联书店1987年版。

85. [美] 爱德华·W.萨义德:《东方学》,王宇根译,生活·读书·新知三联书店2007年版。

86. [英] 奈杰尔·拉波特、乔安娜·奥弗林:《社会文化人类学的关键概念》,鲍雯妍、张亚辉译,华夏出版社2005年版。

87. [美] 乔纳森·弗里德曼:《文化认同与全球性过程》,郭建如译,商务印书馆 2003 年版。

88.[美] 弗雷德里克·詹姆逊:《文化转向》,胡亚敏等译,中国社会科学出版社 2000 年版。

89.[英] 安东尼·D. 史密斯:《全球化时代的民族与民族主义》,龚维斌、良警宇译,中央编译出版社 2002 年版。

90.[美] 马克·赛尔登:《革命中的中国:延安道路》,魏晓明、冯崇义译,社会科学文献出版社 2002 年版。

91.[英] 齐格蒙特·鲍曼:《现代性与矛盾性》,邵迎生译,商务印书馆 2003 年版。

92.[加] 查尔斯·泰勒:《现代性之隐忧》,程炼译,中央编译出版社 2001 年版。

93.[英] 安东尼·吉登斯:《现代性的后果》,田禾译,译林出版社 2000 年版。

94.[英] 安东尼·吉登斯:《现代性与自我认同:现代晚期的自我与社会》,赵旭东、方文译,生活·读书·新知三联书店 1998 年版。

95.[美] 本尼迪克特·安德森:《想象的共同体:民族主义的起源与散布》,吴叡人译,上海人民出版社 2003 年版。

96.[美] 艾恺:《世界范围内的反现代化思潮——论文化守成主义》,唐长庚译,贵州人民出版社 1991 年版。

97.[以色列] S.N. 艾森斯塔特:《反思现代性》,旷新年、王爱松译,生活·读书·新知三联书店 2006 年版。

98.[美] 弗朗西斯·福山:《历史的终结及最后之人》,黄胜强、许铭原译,中国社会科学出版社 2003 年版。

99.[法] 伊夫·瓦岱:《文学与现代性》,田庆生译,北京大学出版社 2001 年版。

100.[英] 厄内斯特·盖尔纳:《民族与民族主义》,韩红译,中央编译出版社 2002 年版。

101.[美] 哈罗德·布鲁姆:《影响的焦虑》,徐文博译,生活·读书·新知三联书店 1989 年版。

102.[荷兰] 佛克马、蚁布思：《文学研究与文化参与》，俞国强译，北京大学出版社 1996 年版。

103.[美] 洪长泰：《到民间去——1918—1937 年的中国知识分子与民间文学运动》，董晓萍译，上海文艺出版社 1993 年版。

104.[美] 赫伯特·马尔库塞：《审美之维》，李小兵译，广西师范大学出版社 2001 年版。

后　记

　　这本小书是在我的博士学位论文的基础上，经过十余年零星的修补而成。这里需要表明的是，"十年磨一剑"并不适合这本书，我称之为"小书"也并非谦辞。相对于如此宏大而内涵丰富的论题来说，本书内容稍显单薄，权当抛砖引玉。当然，我不会因为这本书稿的出版而终止，以后会继续沿着该选题开掘的方向进行更深入地研究。

　　本选题是在导师赵学勇先生指导下确定。先生治学严谨，待人和善，知识体系渊博，学术视野宏阔。当时先生虽与我不在同一城市，但通过电话和邮件，总能随时保持联系，最令我感动的是先生回复邮件通常在深夜和凌晨。在论文写作和修订过程中得到了先生的悉心指导，也承蒙先生为拙作撰写序言，但因学生自身知识储备和学术视野的局限，直到现在也仍觉有愧于先生殷切期待。

　　宋剑华先生是领我进学术之门的恩师，感念先生不嫌我生性驽钝。宋门以勤勉好学的湘军为主，资质平庸的我自然诚惶诚恐，求学三年不敢有丝毫懈怠。虽然没能完全领悟到先生治学精髓，但在研习先生的道德文章时，时常折服于先生的学术锐气与霸气。

　　感谢北京师范大学刘勇先生、西安交通大学李明德先生，以及兰州大学文学院雷达、程金城、古世仓、彭岚嘉等先生，先生们给拙作提出了非常宝贵的修改意见。

　　感谢我的家人！儿子刚出生我就开始到外地求学，家里大小事务有劳妻子操持。还有那些一直支持我、关心我、帮助我的师友们，谢谢！

　　感谢人民出版社的厚爱，本书有机会得以出版；感谢陈晓燕女士、李怡然女士在编辑、校对和出版过程中的辛勤付出。

本书获得"福建省社会科学规划基础研究后期资助项目"立项资助，特此说明并致谢。

田文兵

2020 年 10 月

责任编辑：陈晓燕　李怡然

封面设计：汪　莹

图书在版编目（CIP）数据

现代中国文学寻根思潮研究／田文兵 著 . —北京：人民出版社，2020.11

ISBN 978 - 7 - 01 - 022537 - 1

I. ①现…　II. ①田…　III. ①中国文学 - 现代文学 - 文学研究　IV. ① I206.6

中国版本图书馆 CIP 数据核字（2020）第 191110 号

现代中国文学寻根思潮研究

XIANDAI ZHONGGUO WENXUE XUNGEN SICHAO YANJIU

田文兵　著

人民出版社 出版发行

（100706　北京市东城区隆福寺街 99 号）

环球东方（北京）印务有限公司印刷　新华书店经销

2020 年 11 月第 1 版　2020 年 11 月北京第 1 次印刷

开本：710 毫米 ×1000 毫米 1/16　印张：13.75

字数：207 千字

ISBN 978 - 7 - 01 - 022537 - 1　定价：58.00 元

邮购地址 100706　北京市东城区隆福寺街 99 号

人民东方图书销售中心　电话（010）65250042　65289539